NORWEGIAN FAIRY TALES

讲了 100 万次的故事 · 挪威

[全两册]

[挪威] 彼·阿斯别约恩生　约 · 姆厄 ——— 编

乔步法　朱荣法 ——— 译

北京联合出版公司
Beijing United Publishing Co.,Ltd.

不乘车，也不骑马

从前，有一位王子向一个少女求婚。但是当他们订婚的时候，王子又觉得这事对他无关紧要。他不愿意娶她了，因为这个姑娘还不够好，配不上他。于是他想方设法把她甩掉。他对她说，他将会和她结婚，如果她能在来找他的时候：

不乘车，
也不骑马；
不走路，
也不滑行；
不饿着，
也不吃饱；
不裸体，
也不穿衣；
不在白天，
也不在夜晚。

因为他相信，少女根本不可能做到这些。

她拿了三颗大麦粒，每粒咬下一丁点吞到肚里，这样她就：

不饿着，
也不吃饱。

接着她在身上披了一张毛线织成的网，这样她就：

不裸体，
也不穿衣。

然后她牵来一头公绵羊，坐在背上，而她的脚却拖到地面，她慢吞吞地拖着脚走道，这样她就：

不乘车，
也不骑马；
不走路，
也不滑行。

而且时间正好在夜晚和白天的交替之际，也就是：

不在白天，
也不在夜晚。

她来到卫兵那里，要求与王子说话；他们不肯让她进去，因为她的模样看上去实在滑稽可笑。但是，这喧闹声把王子吵醒了，他走到窗户前向外张望。少女正慢悠悠地拖着脚走过去，拧掉公绵羊的一只角，站到羊背上，用那只羊角敲窗户。他们只得开门让她进去。她成了王妃。

放了七年的稀粥

从前，有一个少年要外出求婚。他的母亲总是要求什么都是干干净净的，“就像被风刮过一样。”她这样说。

这少年也爱干净，因此他想要一个和母亲一样干净整洁的妻子。但是，怎样才能弄清楚她究竟是干净整洁，还是肮脏邋遢呢？这件事他认真考虑，琢磨了很长时间，终于想出办法。他把自己的一只手包在桌布和旧衣服里面，表现得疼痛难忍，然后出发上路了。他到女方家里时，人们按照当地的习惯，把他接进庄园，拿出啤酒和其他饮料，以及喷香可口的饭菜来招待他，一边吃喝，一边聊天。他们首先谈的，就是他的手有什么毛病。

他说，他有一个手指头里面钻进去了一个妖怪，人们称它为水妖；他曾经去看过许多医生和女巫，都没有办法治好它。

世上除了死亡，没有一件事会没办法可想，庄园的主人这样认为。

“是的，他们说有一个办法。”少年说。

他们问是什么办法。

“必须用放了七年的稀粥才能治好这病，不过，大概没有地方可以搞到这东西。”少年说。

“嗐，不就是这东西吗？”他们说，“肯定有办法搞到；

因为我们的铁锅里和旧粥桶里的粥垢肯定有八年、甚至十年之久了。”

可真是些讲究“干净”的人啊！

船长和老艾里克

从前有一个船长，他干任何事情都有不可思议的幸运。

没有人运货像他那样顺利，也没有人赚到过他那么多的钱，就好像钱专往他的口袋里倒一样。没有人像他那样精通海上的航行，因为无论去哪里，顺风总是伴随着他。是的，人们常说，他只要转动一下帽子就能掉转风向，让风刮向他想去的任何地方。

就这样，他一连许多年做木材运输和去中国航行的生意，赚钱就像割青草一样容易。但是，后来有一次，当他扯满全部风帆，打算驶过北海回家时，却遇到了麻烦。当时他的船飞快，仿佛船和货物都是偷来的；然而想抓住他的人跑起来比船要快得多，这就是魔鬼老艾里克，因为船长和他签过契约，这一天刚好是期满的日子，因此船长每时每刻都等候着魔鬼来把他带走。

船长从船楼来到甲板上，仰头看看天气，然后叫来木匠和另外两个人，告诉他们下到舱里，在船底挖两个洞，挖好以后，再把水泵从座子上拆下来，安装在洞口，这样海水泵管里的水位显得很高。

水手们都感到奇怪，觉得十分可笑，不过还是按照船长的吩咐去做了。他们在船底凿开两个洞，把水泵安装在洞口，四周堵得严严实实，所以一滴海水也溅不到货物，可是在水泵里面，海水却高达七英尺。

他们刚刚把船上的碎木片弄走，老艾里克就顺着一阵风赶来了，他一把揪住船长的衣领。“松手，伙计，用不着这么性急。”船长在说话的刹那间开始自卫，用一把解缆钻敲打揪住他的魔爪。“你不是在契约中保证我的船始终干燥不漏水吗？”船长说，“你去量一下泵里的水！水在管子里足有七英尺高。抽水吧，你这魔鬼！只要把船里的水抽干，你就可以带我走，想奴役我多久都行！”

老艾里克并没有聪明到绝不受人欺骗。他拼命地压着泵杆抽水，汗水像溪流一样从他身上往下淌，在他脊柱的下端都能带动水轮叶片转起来；然而他一边在抽北海里的海水，一边又送它回到北海去。最后他实在太累了，再也抽不动了，就满怀怨恨地回了家，回到他老母亲跟前休息去了。船长，如果他到现在还没死，大概还在搞货运，航行到他想去的任何地方，而且只要他转动一下帽子，就能改变风向。

变成狮子、隼和蚂蚁的少年

从前有父子俩，生活在贫穷和苦难之中。父亲弥留之际对儿子说，他只有一把宝剑、一个皮袋和一些面包留给他。父亲去世以后，少年想到世上去试试运气。他在身上系好宝剑，把面包放进皮袋，就出发了。

由于他住在一个远离大家、长满树木的山坡上，因此他必须翻越一座高山。当他爬到高处，能眺望到远处原野的时候，看见一头狮子、一只隼和一只蚂蚁正围着一匹死马争吵。少年看到狮子心里很害怕，可是狮子叫住了他，请少年帮他们解决纠纷，把死马好好分开，让每个都获得自己应得的一部分。

少年抽出宝剑，尽可能把马分成合理的三份：他把躯体和其余的最大部分给了狮子；隼得到内脏和另外一些小东西；蚂蚁则分到了马头。分完以后，他说："现在我觉得这样分很公平。狮子得到大部分，因为她个头大，也最强壮；隼得到最好的部分，因为他对食物非常讲究、挑剔；蚂蚁得到头，因为他能爬到曲里拐弯的地方去。"

这样的分配三个动物都非常满意，于是他们问少年，他分得这么好，想得到什么酬劳。"如果我为你们做了一件事，你们满意了，我也就非常满意。"他说，"至于酬劳，我什么也不想要。"但他们坚持要少年必须得到点什么。"假如不想要其他的，”狮子说，“那么你可以有三个愿望得到满足。”可是少年不知道应该提出什么愿望。于是，狮子问他是不是希望自己能变成一头狮子，另外两个也问他是不是愿意把自己变成隼和蚂蚁。少年觉得这些主意不错就答应了。

他扔下宝剑和皮袋，把自己变成一只隼，开始在雪中飞翔，他飞过一个很大的湖泊，觉得翅膀非常酸，再也飞不动了，看到一座陡峭的山峰矗立在水面上，便停在山上休息。这是一座非常奇异的山峰，他在四周转悠了一会儿。

休息好以后，他又变成一只小隼，离开那里，一直飞到国王的庄园，停在公主窗外的一棵树上。公主看见这只鸟，就想逮住它。她引诱鸟飞到自己身旁，当隼飞进房间时，她已经做好准备。“嘘！”公主悄悄地关上窗户，捉住了隼，把他放进了鸟笼。

到了夜里，少年把自己变成蚂蚁，爬出笼子，再变回自己，坐在公主旁边。公主怕得要命，尖叫起来，国王被吵醒了，他走进来问发生了什么事。

“这儿有人！”公主喊道。正在这一刹那间，少年先变成蚂蚁，爬进笼子，又重新变为隼。国王看不到有什么可害怕的东西，就对公主说，她一定是做噩梦了。可是，他刚出房门，少年又重演了刚才的一幕。

“这儿有人！”公主又喊叫起来。可是少年又钻进笼子，变成隼待在里面。国王四处寻找，但什么也没有发现，他非常生气，说公主纯粹是在开玩笑。“如果再这样喊叫一次，”他说，“你得小心，你的父亲是一个国王！”

然而，国王刚出房门，少年就又来到了公主旁边。这一次她没有喊叫，尽管心里怕得要命，不知道自己该躲到哪儿去了。

于是，少年问她为什么这么惊恐。

公主说，她已经被许配给一个山妖，只要走到屋外去，山妖就会来带走她。当少年出现的时候，她还以为他是山妖。每星期四早晨，都有一个使者从山妖那儿来，那个使者是一条恶龙。每次来时，国王都不得不给它九头大肥猪，因此国王曾经发出布告，要是谁能替他除掉恶龙，就可以得到公主和半个王国。

少年说，这件事他可以办到。等到天亮以后，公主来见国王说，屋里有一个人，愿意替国王除掉恶龙。国王非常高兴，因为恶龙已经吃掉这么多的肥猪，整个王国很快将没有猪了。那一天恰好是星期四的早晨，少年大步走向恶龙常来的地方。国王庄园里的仆人为他领路。

恶龙来了，长着九个脑袋。当它看到没有肥猪可吃的时候，非常恼怒，气势汹汹地喷着火焰直向少年扑来，仿佛要把他活生生吞下去似的。但是少年把自己变成了一头狮子，和恶龙搏斗起来，把它的头一个接一个地咬了下来。恶龙也很厉害，虽然只剩下一个头了，还继续吐出烈火和毒雾。最后，少年终于把这个头也拧了下来，恶龙一命呜呼了。少年走到国王面前，整个国王的庄园充满了欢乐。不久，少年将娶公主为妻。

有一天，当他们在花园里散步的时候，山妖气急败坏地亲自赶来，把公主抢到手，带着她从空中逃跑了。少年想追上去，可是软弱的国王拦住他，因为失去女儿以后，除了少年，他就再也没有其他亲人了。然而无论这是请求还是命令，都无法阻止少年。他把自己变成隼，飞向空中。他看不清山妖的去向，但记起了自己第一次飞行中停下来休息的那座奇特的山峰。他降落到那陡峰上，把自己变成蚂蚁，通过一条裂缝向山体里爬下去，爬了一会儿，便来到一道上了锁的门前，从钥匙孔里爬了进去。门里面坐着一位陌生的公主，正在为一个三头山妖捉虱子。

“我找对地方了！”少年心里想。因为他曾经听说，国王以前丢失过两个女儿，都是被山妖抢走了。“也许我还能找到另一个。”他自言自语地说。他通过钥匙孔爬进了另一道门。那儿坐着另一个陌生的公主，正在为另一个山妖捉虱子，这个妖怪有六个头。接着他又爬过一个钥匙孔，门里面坐着他心爱的小公主，正在为一个九头山妖捉虱子。他爬到公主的腿上，夹了她一下。她马上明白，这是少年想和她说话。于是，她要山妖允许她出去一会儿。她出来时，少年已经变回本来模样。他对公主说，她应该问问山妖，是不是永远不能离开那里，重新回到父亲身旁。然后他变成蚂蚁，爬到公主的脚上。公主走回门里，继续替山妖捉虱子。

她捉了一会儿虱子，就在想自己的心事。“你忘了替我捉虱子了，你在想什么？”妖怪问。

“噢，我在想我是不是将永远不能离开这儿，重新回到我父亲的庄园去。”公主回答。

“对，你永远回不去。”山妖说，“在有人找到藏在那条恶龙第九个头的第九条舌头底下的砂粒之前，你不可能回去。但是这颗砂粒没有人能找到，因为如果砂粒到了这座山上，所有的山妖都会爆裂，这个山峰会变成一座金碧辉煌的王宫，这个湖泊也会变成辽阔的草场。”

少年听完这话，就通过钥匙孔爬了出去，接着又通过裂缝回到地面上。他变成隼，飞到恶龙躺着的地方，仔细寻找，直到在第九个头的第九条舌头底下找到了那颗砂粒。然后，他带着砂粒飞走了。可是飞到湖边时他感到非常疲惫，只好停下来，在湖岸边的一块石头上休息。他打了一个盹，砂粒从他嘴里掉了出来，混在了湖滩上的砂子里。这样他又找了整整三天，才重新把那颗砂粒找出来。找到以后，马上带着它直接飞到陡峭的山峰上，从裂缝中把沙粒放了进去。顿时所有的山妖全爆裂了，山峰也倒塌了，在原先的地方出现了一座金碧辉煌的王宫，这是世上最华丽壮观的宫殿，湖泊也变成了最肥沃的良田和最美丽的草场。少年和公主们回到国王庄园，那里充满了欢声笑语。少年和小公主结成良缘，那次婚礼的酒宴持续了整整七个星期。假如他们还在狂欢，那么你现在快点赶去，痛快地喝上几杯！

被换了烟草的少年

从前有一个穷苦的妇人，一贫如洗，带着儿子四处乞讨。起初她在村镇之间流浪，后来进了城里。她逐门挨户地乞讨，不久就来到市长家里。市长是一个地位显赫又心地善良的人，是城里最高贵的人之一，他和当地最富有的商人的女儿结了婚，还和她生了一个小女儿。他们没有别的孩子，因此这女孩也就成了深受宠爱的小宝贝，她要的任何好东西都能得到满足。没多久，她和穷妇人的儿子熟悉起来，因为男孩经常跟着母亲去她家。市长看到他们那么快就成为好朋友，就收留了这个男孩，这样女儿就有了做游戏的伙伴。两个孩子在一起玩耍，互相照顾，一起读书，始终是好朋友，相处得非常亲密。

一天，市长太太站在窗户跟前，看着孩子们上学去。她看到路上有一个水坑，那男孩先把带到学校去吃的午饭盒拿过水坑，然后又回来把小姑娘抱过去，在放下女孩的时候，男孩吻了她一下。

市长太太看见这情景，非常生气："一个穷小子竟然吻了我女儿，我们可是城里最高贵的人家！"她的丈夫尽力安抚她，说没人知道孩子们将来会怎样，也没人知道自己的孩子以后会发生什么事；还说那是一个待人宽厚、行为规矩的小男孩，一棵幼苗总会长成参天大树的。但是，无论那个男孩现在怎样，将来又会如何，都没有用，市长太太说："穷小子，赏给他一点脸，就不知道天高地厚了。"她又说："一块打成铜币的材料，即使它像金币一样闪闪发光，也永远成不了一枚金币。"市长家里是不允许男孩待下去了，市长太太要赶他走。市长没有其他办法，只好把他送到一位带着一条大船来的商人那里，让男孩在船上当伙计。市长对妻子说，他已经把男孩卖掉，换了点烟草。

男孩离开时，市长女儿把自己的戒指斩成两半，将一半给了他，以便他们再次相逢时能互相认出来。

船起航了，少年来到一个遥远国家的城市。那里最近新来了一个牧师，很善于布道，城里所有的人都愿意到教堂去听他布道。到了星期天，船员们也去了教堂，让少年单独一个人留在船上。少年做饭的时候，听到海峡对岸不远的地方传来喊叫声，他马上放下小艇划过去看。原来是一位老妇人站在那儿喊叫。"唉，我站在这儿已喊叫了一百年，我想渡过海峡到对岸妹妹家去，"老妇人说，"可是在你之前，人们听到我的喊叫，都无动于衷。把我渡过去，你会得到酬劳的。"少年见她怪可怜的，就划着小艇把她送到住在附近山里的妹妹家。老妇人告诉少年，他应该要她妹妹家那块放在碗橱架上的旧台布。她妹妹是巫婆。他们抵达以后，巫婆见少年帮助姐姐渡过了海峡，就说，他想要什么，就可以得到什么。

"噢，我不要其他的东西，只想要那块放在碗橱架上的旧台布。"少年说。"这一定不是你自己的主意。"巫婆说。

“现在我得回船上去，为上教堂的人准备节日饭菜了。”少年说。“不用去做饭了，”老妇人说，“你不用回到船上，饭菜会自己做好的。”接着她又说：“跟我到另外一个地方去，你会得到更多的酬劳。我站在海峡岸边喊叫了一百年，可是在你之前，谁都无动于衷。”于是，少年又跟着去找她的另一个妹妹。妇人告诉他，在那里应该要一把旧宝剑。这把剑非常神奇：把它放在口袋里，就缩成一把小刀，把它抽出来，就变成一把长剑；如果用它的黑色剑刃去砍，一切活物都会倒下死亡，如果用它的白色剑刃去砍，所有死了的又会重新活过来。他们抵达以后，妇人的妹妹得知少年帮助她姐姐渡过了海峡，就对他说，他该得到回报，他想要什么就可以得到什么。“噢，我不想要其他东西，只要那把放在柜橱顶上的旧宝剑。”少年说。“这一定不是你自己的主意。”妇人的妹妹说。

“跟我来，”妇人说，“我站在海峡旁边，喊叫了一百年，在你之前，谁都无动于衷；跟我到我的第三个妹妹那里去，你将会得到更多的酬劳！”妇人告诉他，他到那儿后应该要一本古赞美诗集。这本书非常神奇：当有人生病的时候，他只要唱一首合适的赞美诗，病人就会康复。他们到达以后，第三个女巫听说少年帮助她的姐姐渡过了海峡，马上说，他也应该从她这儿得到回报，他想要什么就可以得到什么。“噢，我不要其他的东西，只要那本古赞美诗集。”少年说。“这一定不是你自己的主意。”巫婆说。

当他回到船上的时候，其他船员还在教堂里。他想先试一下台布究竟有多大用处。果真不错，仅仅打开台布的一个角，台布上就出现了许多精美食物，甚至还有饮料呢。少年自己只吃了一点儿，其余的都让狗吃，让它吃了个够。

去教堂的人们回到船上后，船长问："你从哪里弄来这么多的食物喂狗？它吃得肚子圆溜溜的，像一根大肉肠，懒洋洋的，像一头老母猪。""噢，是我给了他一些骨头啃的。"少年说。"真是好孩子，连狗也想到了。"船长说。这时候，少年铺开台布，刹那间桌上摆满了食物和饮料，这样精美的饭菜是他们以前从来没有尝过的。

当少年单独和狗待在一起的时候，他又想试一下宝剑。他用黑色的剑刃砍向狗，狗立刻倒在甲板上死去了；但是当他把剑锋转过来，用白色的剑刃去砍的时候，它又立刻活了过来，非常得意地向少年摇尾巴。可是古赞美诗集，他还没有办法试。

他们顺利地航行了很长时间。后来，遭遇到一场持续好几天的暴风雨，在风浪中完全迷失了方向。在大海平静下来以后，他们发现自己来到了一个遥远的国度，谁都不认识那个地方。那儿正笼罩着悲哀的气氛，因为公主得了麻风病。国王登上船，询问有没有人能替公主医治，使她恢复健康。水手们回答说，船上的人都不会治病。"这条船上再没有其他人了吗？"国王问。"有，还有一个衣着破烂的小男孩。"他们回答。"让他过来。"国王说。少年说他能治好公主的病。船长听到这话，在船上转着圈走来走去，对这么小的孩子敢讲这个大话迷惑不解；同时又很为他担心，觉得不应该对一个小孩说的话过于当真。但是国王却说：智慧会随着年龄的增长而不断丰富，大人都是由小孩长大的。既然他说会治病，就应该让他试一试。国王把少年带到女儿跟前，少年唱了一遍赞美诗，公主马上就能抬起胳膊；他又唱了一遍，她就可以坐在床上；当他唱完第三遍以后，公主便痊愈了。

国王喜出望外，他愿意把王国的一半领土赠送给少年，同时把女儿也许配给他。少年对此表示感谢，不过又说，王国的一半领土他愿意接受，但自己已经和另一位姑娘订了婚，因此他不能娶公主。于是他就留在这个王国，得到了一半国土。过了一段时间，那里爆发了战争。少年不得不投入战斗，你可以想象，他毫不吝惜地使用黑色的剑刃，敌人的士兵在他的剑刃下像苍蝇一样大批倒下。国王打赢了战争。然后他又使用白色的剑刃使士兵们起死回生。士兵们全部投降了，国王允许他们过上新的生活，可是他们人数实在太多，很难给他们提供足够的食品和饮料。少年了解到国王的难处，马上取出自己的台布，于是吃的和喝的全都有了。

少年在国王那里生活了一段日子，开始思念起市长的女儿，于是装备了四艘战舰返回故乡。在抵达时，他下令开炮，炮声几乎把半个城市的玻璃窗都震碎了。他把战舰布置得富丽堂皇，就像在国王的宫殿里一样。少年的衣服都是用金线缝制的，全身上下异常华丽多彩。没过多久，市长就亲自上舰邀请这位外来的大人物到他家去做客。接受了邀请，到了市长家里，他坐在市长的女儿和太太的中间。正当他们热烈交谈、开怀畅饮的时候，少年趁人不注意，把半个戒指扔进了市长女儿的酒杯里。她马上明白了，找个借口离开餐桌，把另外半个戒指与少年的拼放在一起。

母亲注意到了，赶紧走过去。“母亲，你知道坐在里面的客人是谁吗？”女儿问。“不知道。”市长太太说。“他就是被父亲卖掉，换了烟草的那个小男孩。”她说。市长太太一听马上晕了过去。市长赶紧跑过去扶太太。当他了解到整个事情的时候，心情不比他太太好多少。“这件事丝毫不用吃惊，”少年说，“我这次来，只是为了接走我在上学路上吻过的小姑娘。”他接着对市长太太说：“你永远不要蔑视穷人的孩子。没有人知道他们以后会怎么样，因为大人都是由小孩长大的，而且随着年龄的增长，智慧也会不断增长的。”

“嗨，宝贝，快从桌子上下来！”

从前，有一位少年外出求婚，那是一个偏僻地方。他所去的人家里，一切东西都是老式的。他们住在满是烟火气的房子里，壁炉的浓烟直往上冒，光线也只是通过天窗投射下来的。这家有一个到了结婚年龄的姑娘，长得非常美丽，远近闻名，但是她也有缺点。

这家人相当热情地接待了前来求婚的人。但是，正当他们往桌子上摆薄饼、面包、腌腿肉、奶油麦片粥和一大块黄油的时候，某个人身上的衣服扯裂了一道口子，需要马上缝起来。他们要找一根缝衣针，可是哪儿也找不到。这时候，屋里的女主人说：“我的闺女，你的眼神那么好，你来把针找出来。”

她开始这儿找找，那儿找找。最后，她的目光沿着开关天窗的长杆往上瞧。“针在那儿呢。”她说，“它就在上面的天窗边上！”针取下来了，衣服上的裂口也缝完了。一切都很顺利。姑娘在屋里走着，一副很自负的样子。他们在屋里养了一只棕黄色的雌猫，可是，这回姑娘以为它蹲在了餐桌上——其实那是黄油，她错当成了猫——她去推那块黄油，结果吧嗒一声，黄油被摔到了墙上。“嗨，宝贝，快从桌子上下来！”她大声嚷。

这就是那位眼神极好的姑娘。

挂在空中的金宫殿

从前有一个人，他有三个儿子。在他死后，大儿子和二儿子想出去见见世面，碰碰运气，可是对于最小的弟弟灰小子，他们无论如何也不愿意带着一起走。“你呀，”他们说，“什么事也不能干，只会手拿松木火把坐在那儿扒灰和吹火！”“好，那么我就单独一个人走吧，”灰小子说，“这样我还免得与旅伴发生矛盾。”

两个哥哥出发了，赶了几天路，走进了一片大森林。他们坐下来休息，想吃点带在身上的干粮。这时，从草丛里走出来一位老妇人，向他们讨一点食物吃。她看上去非常苍老，也很虚弱，嘴巴不停地抽动着，头也在不时颤动，只是靠拄着拐杖，才能勉强走路。她说，她已经一百年没有吃到面包屑了。但是这两个男孩只是对她笑了笑，不但不给她面包，还无情地说，既然这么长时间她都能活过来，那么即使她不吃他们的面包屑，也肯定能坚持活下去，何况他们自己带的干粮也很少，根本没有多余的可以给她。

两人吃饱喝足，休息够了，就继续上路，最后来到国王的庄园，在那儿找到了个差事干。

他们离家以后，灰小子把两个哥哥扔掉的面包碎块捡在一起，装进自己小小的干粮袋，又拿上那支没有扳机的老式火枪，独自出发了。他想，枪带在路上总是会有用的。他走了几天，也来到了哥哥们曾经走过的那片大森林。这时候，他又累又饿，就坐在一棵树下休息，顺便吃点干粮，同时睁大眼睛留心看着四周。正当他打开干粮袋的时候，他看到一棵树上挂着一张画，上面画着一位少女，也许是一位公主。他觉得这位少女的容貌实在太可爱，无法把目光移开。他把背包和干粮全都忘得一干二净，只顾取下画像，目不转睛地盯着看。突然，那个老妇人抽动着嘴巴，颤抖着脑袋，拄着一根拐杖从野草丛中走了出来，乞求给她一点食物，因为她已经有一百年没有吃到面包屑了。

“你吃点东西吧，老妈妈。”灰小子说着，就从自己的干粮中拿出一些碎面包给她。妇人说，一百年来，还没有一个人叫过她妈妈，她一定要给他母亲般的慈爱。她送给灰小子一个灰色的羊毛线球，只要让线球在他前面滚动，他就可以到他想去的任何地方。但是，她劝灰小子不要被画像迷住，因为它只会给他招惹无穷的烦恼。灰小子觉得这张画像他不能丢掉。于是，他把画像夹在腋下，在自己前面滚动线球，没过多久，他就来到了哥哥们做事的那个国王庄园,也要求在那里干活儿。庄园里的人说那里用不着他，因为他们新近刚雇用了两个男孩；可是他一再恳求留下，最后他们决定让他在马厩做事，学当一个马倌。灰小子非常享受这件差事，因为他喜欢马。他聪明勤奋，很快就学会了照料和喂养马，不久就赢得了国王庄园里的所有人的喜爱。但是每当有空的时候，他总要看看那张画像。

他把它挂在了干草棚的一个角落里。

他的两个哥哥非常懒惰，不肯干活儿，因此常常遭到责骂和鞭打。他们看到灰小子干得比他们好，心里就十分妒忌。他们向马厩管家说灰小子的坏话，说他是一个偶像崇拜者，总是向一张画像，而不是向万能的上帝祈祷。虽然马厩管家很想保护这个男孩，可还是把这件事报告了国王。然而，国王只是把灰小子训斥了一顿，并没有进一步追究，因为这些日子，国王的女儿们都被妖怪抢走了，他一直心事重重，愁眉苦脸。但是总有人一直絮絮叨叨地在说灰小子的坏话，所以国王很想了解一下这个男孩究竟在干些什么。一天，他来到干草棚，一眼看到那张画像，发现上面画的正是他最小的女儿。灰小子的两个哥哥听到这情形以后，马上编了一个谎，对马厩管家说："我们的弟弟曾经说过，假如他愿意，他能把国王的女儿找回来。"管家毫不迟疑地向国王禀报了这件事。国王立即把灰小子喊来，说："你的哥哥们说了，你能把我的女儿找回来，现在就去找！"灰小子回答说，在国王亲口告诉他以前，他从来不知道那就是国王的女儿。如果能救她回来，他一定会尽自己最大的努力，但是他必须要有两天的时间来仔细考虑和认真准备。国王答应了他。

灰小子拿出灰色的羊毛线球，把它扔在路上。线球就在前面滚动，他跟在后面走着，一直走到送给他线球的老妇人那里。灰小子问她应该怎么办才好。老妇人说，他要带上自己的老式火枪、三百箱大钉子和马蹄铁钉、三百桶大麦、三百桶麦片以及三百头宰好的猪和三百头宰好的牛，然后再在路上滚动线球，他会遇见一只渡鸦和一个小妖怪，然后就肯定能到达目的地，因为那只渡鸦和小妖怪都是她的亲戚。灰小子决定按照她说的去做。他回到国王的庄园，带上那支老式火枪，又向国王要了老妇人说的东西，还要了运这些东西用的车马和人手。国王觉得灰小子要的东西太多，但是又说，只要能找回女儿，灰小子可以得到他要求的一切东西，甚至半个王国。

灰小子在一切准备齐全以后，又将线球扔在路上滚动，没有走多少天，就来到一座高山跟前，那儿有一只渡鸦正高高地停在一棵枞树上。灰小子走过去，站在树底下，举起手中的火枪对它瞄准。“不，不要开枪！不要开枪打我，我会帮你的忙！”渡鸦高声喊道。灰小子说：“既然你那样爱惜自己的生命，我可以饶了你。”说完，他把枪扔到一边，渡鸦就从树上飞下来，对他说：“在这座山上有一个小妖怪，四处瞎走迷了路，没法下山。我帮你上山去，这样你就可以把小妖怪送回家，所得报酬，也许对你大有用处。当你把小妖怪送回家以后，大妖怪会把他最好的东西给你，但是你不要理会其他的，只要那只拴在马厩门背后的小灰驴。”

于是，渡鸦把灰小子驮在背上飞上山，再把他放到地上。灰小子往前走了一段路，就听到小妖怪正在为找不到下山的路而低声哭泣，哭得非常伤心。灰小子很和气地同他说话，两人彼此信任，成了好朋友。灰小子答应帮助小妖怪下山，还要送他回到大妖怪的庄园。当他们走到渡鸦面前时，渡鸦把他俩都驮在背上，一直飞到山妖那里。

妖怪重新看到了自己的孩子，高兴得有点忘乎所以了。他让灰小子和他一同进屋，还对灰小子说："你救回了我的儿子，因此无论想要什么，都可以随意拿。"他取出了黄金、白银和所有稀奇珍贵的东西，可是灰小子说他宁可要一匹牲口。妖怪说，行，他可以得到一匹牲口。他们一起来到马厩，里面全是膘肥体壮的好马，像太阳和月亮一样在闪闪发光，但是灰小子觉得，这些马对他来说都太高大了。他扫了一眼门的背后，看到那头小灰驴正站在那儿。"我就要这头驴，"他说，"它正适合我，即使我从它身上摔下来，也不会摔得很痛。"妖怪很不愿意失去这头驴，但是话既然已经说出口，就必须做到。灰小子终于得到了这头驴，鞍等装备也没落下，他赶紧上路了。

他骑着驴穿过森林和原野，越过陡峻的高山和广阔的荒地。他们走了很远很远的路，驴子问灰小子是不是看到了什么。"我除了看见远方有一座深蓝色的高山以外，什么也看不到。"灰小子回答。"对了，我们就是要穿过那座山。"驴子说。

"我们能行吗？"灰小子问。当他们走到山脚下的时候，一只独角兽猛冲过来，仿佛要把他们活活吞掉似的。"我真害怕。"灰小子说。"噢，不用害怕，"驴子说，"拿四十头宰好的牛给它，叫它在山中挖一个洞，开出一条道来。"灰小子照办了。独角兽吃饱以后，灰小子许诺，如果它能在前面开道，在山里挖一个洞，让他们穿过去，就再给它四十头宰好的猪。独角兽听到这话，马上在山中挖洞，开出了一条道，它挖得非常快，灰小子费了很大的劲才勉强能跟上它。洞挖完后，灰小子扔给它四十头宰好的猪。

他们平安地从山另一头出来，又走了很长很长的路，穿过森林，越过陡峻的高山和荒凉的野地，经过许多国家。“现在你看见什么了吗？”驴子问。“除了天空和荒山以外，我什么都看不见。”灰小子回答。他们又往前走，走了很远很远的路。后来，他们走到更高的地方，山势变得比较平坦，他们也可以望得更远了。“现在你看到什么了吗？”驴子问。“是的，我看到在很远很远的地方有一个东西，”灰小子说，“它像一颗小星星一样闪烁发光。”“它实际上可并不小。”驴子说。他们又走了很长很长的路以后，驴子问：“现在你看到了什么没有？”“是的，现在我看到远处有一个东西，它像月亮一样在发着亮光。”灰小子说。“那不是月亮，”驴子告诉他，“那是我们要去的银宫殿。当我们到了那里，会看到三条飞龙，守卫在大门旁边。它们已经睡着了一百年，连眼睛上都长满了苔藓。”“我真害怕。”灰小子说。“噢，不用害怕。”驴子说，“你得唤醒那条最小的飞龙，把四十头宰好的牛和猪扔进他的嘴里，这样他肯定会跟另外两条飞龙说妥，我们便能进宫殿了。”

灰小子走了很长很长的路才到那里。他抬头一望，宫殿显得宏伟壮观，光彩夺目，所看到的一切都是用白银铸成的。飞龙躺在大门外面，挡住了路，谁也无法进去。但是看来大门外一直非常平静，没有受过什么干扰，因为飞龙身上长满了苔藓，让人看不清它们的本来面目，它们身边满是苔藓的小土坡上还长出了一片小树林。灰小子叫醒那条最小的飞龙，它开始揉起眼睛，扒开苔藓，当看清有人在那里，它马上张开血盆大口，直向他扑来，但是灰小子早已站在那里做好了准备，趁势把宰好的牛扔进它的嘴里，接着又把宰好的猪扔到它的嘴里，让它吃得饱饱的。灰小子请它唤醒另外两条飞龙，让它们游到一边，这样他就可以走进宫殿里去。飞龙说，那两条飞龙也已经有一百年没有醒来，也没有吃过东西，担心它们会在睡梦中闹得天翻地覆。灰小子认为事情不一定会那么糟，因为他们可以留下宰好的一百头牛和猪，再往后撤一段距离；这样等到他们重新回来的时候，飞龙已经吃饱了，头脑也清醒了。小飞龙对此表示同意，于是他们就这么办了。果然，那两条飞龙把整头的牛和整头的猪都囫囵吃下去，直到吃饱了才停下。之后，它们变得相当温驯，让灰小子从它们之间走进了宫殿。宫殿里光辉灿烂，灰小子都难以相信世上会有这么漂亮的地方。宫殿四下都没有人，最后，他在一间房间的门缝里，发现一位公主正在纺线。她看见灰小子进来，非常高兴，“哎呀，难道真有陌生人敢到这儿来？”接着，她又惊呼起来：“不过你最好还是走吧，否则妖怪会杀死你的，因为一个长着三个脑袋的巨大妖怪就住在这儿！”

灰小子说，即使妖怪长着七个脑袋，他也不会离开。公主听到这话，让灰小子试试能不能舞动挂在门背后的那把生了锈的巨大宝剑。但他根本舞不动，甚至连举都举不起来。“噢，”公主说，“要是你拿不动它，可以取下挂在宝剑旁边的瓶子喝上一大口，因为妖怪每次带剑出门时，总是这样做的。”灰小子喝上两大口以后，就能任意挥舞宝剑，好像它只是一把烤饼时用的小铲似的。

突然，妖怪带着呼啸的风声冲了进来。“哼，这儿有陌生人的气味！”他高声喊了起来。“你没说错，”灰小子说，“但是你也不必为此把鼻子哼得那么响，以后你再也不用为这种气味伤脑筋了。”说着，他就把妖怪的头全砍了下来。

公主高兴极了，可是过了一会儿又满面愁容了，因为她的妹妹被一个六头妖怪抢去了，住在世界尽头以外三千公里的一座用金子铸成的宫殿里。灰小子认为这件事并不难办，他能把公主和宫殿都找回来。于是，他拿了宝剑和酒瓶，骑上灰驴，又请三条飞龙带上他的牛肉、猪肉以及大钉子，一起出发了。

他们走了很远的路，穿越了一片片陆地和海滩，有一天，驴子问：“你看见什么了吗？”“除了陆地、湖泊、天空和高山以外，什么也没有看见。”灰小子回答。于是，他们又往前走了很长很长的路。“现在你看见什么了吗？”驴子问。当灰小子朝前细看的时候，看到在非常遥远的地方有一样东西，它像一颗小星星那样在闪闪发亮，灰小子就如实回答。“它肯定会变得大起来的。”驴子说。又走了很长的路以后，驴子问：“你现在看见了什么？”“我现在看见它像月亮一样在发亮。”灰小子回答。“好，好。”驴子说。接着，他们又走了很长很长的路，经过许多陆地和海滩，越过不少高山和荒原。然后，驴子问：“你现在看到了什么？”“现在我觉得它像太阳一样在发光。”灰小子回答。“对了，那就是我们要去的金宫殿。”驴子说，“但是有一条巨蛇躺在外面守卫着，挡住了我们的路。”“我好害怕。”灰小子说。“噢，不必害怕。”驴子说，“我们只要在它身上铺一层层树枝，在树枝间夹上几排马蹄铁钉，再点上火，就可以除掉它。”最后，他们来到了用长链吊在空中的金宫殿前；可是巨蛇躺在面前，挡住了路。灰小子给了飞龙许多宰好的牛和猪，让它们饱餐一顿，请它们帮忙。飞龙们在蛇身上放一层树枝和木柴，再铺上一层大钉子和马蹄铁钉，一层隔一层，直到把带来的三百箱钉子全部用完为止。一切安放妥当以后，他们点上烈火，把巨蛇活活烧死了。

办好这件事以后，一条龙飞到宫殿下面，把宫殿高高举了起来，另外两条飞龙则飞上天空，解开吊着宫殿的长链上的钩锁，然后将它平稳地放到地面上。灰小子走进宫殿，发现这里比银宫殿更加光彩夺目，但依然连一个人影也看不见。直到他走进最里边的房间，才发现公主正躺在一张金床上。她睡得很熟，仿佛死过去了似的。公主看上去艳若桃李，白里透红。正当灰小子站在那儿看着公主的时候，妖怪猛地闯了进来。他刚把第一个头伸进房门，就高声尖叫起来：“哼，这儿有陌生人的气味！”“也许是这样。”灰小子说，“不过你不必为这件事把鼻子哼得那么响，以后你再也不用为这种气味伤脑筋了。”说着就砍下了妖怪的所有脑袋，似乎它们只是长在洋白菜的茎上。然后，飞龙将金宫殿驮在背上，飞了回去——我相信，他们在路上花不了多长时间，就会把它和银宫殿并排放在一起，这样就更加光辉灿烂。

清晨，当银宫殿里的公主走到窗前看到金宫殿的时候，欣喜若狂，马上跑到金宫殿里去。可是，她看见妹妹躺在床上，好像死过去了一样，便对灰小子说，除非取来生命水和死亡水，否则无法使她苏醒过来。这两种水分别放在挂在空中的金宫殿两旁的两口井里，而这座金宫殿是在世界尽头以外九千公里远的地方，第三个公主就住在那里。灰小子觉得没有其他办法可想，只有把那个宫殿也一起取来。没用多久，他又出发了。他走了很长很长的路，经过许多王国，穿过田野和森林，越过高山和海洋，跨过峻岭和险浪，最后走到了世界的尽头，接着他又走了很长很长的路。“你看见什么了吗？”有一天，驴子问。“除了天空和陆地以外，什么也没有看见。”灰小子回答。又过了几天之后，驴子问：“现在你看见什么了吗？”“是的，现在我隐约看到在很高很远的地方有一个像小星星似的东西。”灰小子说。“它可并不小。”驴子说。他们又走了一阵子以后，驴子问：“现在你看见了什么没有？”“是的，现在它像月亮那样在发光。”“哦，是真的吗？”驴子说。他们又继续走了几天。“现在你看见了什么？”驴子问。“噢，现在它像太阳一样在发光。”灰小子回答。“我们就是要去那里。”驴子说，“那是挂在空中的金宫殿，里面住着一个被九头妖怪抢来的公主，但是世界上所有凶猛的野兽都守卫在那里，挡住了前往宫殿的路。”“哎哟，我好害怕！”灰小子说。“噢，不用怕。”驴子安慰他。接着，他又告诉灰小子，只要不在那里停留太久，用罐子装满生命水和死亡水以后马上离开，就不会有什么危险，这座宫殿每天可以通过的时间不超过一个小时，那是在中午。如果他不能在这段时间里把事情办完并离开，野兽就会把他撕成千百块碎片。灰小子说，行。他会按照驴子的话去做，决不在那里停留太久。

中午，他们到达宫殿的时候，各种各样守卫在大门外面和道路两旁的凶残野兽都睡得像石头一样死。灰小子小心翼翼地从它们中间走过去，再用两个罐子装满了生命水和死亡水。汲水的时候，他仔细查看了这座用闪亮的金子铸成的宫殿。这是他所见过的最华丽的宫殿，里面想必更加光彩夺目。“嗨，我还有时间。”灰小子想，“可以在里面转悠半个钟头。”于是，他打开大门走了进去。宫殿里面果然富丽堂皇，他从一个房间走到另一个，到处都是用金子、珍珠和最贵重的宝石做成的东西。但是人却一个也没有。他走进最后一个房间，看见一个公主躺在一张金床上睡觉，也像死过去了似的。但是，她看上去依然像最雍容华贵的王后一样端庄美丽，他从来没有见过这样玉洁冰清的美貌少女。灰小子忘记了取来的水，忘记了外面的野兽，也忘记了整个宫殿，他只是目不转睛地注视着公主，觉得无论怎样看她，也永远看不够。可是，她睡得像死了似的，他实在无法唤醒她。

将近黄昏的时候，妖怪带着呼啸的声响回来了，他大力打开大门和各个房门，震得整个宫殿摇摇欲坠。“哼，这儿有陌生人的气味！”妖怪说着，就把第一个头伸了进来，使劲嗅着。

“你确实闻到了，”灰小子说，“但是你不必这么用力地抽鼻子，几乎把肚子都要弄炸了，以后你再也不用为这种气味伤脑筋了。”说着，灰小子就把妖怪所有的头都砍了下来。杀死妖怪之后，他觉得非常疲倦，连眼睛也睁不开来。于是，他上床躺在公主身旁。公主整日都在睡觉，好像永远不会醒来似的；但是，在午夜时刻，她醒了一会儿。这时候，她对灰小子说，他已经解救了她，但是她必须在那里再待上三年。如果到那时，她还没有回到他身边，他就得来接她。

灰小子一直睡到第二天下午才醒来，他听到灰驴正在外面不停喊叫，大发脾气，于是，他想自己最好还是动身回去吧。临走前，他特地从公主的裙子上剪下一块布带在身上。然而，由于他在那里耽搁得太久，各种野兽开始骚动起来。当他骑上驴子的时候，它们已经围了上来，这情景实在令人毛骨悚然。驴子叫他往野兽身上洒几滴死亡水。他照着做了，野兽们马上倒在地上，一动也不动了。在回去的路上，驴子对灰小子说：“当你去享受荣华富贵时，就会忘记我和我为你所做的一切，我将饿得站不起来，只能用膝盖趴在地上。”灰小子说，这样的事永远不会发生。当他带着生命水回到公主那里，公主洒了几滴在她的二妹身上，二妹立刻醒了过来。她们感到幸福无比。

回到国王的庄园，国王为重新找回了女儿而激动万分。但是他盼呀盼，焦急地盼望着三年的时间快些过去，好让他的小女儿回到身旁。他让灰小子成为一个仅次于国王的显贵。可是有许多人对他变成这样一个大人物妒忌得要命，其中有一个人，他的名字叫"红骑士"——据说他将要娶最大的公主——指使公主在灰小子身上洒了一滴死亡水，使他沉沉入睡。

三年期满，第四年也过了一些日子，国王的海域开来了一艘外国军舰，第三个公主就在军舰上，她还带回来一个三岁的小孩。她派人前往国王的庄园，要他们让曾到金宫殿救她的灰小子前来接她。于是，他们派了国王庄园中地位极高的一个人去接她。这个人登上军舰见到公主时，摘下帽子，向她深深地弯腰鞠躬。

"这是你的爸爸吗，我的儿子？"公主对小孩说。一个小男孩正拿着一只金苹果玩耍。"不，我的爸爸不会像奶酪里的蛆虫一样弯腰爬行。"小男孩说。接着，他们又派了一个人去，那就是红骑士。但是，他的遭遇也并不比第一个人更好些。公主叫他回去传话，如果他们不派那个真正救了她的人来，他们全部都得遭殃。他们听到这话，实在无可奈何，只能用生命水弄醒灰小子。他来到公主的军舰上，没有弯腰鞠躬，只是稍微点了一下头，拿出他在金宫殿中从公主裙子上剪下的那块布。“这是我爸爸。”小男孩喊了起来，而且把自己玩的金苹果也给了他。于是，举国上下一片欢腾，老国王是所有人当中最欢乐的一个，因为他最疼爱的女儿回来了。红骑士和大公主的丑行暴露了出来，国王要把他们塞进钉着长钉的木桶，滚落下山。但灰小子和小公主替他们求情，才使他们得到了宽恕。

大家在国王庄园里筹备婚礼，有一天，灰小子站在窗前向外眺望，发现春天已经来临，他们该把马和家畜放出去了。最后走出牲口棚的是那头灰驴，他实在太饿了，只能用膝盖跪着慢慢地爬出牲口棚。灰小子发现自己忘记了驴子，心里十分不安，来到牲口棚，不知道应该为驴子做点什么才好。可是灰驴说，灰小子能做的最好的事情，就是把他的驴头砍下来。灰小子不愿意，但是驴子一再地恳求，最后他不得不这样做了。然而，就在驴头落地的瞬间，原来施加在驴身上的魔法立即失灵，他变成了一位英俊的王子，这位王子娶了第二个公主。两对新人举办了盛大的婚礼，他们的故事广为流传。

于是：

他们建造了房子，
又缝补好鞋子，
在每个角落，
都雀跃着他们生下的小王子。

红狐狸和灰小子

从前有一个国王，他有数以百计的绵羊、山羊和奶牛，还有几百匹骏马，金银更是多得堆成了小山。尽管如此，他仍然非常忧伤，从来不愿意接见他的臣民，更不用说跟他们进行交谈。自从他最小的女儿失踪以后，他一直就是这样。其实，即使没有失掉女儿，他的情况也够糟了，因为有一个妖怪始终在国王的庄园捣乱，所以在大部分时间里，人们无法到国王的庄园里去。妖怪会突然放出所有的马，让它们践踏田园和草场，吃掉麦地里的青苗；会突然把国王家禽的脑袋全部拧掉。有时候，它把牲口棚里的奶牛全都杀死；有时候，又把山羊和绵羊赶到山的另一边去。每当人们想从池塘里打鱼的时候，会发现所有的鱼已经被它弄到陆地上干死了。

在那个地方，还有一对老夫妇，他们有三个儿子：老大叫彼尔，老二叫保尔，最小的叫灰小子艾斯本，因为他总是坐在壁炉旁边扒弄灰烬。

他们都是漂亮的小伙子，不过大哥彼尔应该说是最漂亮的，他请求父亲允许他到外面去见见世面，碰碰运气。

“行，你可以去。迟做总比不做的好，我的孩子。”老人说。于是，彼尔在瓶里灌满烈酒，在包里装好干粮，就出发了。走了一会儿，他遇见一个老妇人躺在路旁。“噢，我亲爱的孩子，给我一点东西吃吧。”她说。

但是彼尔几乎没往路旁瞧上一眼，只是歪了一下脖子，又继续赶自己的路了。

“好，好，”老妇人说，“你走吧，你会看到自己遭报应的！”

彼尔走了很远很远的路，来到国王的庄园。国王正站在门廊里给鸡喂食。

“晚上好，愿上帝保佑您！”彼尔说。

“咯咯咯，咯咯咯……”

国王嘴里呼叫着，往东撒一把谷子，往西撒一把谷子，毫不理睬彼尔。

“好，你就站在那儿撒谷子吧，还不停地嘟哝着学母鸡叫，直到你自己也变成一只大笨熊。”彼尔自言自语地说。“你肯定会空下来，我总可以跟你说上话的。”他想。于是他走进厨房，像一个大人物似的坐到了长凳上。“你是哪一个坏小子？”厨娘问。因为彼尔那时候还没有长胡子呢。他觉得这是在嘲笑他，就冲上去要打厨娘。突然，国王进来了，他让手下在彼尔的后背上割了三道血红的口子，还在伤口处揉进盐粒，然后打发他从来的路上回去。

彼尔回到家里以后，保尔想出去。他也在瓶里灌满烈酒，在包里装好干粮，很快就出发了。走了一段路以后，他也遇见了那个要饭的老妇人，但是他也只顾走过去，甚至连话都没有答一句。在国王的庄园，他的遭遇一点也不比彼尔好。国王在

“咯咯咯咯”地呼喊着喂鸡，厨娘称他为一个不懂事的毛孩子。当他为此想揍厨娘的时候，国王手里拿着屠宰牲口用的刀子进来了，给他割了三道血红的口子，又撒上了滚烫的炭灰，然后让他带着伤痛回家去了。

这时候，灰小子从炉子边爬出来，也开始做出门的准备。第一天，他把身上的灰烬都抖掉；第二天，他把自己梳洗干净；第三天，他换上了去教堂穿的礼服。

“噢，快来看他！”彼尔说，“现在是西边出太阳了。也许你想到国王的庄园去赢得公主和半个王国吧？你最好还是留在灰烬里，躺在灰堆上吧！”可是灰小子一点也不去听彼尔的胡言乱语，他进屋来到父亲跟前，请求允许他也到世上去走一走。

“你到外面去干什么呢？”老人说，“彼尔和保尔的遭遇都不好，你出去又会怎样呢？”

但是灰小子坚持要去，最后他得到了许可。

哥哥们不肯让他带走食物，还是母亲给了他一张硬奶酪干和一块肉骨头，他就这样出发了。他并不急于赶路。“总是可以按时走到那儿的，”他想，“现在我有一整天的时间，到了晚上，如果运气好，也许还会出月亮呢。”于是他悠闲自在地走路，仔细观赏沿途的景色，还不时坐下来休息一会儿。

他走了很久，来到那个躺在路边小沟里的老妇人跟前。

“真可怜，你这个老太太，你肚子大概很饿吧？”灰小子问。

妇人说，她确实很饿。

“好，那么我和你一起分着吃。”灰小子说着，就把硬奶酪干递给她。

“你也感到冷吧？”他看到老妇人的牙齿在哆嗦打战，“你把我这件旧上衣穿上吧；它的袖子不太肥，后襟也很小，但是当它是新的时候，那可是一件好衣服。”

“等一下，”妇人说着，把手伸进自己的大口袋里，“给你一把旧钥匙。我没有其他特别的东西送给你，但是当你往钥匙圈里瞧的时候，就能看到你想知道的一切。”

灰小子到达国王的庄园时，厨娘正在提水，她干起来非常吃力。“提水这活对你来讲太重了，”灰小子说，“让我来干倒很合适。”

厨娘非常高兴，从此一直让灰小子刮锅巴吃。可是没过多久，他也为此引起了不少人的敌意。他们在国王面前搬弄是非，造他的谣言，说什么他曾经讲过他善于干好这样和那样的事。

一天，国王来问灰小子，他能把池塘里的鱼养好，不受妖怪伤害，这是不是真的。“他们说你曾经讲过能干好的。”国王说。

“这话我没有讲过，”灰小子说，“如果我讲过，我才干得好。”

国王威胁他，不管怎样，如果他想保住后背，不挨刀割的话，他就得去试试。

灰小子说，那么他只好去试试了，因为他可不想在衣服下面藏着血红的口子。

到了晚上，灰小子通过钥匙圈往里瞧，看到妖怪非常害怕百里香草，就收集所有他能找到的百里香草。把其中一部分放在水里，一部分摆在岸上，其余的则撒在池塘周围。

这样，妖怪再也不敢去伤害鱼了。可是绵羊却为此遭了殃，妖怪在那一夜把它们赶得跑个不停，翻过了无数的山头。

于是，另外的几个仆人又来造谣了，说什么假如灰小子愿意，他对绵羊也是有办法保护的，他曾经讲过自己能干好这件事。

这个谣言传开后，国王来到灰小子跟前，说了同上次一样的话，并且威胁他，如果他不干，就在他后背上割三条血红的大口子。

国王既然说了，灰小子就只好试着去做。

于是，他又开始采集百里香草了。不过，这事看来会有麻烦，因为他刚给绵羊的身上绑好百里香草，就被它们互相吃掉了，绵羊们吃得比他绑得还要快。后来他用百里香草和柏油混在一起制成油膏，再涂抹在绵羊身上，这样，它们就不再吃那草了。奶牛和马也都涂上了百里香草的油脂，它们都避免了妖怪的侵扰。

有一天，国王外出打猎，陷入森林中的荒草地，迷失了方向。他骑马在那儿转了许多天，既没吃的，也没喝的，衣服被茂密的树枝撕成一条一条的碎布条，最后身上几乎一丝不挂了。这时候，妖怪突然现身说，如果国王把回到自己国土后遇见的第一个活物送给它，它就让国王脱离险境。国王答应了。国王想大概会是他的小狗汪汪叫着迎上前来。但是，当他快回到庄园的时候，大公主首先迎上前来，其他的人跟随在后，他们热烈欢迎国王平安归来。

当国王看到第一个迎上来的是大公主的时候，难受得一头栽倒在地。从那以后，他变成了一个半疯半傻的人。

到了晚上，妖怪要来带走大公主。大公主稍微打扮一下，就坐在小湖旁的一块草地上，不停地哭着，神情非常凄惨。有一个叫红狐狸的人，他应陪伴公主一起去，但是他吓得要命，爬上一棵高高的云杉树，躲了起来。忽然，灰小子走来，坐在了公主身边。当大公主看到在这种时候还有人敢同她待在一起，非常惊喜。“把头躺在我的怀里，我给你捉虱子。”她说。灰小子照她说的做了。在公主捉虱子的时候，灰小子睡着了。于是，公主从手上取下一枚金戒指，牢牢地系在他的头发里。

突然，妖怪气喘吁吁地跑来，它是那么笨重，相距好几公里都可以听到它隆隆的脚步声，并伴随着树枝折断声。妖怪看到红狐狸像一只小黑松鸡似的躲在云杉树梢上，就向他唾了一口：“呸！”于是，红狐狸和云杉树一起被刮倒在地，红狐狸手脚摊开趴在那儿，十足像一条躺在旱地上的鱼干。

“哼，哼，”妖怪叫喊着，“你还坐在那儿替人捉虱子呢，我要把你给吃掉！”

“哼！”灰小子顿时醒了过来，通过钥匙圈里瞧妖怪。

“嗨，嗨！你盯着我瞧什么？”妖怪问灰小子。话音未落，它就抓起铁棍向灰小子扔过去，但是灰小子动作敏捷，步子灵活，妖怪刚出手，他就闪身躲开了，铁棍一直插进山岩里有十多米深。

“这算什么破兵器！”灰小子说，“把你的牙签拿过来，让你看看我怎么扔！”妖怪一把拔出了铁棍，它又大又粗，那可足足相当于三根栅栏木棍粗，灰小子却仰头望着天空，看了南边，又看北边。

“嗨，嗨！你又在看什么？”妖怪问。“我在看把棍扔到哪一颗星上去。”灰小子说，“你看见正北方那颗一丁点儿大的小星星了吗？我就选定这一颗了。”“不，还是让棍子留在这儿吧。”妖怪说，“你别把我的铁棍扔没了。”“好吧，那你就留着自己的棍吧。”灰小子说。“但是，你也许更有兴趣，让我把你扔到月亮上去，再跑回来吧？”这事妖怪也不乐意。

“好吧，你有兴趣玩捉迷藏吗？”灰小子问。妖怪觉得这挺有意思的。“你先跑。”它对灰小子说。“好，非常愿意。”灰小子说，“不过，最简便的方法还是我们来计数，这样我们就不用争吵不休了。”他们就这么办了。灰小子设法让妖怪蒙上了眼睛，他自己跑开藏起来。他们在森林边上四下奔跑；妖怪跑着跑着，就撞到一棵树上，树干被撞断了，“哗啦”一声，树倒在了地上。

“哎哟，哎哟，这捉迷藏真是见鬼了。”妖怪大声喊道，显得非常生气。“等一会儿，”灰小子说，“现在我站着不动，等喊出声音，你再来捉我。”这时候，他拿了一个梳麻针排，跑到小湖的另一边，这湖水深不见底。“过来，我站在这儿呢！”灰小子喊道。“那儿大概有牛围栏和树林吧？”“你也许听得出来，这儿没有树林。”灰小子说。他还发誓，那儿既没有木桩，也没有树林。“现在过来捉我！”妖怪向他跑过去，“扑通”一声，就掉进了湖里。每次妖怪从水面上冒出头来，灰小子就用针排戳它的眼睛。

妖怪求饶了，少年也有点怜悯它。但是，它首先必须保证不再带走公主，并把它以前抢走的另一个公主也送回来，而且必须许诺让人畜从此以后平安无事，这样妖怪才得以保住性命，回到山中的家去。红狐狸到了这时候才有胆子从地上爬起来，带着公主回到王宫。他威胁公主一定要说是他救了公主的命。接着，当灰小子把另一个公主也送回花园的时候，红狐狸再次偷偷地过来接她。国王的庄园里一片欢腾，这一喜讯在许多国家都传了开来。不久，红狐狸准备和小公主举行婚礼。

事情似乎都很顺利。然而一切并非都那么完满，因为妖怪又下山来了，把所有的汲水道全部堵了起来。“我不能进行正面报复，”它想，“那么你们也甭想有水来煮婚宴上的麦片粥了。”他们没有其他办法可想，只能派人去请来灰小子。灰小子找来一根十多米长的铁杆，让六个铁匠把它烧得通红通红的，然后通过钥匙圈往里瞧。这时候，他看见正在地底下的妖怪，如同它在地面上一样清晰可辨。灰小子把铁杆往地里插下去，一直插到妖怪的后背上，人们离开很远很远都能闻到类似牛角烧焦了的味道。“哎哟，哎哟！”妖怪痛苦地喊道。“快放我上来！”突然它气冲冲地从洞里冒出来，整个后背直到脖子全烫伤了。但是灰小子动作非常利索，他一把抓住妖怪，把它放在一根用百里香草编成的长棍上，妖怪被迫无奈，只得乖乖地躺在那儿。

正在这时候，国王和两个公主都来了，想亲眼看看妖怪的下场。红狐狸神气活现，扬扬得意地走来走去，尾巴都快跷到天上去了。可是，国王看到灰小子的头发里有什么东西在闪闪发亮。“你头上有什么东西？”国王问。“这是你的女儿送给我的戒指。”灰小子说。现在，事情已经真相大白。红狐狸痛哭流涕，请求饶恕；但是说得再好听，也救不了他，他被扔进了蛇洞。

他们处死了妖怪。于是，大家在灰小子的婚宴上轻歌曼舞，尽情畅饮，因为他才是真正的英雄。他娶了小公主，并且得到了半个王国。

然后我把我的故事装上雪橇，
驶到更善于讲述的你；
要是你讲得并不如我好，
就太丢人啦。

想当商人的少年

从前有一个寡妇，她有一个儿子。他除了想当一个商人之外，对做其他事情都没有兴趣。可是家里非常穷，没有什么东西可以让他拿去当本钱。他母亲唯一的财产就是一头母猪，他求了很长时间，好说歹说，好不容易才让母亲同意把猪给了他。有了母猪，他就想出去把它卖了，这样就会有一点本钱。他向各种各样的人推销，但是没有一个人想买。最后他来到一个富有的大农庄主面前，可有钱的人总想更加有钱，这个农庄主就属于那一类贪得无厌、永不知足的人，他的钱是很难被人赚走的。

“你想买母猪吗？”少年问，“这可是一头大母猪，好母猪，真正的肥母猪。”农场主问他，母猪要卖多少钱。少年说，即使在兄弟之间，这头母猪也至少要值近十个银币，但是他现在手头拮据，急需用钱，只要给四个银币，他就把母猪卖了，这个价格便宜得就像白给一样。但农场主还是不肯接受，他甚至连一个银币都不愿付，说家里的母猪已经够多的了，但是少年既然急于要卖，他当然可以帮个忙，把猪买下来，不过他肯为整头母猪付的最高价钱是四个铜币。如果他不愿意，还是把母猪赶到别人的猪舍去吧。

少年非常恼怒，但他转念又一想，有点本钱总比一点都没有强。于是他收下四个铜币，把母猪赶进了农场主家，这样他手头就有了一点钱。可是，他重新上路以后，又觉得是被人骗了，用四个铜币根本做不了什么买卖。他走得越久，琢磨得越多，越觉得愤愤不平。于是，他想："假如我能狠狠地捉弄农场主一次，也就为母猪和四个铜币的事出了一口闷气。"

他找了几根结实的粗绳和一条赶牛用的皮鞭，身上套上一件宽大的长袍，脸上再粘上山羊胡子，然后回到农场主那里。他自称来自国外，在那里学会了木匠的手艺。其实他事先打听到农场主想盖房子。

农场主说，好，他非常愿意让少年来当造房子的师傅，因为在本地区，除了几个头脑简单、土生土长的木匠以外，再没有什么出色的木匠了。他又说，当他们外出看木料的时候，发现有一棵长得非常不错的红松树，正是建墙的理想材料。少年也说那确实是好木材，这点谁也不会怀疑；但是在国外人们现在采用一种新方法，要比过去的旧方法好得多。他们不再砍下长长的圆木料钉在一起当墙壁，而是锯成许多小木块，放在阳光底下晒干后重新拼起来，这样建成的房子比旧式的圆木墙更加结实，也更加美观。"这种方法在国外各个地方都已经广泛使用。"少年说。

"那么就这么造吧。"农场主说。他把本地区能找到的所有木匠和伐木工人召集在一起，把木材锯成小木块。

"另外还需要几棵大树，要真正的最最大的松树，来做横在墙下面的桩基。也许在你的树林里没有这么大的树木。"少年说。

“有。如果在我的树林里没有，那恐怕就很难找到这样的树木了。”农庄主说完，就领着少年到树林里去了。

走出不远，就来到一棵大树前。“这棵树够大了吧？”农庄主问。

“不，这还不够大。如果你没有更大的树，那就根本无法按照新办法来盖房子了。”少年回答。

“有，我当然有更大的树木，你会看到的。”农庄主说，“不过我们必须再往前走一段路。”于是，他们又朝山里走了很长的路，来到一棵参天大树跟前，这是树林里最大的树木了。

“你觉得这棵树够大了吗？”农庄主问。

“我想够大了。”少年说我们来抱住它，看看是不是真的够大。你到松树的那一边去，我站在这儿。假如我们的手互相碰不着，那么树就够大了。不过，你得好好地伸开手臂，我说你得好好地伸开手臂。”少年说完，就取出绳子，农场主按照他说的话做了。

“噢，我们肯定还够得着。”少年说，“等一下，让我帮你把手臂伸得更开一些。”他用绳索捆住农庄主的手腕，拖过来，再牢牢地绑在松树上，然后拿出赶牛用的皮鞭，用力抽打农庄主。“我就是被你骗去母猪的少年！噢，我就是被你骗去母猪的少年！”他嘴里大声喊着，鞭子可没停下来，直到觉得打够了，已经为母猪讨回了公道，才松开农庄主，让他躺在地上。

人们见农庄主出门很久还没有回家，就到处寻找他。他们找遍了田野，最后才在松树底下发现了他，但已是奄奄一息了。当他们把他弄回农庄的时候，少年又来了。这次他把自己装扮成一个医生，还说他刚从国外来，知道如何治疗各种不治之症。农庄主听到这话，就请求他给自己治病。少年说，这病很快就能治好，但是农庄主必须自己另住一间屋子，让医生单独和他在一起。“假如你们听见他喊叫，”少年说，“你不要去管他，因为他叫喊得越厉害，康复得就越快。”

“首先，我要给你放点血。”少年说着，让农庄主脸朝下俯卧在长凳上，用绳子捆绑结实，然后拿出皮鞭，开始用尽全力抽打起农庄主。农庄主大声号叫，因为后背实在太疼了，皮肉都像火烧一样灼痛，少年还是不停地猛抽，内心的痛苦简直难以言表。“我就是被你骗去母猪的少年！嗨，我就是被你骗去母猪的少年！”他低声喊着。农庄主疼痛难忍，仿佛有一把刀子在刺他一样；但是没有一个人在意，因为他们想，农庄主喊得越厉害，他的病好得也越快。少年“治”完病，就以最快的速度离去了。然而，发现真相的人们还是追上来，抓住了他，把他关了起来，还判处少年绞刑。

农庄主实在气坏了，在他身体康复之前，他不肯处决少年。

在少年被关押等待死刑的时候，农庄主的一个佃户在一天夜里出来偷东西，这情形让少年看到了。“你真是一个好小偷，如果在他们绞死我以前，我不把你捉弄一下，那才是一件怪事呢。”他自言自语地说。

时间过得很快，到了农庄主逐渐康复，觉得自己能亲手绞死少年的时候，他让庄里人在前往磨坊的路上立起一个绞架，这样他每次到磨坊去，都能看到被吊在那儿的少年。

在去刑场的路上，少年对农庄主说：

“你大概不会拒绝让我和你在磨坊磨面的那个佃户单独说几句话吧？我曾经欺骗过他，在临死之前我想向他坦白这件事，并且请求他的原谅。”

农庄主觉得这件事可以答应他。

“我的天哪！”少年对佃户说，“现在主人来了，他要把你吊死，因为你偷了他菜园里的东西。”

佃户听到这话，吓得要死，不知道如何来救自己。于是他就问少年，他应该怎么办。“过来，和我换一下衣服，再藏到门背后，这样主人就只知道我在这儿。”少年说，“即使他要抓人，也不会抓你，而是抓我。”

他俩互相换了衣服，花了不少时间，农庄主担心少年已经逃走了，就赶紧跑到磨坊的门口。

“他在哪里？”农庄主问少年。少年这时候站在那儿，身上全是面粉，完全像一个磨坊工人似的。

“他刚才还在这儿，我想他藏到门背后去了。”少年说。

“我来教你怎么躲藏，你这个混蛋！”农庄主说着，怒气冲冲地抓住佃户，把他推到绞架上。

事情办完以后，他到磨坊去，想和在里面磨面粉的佃户说会儿话。

少年已经把上半个磨盘抬了起来，正用手在下面摸索。

“到这儿来，你摸摸这块磨盘怎么这样奇特。”少年说。

农庄主走了过去，用一只手去摸。

“不，你这样摸不出来，除非用两只手伸到下面去摸。”少年说。

他照着做了，但是就在这一刹那，少年把支撑的重物拿走，上半个磨盘落了下来，把农庄主的双手牢牢地卡在两个磨盘石之间，少年又取出牛皮鞭子，用尽全力抽打他。

“嗨，我就是被你骗去母猪的少年！”他大声喊道。

少年把农庄主打够了，再也打不动了，就回家来到母亲身旁。过了一会儿，当他估计农庄主也快追来的时候，就对母亲说：

“现在骗走母猪的那个人快来了。我不知道用什么办法可以免受他的报复，只能在南边的地里挖一个洞，白天我就躺在里面，然后你告诉他我将要对你说的话。”接着，少年对母亲讲了她应该说些什么，做些什么。

随后，他挖了一个洞，随身带着一把又长又大、屠宰牲口用的刀子，躺进洞里。母亲在他身上盖了树枝和苔藓，所以他藏得非常好，白天他就躺在那儿。不久，农庄主来了，要找少年算账。

“是的，尽管除了一头母猪以外，他从我这儿什么也没有得到，但是他仍然成为一个了不起的小伙子。”妇人说，“他成了医生和木匠，他被绞死，又从阴间回来了，到现在为止我还没听说其他有关他的情况。白天他飘飘悠悠地回到家里，给我带来从未有过的欢乐。晚上他躺下死了，我也不想花钱去为他请牧师和买墓地，便把他埋在南边的地里，又在上面盖了一些树枝。”

“你看他是不是仍然在骗我，以逃避惩罚呢！”农庄主说，“既然在他活着的时候，我没有报复他，那么也要在他的坟墓里侮辱他。”

农庄主走到南边的地里，刚想蹲下身子，少年突然跳起来，一刀刺进他的身体，只剩下刀柄在外头。少年大声喊道：

“我就是被你骗去母猪的少年，我就是被你骗去母猪的少年！”

农庄主身上插着刀子，惊慌失措，飞快地逃跑了。从此以后，再也没有人听说过他，或者问起过他。

绿骑士

从前有一个国王，妻子已经亡故，只有一个女儿陪着他。然而一句古老的谚语说得好：丈夫对失去妻子的悲伤，就像被人用胳膊肘猛顶了一下一样，疼是疼得非常厉害，可是痛苦很快就过去了。国王不久又和一个已有两个女儿的王后结了婚。这个王后并不比普通的后母好多少，对待前王后所生的女儿态度恶劣，用心险恶。

公主们长大以后，这个国家发生了战争，国王必须开赴前线，为保卫王国和领土而战斗。三个女儿都得到许可，向国王提出愿望，如果他战胜敌人，应该给她们带回来什么礼物。当然是他的继女们首先说出愿望：一个女儿想要一部金纺车，它要能放在一枚价值八个先令的银币上；另一个想要一个金线筒，它也要能放在一枚价值八个先令的银币上。她们要这些东西当然不是为了缠线或者纺纱。但是他的亲生女儿，却什么东西都没要，只是请父王问候绿骑士。国王在前线打赢了战争，也买来了答应给继女们的礼物，但是他亲生女儿请求他做的事情，他却早已忘得一干二净。他举行了一次盛大的宴会，以庆祝胜利。在宴会上，他看到绿骑士，才记起公主的愿望，他走上前转达了女儿的问候。骑士非常感谢国王带来了公主的问候，他拿出一本书，那书看上去很像是一本包了护封的赞美诗集。他请国王带给公主，但是要求国王千万不要打开这本书，而且公主在独处以前，也不要打开它。国王在结束了种种事务以后回到家中，他的脚还没有跨进门槛，继女们就围了上来，向他要他许诺带给她们的礼物。他拿了出来。但是，他的亲生女儿很有礼貌地站在一旁，没有上来索要东西，国王本人也没有记起来那回事，直到有一次想穿上那件宴会礼服外出，把手伸进口袋去拿手绢，才触摸到了那本书。于是，他把书交给公主，还说他带来了绿骑士的问候，那本书就是他送的，公主必须在单独一个人待着的时候，才能把它打开。

到了晚上，公主一个人坐在楼上的房间里，打开了书。她立刻听到了一首悦耳的乐曲。接着，绿骑士出现了。他说，这本书非常神奇，无论公主在什么地方，每当她把书打开，他就会来到她的面前；当她一合上书，他就马上消失得无影无踪。

从此，每当夜晚公主安静独处的时候，总要打开那本书，绿骑士总会出现在她面前，陪伴她。可是，后母嗅到了一点风声，她知道有人在公主的房间里，就迫不及待地把这件事告诉了国王。国王不相信那会是真的，他们一定要首先查明事实是不是那样，才能把事情说出来，并决定是否惩罚公主。一天晚上，后母带人站在房门外，悄悄地偷听，清楚地听到房里有说话的声音，可走进里面，却什么人也没有。“你刚才是在和谁说话？”后母严厉地问公主。“根本没有什么人。”公主回答。“你撒谎！我非常清楚地听到有人。”“我只不过躺着阅读一本赞美诗集。”“把书给我看。”王后说。“哦，那是一本赞美诗集，不是其他什么，应该允许她读。”国王说。但是后母仍然坚持以前的怀疑，于是，她在墙上钻了一个小洞，悄悄躲在里面偷看。又一天晚上，她听到骑士在房里，就猛地推开门，像一阵风似的冲到继女跟前；但是，公主也极其迅速地合上了书，因此骑士在刹那间消失了。但是，不管她有多么敏捷，后母还是看到了骑士的背影，因此她更加确认有人去过房间。

不久，国王要外出长途旅行。在这期间，王后派人在地底下挖了一个很深的洞，在洞里盖了一间小屋，在屋墙里面放了砒霜和其他剧毒药，所以连一只老鼠在里面也待不住。泥瓦匠得到了许多酬劳，答应远走他乡，但是他并没有真的离开，而是偷偷留在了那儿。公主和她的使女被关进地下小屋，王后又砌死了房门，仅在上面留下了一个小洞，他们通过小洞给公主送来一点食物。公主坐在屋里十分伤心，时间变得格外漫长。这时候，她摸到了那本书，便取出来，把它打开了。她首先听到了以前听过的那一首优美的乐曲，接着是一阵凄惨的呻吟和喊叫声，绿骑士忽然出现了。“现在，我几乎要死了。”他说。然后，他告诉公主，后母在墙里放了毒药，他不知道自己还能不能再活着离开。当她不得不重新合上书的时候，她又听到了同样的呻吟和痛苦的叫喊声。

与公主一起关在下面的使女有一个未婚夫。他被派去找到泥瓦匠，请他把洞口弄大一点，让她们能爬出去；公主会付给他一大笔酬金，让他一生都吃穿不尽。泥瓦匠照着做了。公主和她的使女都逃离了地下小屋，到陌生的国家流浪。她们无论走到哪里，都要打听绿骑士的下落。最后，她们来到一座挂着黑纱的王宫跟前。忽然，一阵瓢泼大雨袭来，她们走进教堂的门廊去躲雨。这时，又来了一个年轻人和一位老头儿，他们也是来避雨的，公主往角落里让了一些，所以他们没有看见她。

“为什么这座国王的庄园披上了黑纱？”年轻人问。“你还不知道？”老头儿说。“这儿的王子，他们都称他为绿骑士，现在生命垂危。”接着，他又叙述了一遍前因后果。年轻人问有没有人能救王子。“唉，只有一个办法可行，”他说，“假如被关在地下小屋的那位少女能从野地里采集草药，把它们放在甜牛奶里煎好，用这药水给王子洗上三遍，他就能康复如初了。”接下来，他又列出了要用哪些草药才能救活王子。公主仔细听到了他们的谈话，一一记在心中。雨过天晴，那两人走了。

公主和使女马上到森林和田野采摘各种各样的药草，从早忙到晚。然后，公主装扮成医生，来到国王面前，自荐替王子治病。

国王说，不，这不会有什么用处，已经有许许多多医生来试过，王子的病情仍然不断恶化，而不见任何好转。公主并不气馁，她保证能让王子康复，而且又快又好。最后国王允许她去试一下。她走到绿骑士跟前，用药水给他洗了一次，第二天，王子的病情就减轻多了，已能从床上坐起。公主又给他洗了一次，第三天，他可以在屋子里来回走动了。公主给他洗了第三次。结果王子变得和以前一样活泼健康了。现在，国王非常喜爱这位“医生”。回到家里，公主脱下了外套和帽子，把自己精心打扮了一番，又准备好一顿丰盛的饭菜。然后，她打开那本书，书中还是响起与以前一样的欢乐曲子，刹那间，绿骑士出现了。他非常惊讶，公主怎么来到了这儿，她细细地诉说了整个经过。欢聚结束，王子把公主直接带回王宫，把事情的缘由从头至尾地向国王讲了一遍。

他们立即举行了盛大的婚礼。此后，公主把绿骑士带到自己家，公主的父亲也感到无限欣喜。他们把后母抓起来，塞进钉满长铁钉的木桶，从山坡上滚落了下去。

傻瓜马蒂斯

从前，有一个老妇人，她有一个儿子，名字叫马蒂斯。马蒂斯非常愚蠢，不仅没有常识，而且总是把事情做颠倒了，从来没有做对过一件事。因此，大家只叫他傻瓜马蒂斯。

对此，老妇人觉得够糟糕的；但是她认为更加糟糕的是，她的儿子除了整天懒散地蜷缩在墙根，什么也不想干。

他们附近有一条大河，水流湍急，行人很难通过。有一天，老妇人对这男孩说，附近的树木都快长到住房的墙根了，他应该去砍一些木材，运到河边，设法在河上架设一座桥，然后收取通行费，这样他可以有点事情干，也有点收入，来维持生计。

马蒂斯也觉得这样很好，因为他母亲就是这么说的。他说，母亲要他做的事，他一定会去做，这是没有疑问的；她说应该这样，就一定是这样，而不会是别的样子。于是，他砍伐木材，运到河边，再架起桥来。这件工作进展得并不快，但是他在这期间，总算有点事情做了。

木桥建成以后，男孩就站在那儿，向要过桥的人收取通行费。他母亲说，除非行人交纳通行费，否则，他一个也不应该让他们过桥。她还说，手头没有现钱也没关系，实物也可以抵偿。

第一天，来了三个人，每个人都拉着一车干草，想过桥去。“不行，”男孩说，“在我收取通行费以前，你们谁也别想过桥。”

“我们没有钱付通行费。”他们说。

“那么你们就不能过去；不过，没有钱也可以用实物抵偿。”男孩说。

于是，他们每人给了他一捆干草，这样他也有了能装满轻型雪橇的一小堆干草。然后，才允许他们过桥去。

不久，来了一个小贩。他带着缝衣针、各种杂线和其他小商品，想过桥去。

“你在付通行费以前，不能过桥去。”男孩说。

“我没有钱付通行费。”小贩说。

“你大概有货物吧？”男孩问。

于是，小贩拿出两根缝衣针给了他，才被允许过桥。男孩把缝衣针插进干草里，就回家了。他一进家门，就嚷了起来：“现在我收到了通行费，生活有着落了！”

“你收到什么啦？”妇人问。

“噢，来了三个人，每个人都拉着一车干草。他们每人给了我一捆，所以我有了一小堆干草。后来我又从一个小贩那儿收了两根缝衣针。”男孩回答。

“你把干草弄到哪儿去了？”妇人问。

“我拿起来嚼了嚼，除了青草味，没有其他味道，我就把它们扔进了河里。”男孩回答。

“你应该把它们铺到牲口棚的地上去。”妇人告诉他。

“下一次我会这么做的，妈妈。”男孩说。

“那么你把缝衣针弄到哪儿去了呢？”妇人问。

“我把它们插进干草里了。”男孩回答。

“唉，你真是一个傻瓜！”妇人说，“你应该把它们别在你的帽子上。”

“行，别说了，妈妈！下一次我会这么做的。”男孩说。

第二天，当男孩又站在桥边的时候，来了一个磨面的人，他带着一车面粉，要过桥去。

“你在付通行费以前，不能过桥。”男孩说。

“我身上没带着铜钱来付通行费。”那人说。

“那么你不能过去。”男孩说，“不过，实物也是很好的抵偿。”于是，他得到一磅面粉，让那人过了桥。

没过多长时间，一个铁匠匆匆忙忙地赶了过来，他带着一大包铁器，想过桥去。

“你在付通行费以前不能过桥。”男孩说。但是，铁匠也没有钱来付，于是，他给了男孩一个小铁钻，就过桥去了。

当男孩回家来到母亲跟前的时候，她首先问起的便是通行费的事。“你今天收到了什么通行费？”她问。

“噢，来了一个磨面的人，他带着一车面粉，就给了我一磅；后来又来了一个带着一大包铁器的铁匠，他给了我一个小铁钻。”男孩说。

“你把铁钻放哪儿了？”妇人问。

“我照你说的那样做了，妈妈。”男孩回答，“我把它别在帽子上了。”

“唉，这样做是不对的。”妇人说，“铁钻，你不应该别在帽子上，而应该把它卡在你的衣袖里。”

“行，行，别说了，妈妈！下一次我会这么做的。”男孩说。

“你的面粉呢？”妇人问。

“噢，我照你说的那样做了，妈妈。”男孩回答，“我把它铺在牲口棚的地上了。”

“我从来没有听说过这么荒唐的事！”妇人说，“你应该回家拿一个小桶把面粉盛起来。”

“行，别说了，妈妈！下一次我会这么做的。”男孩说。

第三天，男孩又到桥头去收取通行费。这时候来了一个人，他带着一批烈酒，想过桥去。

“你在付通行费以前，不能过桥。”男孩说。

“我没有铜币。”运酒的人说。

“那么你就不能过去，但是你大概有货物吧？”男孩说。于是，他得到了半坛烈酒，他把酒倒进了自己的衣袖里。

不一会儿，来了一个人，赶着一群山羊，想过桥。

“你在付通行费以前，不能过桥。”男孩说。他也并不比其他人更为富有，也没有钱。于是，他给了男孩一头小的公山羊，然后赶着羊群过了桥。男孩便抓起小山羊，用脚踩着塞进了他带来的小桶里。回到家里，妇人问他：

“你今天收到了什么？”

“噢，来了一个运烈酒的贩子，从他那儿我收了半坛子烈酒。”男孩回答。

“酒呢？”妇人问。

“噢，我照你说的那样做了，妈妈。”男孩说，“我把它倒进我的衣袖里了。”

“唉，这样做是不对的，我的儿子。你应该跑回家来拿一个瓶子，把酒倒进瓶子里。”她说。

“行，别说了，妈妈！我下一次会这么做的。”男孩说。

“不久，又来了一个人，赶着一群山羊，他给了我一头小的公山羊，我把它塞进了小桶里。”他说。

“这又错了，真是错得没法再错了，我的儿子。”妇人说，“你应该用一根柳条把它拴住，牵回家来。”

“行，别说了，妈妈！我下一次会这么做的。”男孩说。

过一天，他又离家到桥头去收取通行费。这时候，来了一个人，他带着一大批黄油，要过桥去。但是男孩说，在付通行费以前，不能过去。

“我没有钱交通行费。”那人说。

“那么你不能过桥。”男孩说，“但是如果你有货物的话，我也可以收下作为抵偿。”

于是，那男子给了他一块黄油，才被允许过桥去。男孩走进柳树林，折下一根细柳枝，用它拴住黄油，一路上拖着回家了。可是，无论他走到哪里，都在地上留下一点黄油，等他回到家中，黄油一丁点也没有剩下。

“你今天得到了什么？”他母亲问。

“来了一个人，他带着一批黄油，给了我一块。”男孩回答。

“你的黄油在哪里？”

“我照你说的去做了，妈妈。”男孩说，“我用一根柳条绑住黄油，拖着它回家，但是它在路上不见了。”

“唉，你真是一个傻瓜，而且永远是一个傻瓜！”妇人说，“现在，你辛辛苦苦，忙了几天，什么都没有得到。假如你像其他人一样聪明的话，就既有了粮食，又有了烈酒；既有了干草，又有了工具。假如你不能更好地照料自己，我也不知道应该拿你怎么办了。也许如果结了婚，有一个人能照顾你，你会变得聪明一点，增加一点理智。我是说，你最好上路去，设法给自己找一个好姑娘。但是，你必须在路上行为规矩，遇见人要主动问候。”

“我应该说些什么呢？”男孩问。

“这还用问？”母亲说，“愿上帝保佑你平安！你要知道，你应该这样说。”

“好，我会照你说的去做。”男孩说。于是，他出发求婚去了。走了一段路，他遇见一只灰狼，带着七只幼崽。快到灰狼身旁的时候，他停了下来，主动问候说：“愿上帝保佑你平安！”说完就跑回了家。“妈妈，我照你教给我说的那样问候了。”男孩说。

“你问候了什么？”母亲问。

“我说：‘愿上帝保佑你平安！’”男孩回答。

“那你遇见谁了？”母亲问。

“我遇见灰狼带着七只幼崽。”男孩说。

“你还是这样，没有一点长进！”母亲说，“你为什么要对灰狼说，‘愿上帝保佑你平安’？你应该击掌轰他走，嘴里喊：‘嘘！嘘！你这灰狼！’你该这么说。”

“行，别说了，妈妈！下一次我会这么说的。”男孩说完，又出发了。走了一段路，他遇见了一队迎接新娘的队伍。于是，他停了下来，走到新娘和新郎之间，拍着手掌说：“嘘！嘘！你这灰狼！”然后，他跑回家，来到母亲跟前。“我照你教给我的话说了，妈妈。”男孩说，“但是我却为此挨了揍。”“你说了什么呀？”妇人问。

“我拍着手掌说：‘嘘！嘘！你这灰狼！’”男孩回答。

“那么你遇见了谁呀？”妇人问。

“我遇见了一队迎亲的队伍。”男孩说。

“唉，你真是一个傻瓜！还是老样子！”母亲说，“为什么你对迎亲队伍说那样的话呢？‘新娘、新郎，祝你们幸福美满！’你应该这么讲。”妇人说。

“好，别说了，妈妈！下一次我会这么说的。”男孩说完，又出发了。这次他遇见了一只熊，正骑在一匹马身上。男孩经过熊的旁边时说：“新娘、新郎，祝你们幸福美满！”然后，他回家告诉母亲，他已经按照她教的话说了。

“你说了什么？”他的母亲问。

“我说：‘新娘、新郎，祝你们幸福美满！’”男孩回答。

“那么你遇见了谁呀？”他的母亲问。

“我遇见了一只熊，它正骑在一匹马的身上。”男孩回答。

“你真是一个十足的笨蛋！”母亲说，“‘你见鬼去吧！’你应该这么说。”

“好，别说了，妈妈！下一次我就这么说。”男孩回答。

于是，他又出发了，在路上遇见一支送葬的队伍。当他来到棺材正对面的时候，他说：“见鬼去吧！”然后，他回家来到母亲身旁，告诉她已经照她教的话说了。

“你说了什么？”妇人问。

“我说：‘见鬼去吧！’”男孩回答。

“那么你遇见谁啦？”他的母亲问。

“我遇见了一支送葬队伍。”男孩说，“但是我为此挨了揍。”

“唉，这还是便宜你了。”妇人说，“‘愿上帝怜悯你这可怜的灵魂！’你应该这么说。”

“好，别说了，妈妈！下一次我就这么说。”男孩说完，再一次出发上路了。当他走了一段路以后，他看到有两个凶恶的流浪汉正在剥一条狗的皮。他走到他们跟前，问候说：“愿上帝怜悯你这可怜的灵魂！”话一说完，就跑回家中告诉他母亲，他已经照她教的话说了，但是他却为此挨了一顿狠揍，所以几乎连回家的路都走不动了。

“你说了些什么？”妇人问。

“我说：‘愿上帝怜悯你这可怜的灵魂！’”男孩回答。

“你遇见了谁呀？”他的母亲问。

“那是两个流浪汉，他们正在剥一条狗的皮。”男孩说。

“唉，你还是老样子！”妇人说，“你这样丢人现眼真是既可怜又可气。还从来没有听说过有这样的蠢事。你现在再出去一次，不要去管遇见的是什么人，因为你是去求婚的。看看你能不能找到一位姑娘，她比你明白世情，处理事务也聪明一些。但是，你的行为举止一定要像平常人那样。假如成功，那真值得庆幸，要高呼万岁呢！”

男孩说，好，一切都按照他母亲教给他的去做。他出发了，向一位姑娘求婚。这姑娘认为他还不算让人讨厌，所以答应嫁给他。

男孩回到家中，妇人想知道他的姑娘叫什么名字，但是他说不出来。妇人非常生气，说他得再去一趟，因为现在她想知道他的姑娘叫什么。当男孩又该回家的时候，勉强记起得问姑娘的名字。她说她叫索尔维。男孩一面跑着回家，一面还在嘴里不停地喃喃自语：

“索尔维，索尔维，我的姑娘！索尔维，索尔维，我的姑娘！”

他跑得飞快，想在忘掉这名字以前跑回家，但却忽然踩在草丛上摔了一跤，把名字又忘记了。他站起来以后，马上在草丛周围寻找，可是除了一把铁锹之外，什么都没有找到。他拿起铁锹刨坑，尽最大努力去搜寻。这时，走过来一个老人。

“你挖坑在找什么东西？”老人问，“你是不是在这儿丢了什么？”

“噢，是的，噢，是的，我丢掉了我的姑娘的名字。”男孩说，“但是，我怎么也找不着。”

“我想她叫索尔维。”老人说。

男孩听到这话，拿起铁锹拔腿就跑，嘴里又喊了起来：

“索尔维，索尔维，我的姑娘！”

但是，他跑出几步以后，又想起铁锹还拿在手里，就随手把它扔了回去，恰好砸在老人的脚上。老人疼得大叫一声。于是，男孩又忘掉了名字。他飞快地跑回家里，他母亲问他的第一句话就是：“你的姑娘叫什么名字？”男孩还是糊里糊涂，并不比上一次知道得更清楚。

“你还是一个大傻瓜。”妇人说，“这件事你肯定办不成了。我只好亲自去把你的姑娘接回家来和你结婚。在这段时间里，你多打些水来把下面的五排横木擦洗一下，然后拿点猪肉和羊肉，再去菜园摘点绿色的蔬菜，把所有东西放在一起煮。做完以后，你再把自己好好打扮成一个漂亮的小伙子，就可以坐在木墩上等待你的姑娘到来。”[1]

---

1 马蒂斯母亲的这段话虽然有一些多义词，但是上下文连在一起，意思仍然很明确。而马蒂斯后来却把它全弄错了。如“擦洗下面五排横木”误解为“把水淹到第五排横木”；sot一词本意为“甜”，但这儿做“漂亮”解；fjxreseg本意是“用羽毛装饰”，但这儿做“把自己修饰打扮”解，等等。

男孩认为这些事情他完全能做得很好。他打来水就往客厅里倒，但是实在没有办法让水位超过第四排横木，因为水位一超过第四排，水就往外流。他只好先去做别的事情。他们有一条狗，名字叫布斯特（意思是猪肉或硬毛），还有一只猫，名字叫勃格（意思是羊肉或宽肩），他抓住了它们，把它们塞进煮汤的铁锅。他发现在菜园子里颜色最绿的东西是一条绿色的连衣裙，那是他母亲特意买来送给儿媳妇的。他把连衣裙拿来，剁得细细的，放进汤里。还有那头猪，名字叫奥特（意思是一切东西），他抓来单独放在熬麦芽酿酒用的铜锅里煮。男孩把这些事情都搞好以后，又找来一罐蜜糖和一床羽绒被。他先把蜜糖抹到自己身上，接着撕开羽绒被，把身体扑到羽绒上。然后他坐在厨房里面的木墩上，等待母亲和姑娘的到来。

当妇人回到庄园的时候，首先发觉狗没有了，因为它每次都跑出来欢迎她。接着，又发现少了猫，因为它也总是在屋前的门廊里迎接她，在天气晴好、阳光灿烂的日子里，它会一直跑到场院里，在栅栏门口迎候她。她特意想送给儿媳的绿色连衣裙也不见了，还有无论她走到哪里都跟着她哼哼的那头猪也没在原处。于是，她想问问这究竟是怎么回事，但是她刚拉开门，屋里的水就像瀑布一样从门口涌了出来，妇人和姑娘差一点儿被急流冲跑。

她们不得不绕道从厨房的门进去，走到里面一看，那儿坐着一个全身沾满羽毛的怪物。

“你干了些什么呀？”妇人问。

“我是照你跟我说的话去做的，妈妈。”男孩说，“我想把水打到第五排横圆木，但是我倒进去有多快，它流出来也有多快，因此我打的水无法高过第四排横木。”

“行，那么布斯特和勃格呢？”妇人问，她想转到另一个话题，把刚才的事遮掩过去，“你把它们弄到哪儿去了？”

“我是照你跟我说的话去做的，妈妈。”男孩说，“我捉住它们放进了做汤的铁锅。它们大声喊叫，还又咬又抓，尤其是布斯特，它非常有劲，用力猛踢，但到最后也被我制服了。还有奥特，它被放在酿酒房的铜锅里煮了，因为汤锅里放不下它了！”

“可是你把我想送给儿媳妇的那条绿色连衣裙弄到哪儿去了？”妇人问。她还想掩饰她儿子的愚蠢和荒唐。

“噢，我照你对我说的去做了，妈妈。”男孩说，“连衣裙挂在菜园里，这是那里颜色最绿的，因此我取下来，剁成细条，放进汤锅里了。”

妇人走到壁炉旁，取下铁锅，把里面的东西全部倒掉，重新做了一锅汤。可是，当她回头看清儿子的怪模样的时候，吓了一大跳。

“你是怎么搞成这副样子的？”她问。

“我是照你跟我说的话去做的，妈妈。”男孩说，“我先抹上蜜糖，使自己变得甜蜜，然后又撕开羽绒被，用羽毛把自己好好装饰起来。”

妇人想尽力把丑事遮掩过去，她帮男孩弄下羽毛，清洗干净，重新穿上衣服。

接下来，他们该举行婚礼了。但是马蒂斯首先得进城去卖掉一头母牛，再为婚礼购置一些必需的物品。妇人告诉他应该怎样做，在开始和最后她都强调说，他一定要设法多赚一些。男孩认为自己肯定能做到。当他牵着母牛来到市场上，别人问他母牛要卖多少钱的时候，他说他卖了母牛要得到“一些”。于是，走过来一个屠夫，他叫男孩牵着母牛跟他回家，男孩就能卖掉母牛得到“一些”。马蒂斯牵着母牛跟着屠夫到了目的地以后，屠夫在他的手心里吐了一口唾沫，然后说：“这就是你卖掉母牛得到的一些，不过千万要当心，别弄丢了！”

男孩拳头握得紧紧的，小心翼翼地走着回家，仿佛踩着鸡蛋走路似的。但是，当他走出很远，来到城外路上的时候，遇见牧师坐着马车回来了。

“帮我把大门打开，我的孩子！”牧师说。

男孩赶紧跑去开门，忘记了他拿在手里的“一些”，他用双手去推，结果那东西就沾在了大门上。当他发觉手里东西没有了的时候，很生气，就说牧师从他那儿拿走了“一些”。牧师问他是不是弄错了，自己并没有从他那儿拿走什么东西，男孩非常恼怒，一拳头就把牧师打死，埋在路旁的沼泽地里。他回到家里，把所有事情都告诉了母亲，母亲连忙宰了一头公山羊，放到男孩埋掉牧师的地方，再把牧师葬在另一个地方。干完这件事以后，她在炉火上挂了一口铁锅煮麦片稀糊。煮好后，她让马蒂斯坐在壁炉旁切削木棍，自己则拿着稀糊锅爬到房顶上往下倒，淋得男孩满头满身都是稀糊。

过一天，警长找来了。当他问到案情的时候，马蒂斯并不隐瞒是他打死了牧师，还说，他愿意指给警长看他把牧师埋在哪里。警长问他那是在哪一天。“是在全世界天上都下麦片稀糊的那一天。”男孩说。他和警长来到埋牧师的地方，挖出来一头公山羊。男孩问：“你们的牧师头上长角吗？”可是，其他人听到这话，都认定这个男孩没有一点理智，就放过了他。

婚礼就要举行了，妇人对男孩好好开导了一番，告诉他坐在婚礼宴席上时，行为举止必须彬彬有礼，一定不要总盯着新娘看，而是要不时地瞧上一眼[1]；他可以自己吃豌豆，可是鸡蛋必须分给新娘吃；骨头[2]他一定不要随便扔在桌子上，而是要好好地放在盘子里。

马蒂斯会那样做，也一定会做得很好，因为他只会做母亲告诉他的一切，其他的什么都不做。他大步走进羊舍，把那儿的所有绵羊和山羊的眼睛都挖了出来，带在身上。他们走到餐桌跟前，马蒂斯背对姑娘坐着，向姑娘扔过去一只绵羊的眼睛，刚好砸在姑娘的脸上。之后每过一小会儿，他总要向她扔一只眼睛，鸡蛋他全吃光了，因此姑娘什么味道都没有尝到；可是当豌豆上来的时候，他和姑娘平分了。他们吃了一会儿以后，男孩把自己的两条腿都抬上桌面，并排放到了盘子上。

1　φye一词既可作“眼睛”，又可做“眼光”解。后来马蒂斯把“看上几眼”误解为“扔眼睛”。

2　ben一词既是“骨头”的意思，也可做“腿”解。

晚上当他们要躺下睡觉的时候，姑娘感到非常苦闷，嫁给这样一个傻瓜丈夫，她觉得简直毫无指望。于是她说，她忘记了一点东西，想出去一会儿，可是马蒂斯要跟着一块儿去，因为他担心姑娘会不再回来。

“不，你静静地躺着！”新娘说，“这儿有一根很长的鬃绳，我用它把自己拴住，让房门也开着。假如你认为我去的时间太久，你只要拉绳子，就可以把我拉回来。”

这个办法马蒂斯非常满意。姑娘来到场院里，遇见一头公山羊，她解开自己身上的绳子，系在公山羊身上。

男孩等了半天，开始往回拉绳子，结果把公山羊拉到了自己的床上。他喊了起来：“妈妈，妈妈，我的新娘像公山羊一样还长着角！”

“唉，傻孩子在胡说八道！”他母亲说，“我知道，那是她的小发辫。”

突然，男孩又喊了起来：“妈妈，妈妈，我的新娘像山羊一样全身长满了粗毛！”

“唉，你这个傻孩子，又躺在那儿哇哇乱叫！”妇人说。

于是，他们整夜都不得安宁，因为男孩不知什么时候又突然喊叫他的姑娘在这个或者那个地方像一只公山羊。到了第二天早晨，妇人说：“起床吧，我的儿子，快去把炉火点着！”

男孩爬到房顶的阁楼上，点着了堆放在那儿的麦秆、碎木片和其他杂物。于是，一下子满屋浓烟滚滚，他没法再待在里面，不得不跑出去。老妇人也只得赶紧跑出去。他们刚出屋，房子就烧起来了，高高的火焰吞没了整个屋顶。

“真是幸运！真是幸运！万岁！”男孩大声喊道。他觉得，这才是婚礼的真正欢乐。

杂货店少年

从前，有一个杂货店的少年，深受当地所有人的喜爱，大家都觉得他手持码尺和杆秤站在柜台后面实在太可惜了。因此，他们愿意资助他购买一批货物到国外去卖，还让他自行选择货物。他挑选了老式奶酪[1]，装运到土耳其去，在那里卖了好价钱。但是，当他将要回国的时候，遇见两个人杀死了一个男子，他们把那人活活打死还嫌不够，还继续糟蹋尸体。少年实在不能忍受他们肆意妄为，便用自己的钱从他们手中买下尸体，又另外购置了一块坟地，把死者好好安葬了。

后来他顺利地回到国内，人们对他的做法褒贬不一。出钱帮助他的人当中有一些认为他做了一件善事，但是另一些人对他用这种方式白白扔掉钱非常不满意。不过，他们愿意再考验他一次，看他下次能不能干得更好些，于是让他再选择一批货物。他挑选了同样的货物，运到了同一个地方，而且还卖了更好的价钱。但是，当他要回国的时候，碰到两个人劫持了一位公主。他们用皮带子把她捆绑结实，正要带走。他们剥掉了她上身的衣服，一边一个架着她，还不时用鞭子抽打。少年对她深感怜悯，因为那是一个美貌的公主。于是，他上前打问，可

1　老式奶酪是一种在挪威深受人们喜欢的传统食品。用脱脂的酸牛奶发酵后制成，略呈浅棕色，有强烈的辛辣味。

不可以赎回公主，他付给了他们索要的银币，就如愿以偿了。

少年高兴地返回家乡。但是，那些出钱资助的人，对他所做的事情气得要命，几乎要发狂了，他们把他驱逐出去，他流落到了英格兰。在那里，和心爱的公主一起待了四年。公主是一个编织花边的能手，他每天把花边拿出去卖，能卖到两个克朗的银币，他们就这样维持生计。

有一天，少年遇见两人吵架，其中一人要用鞭子抽打另一个人，因为后者欠他一个半克朗的银币没还。少年觉得这样做太不讲理，便替那人还清了债务。

又有一天，他遇见两个旅行者，他们同少年交谈起来，问他有没有什么东西卖。他说，除了花边以外，没有其他东西。于是，他们想买三个克朗的花边，接着，又问他住在哪里，还定下了来取货的日子。到了那天，他们来了，其中一人是公主的哥哥，另一人是与公主订有婚约的王子。他们拿到了预订的花边，还想把公主一起带回家。可是，公主不肯离开少年，除非他们把少年也带走，并且负担他的生活；因为正是这位少年救了她，只要她还活着，就不愿意离开他。他们想把公主带走，就只好满足了她的要求。

上船的时候，公主和她的哥哥先上，接着该王子上船。他把船推离岸边以后才翻身上去，却把少年留在了岸上。船上早已做好开航的准备。就在这时候，少年曾帮忙付清一个半克朗债务的那人驾着小艇过来，把他送上了船。公主高兴极了，从手上脱下自己的金戒指送给少年，还让他到自己的船舱住。

他们航行了许多天以后，来到一个荒芜的小岛。公主的哥哥和王子说要猎一些野味，就与少年分别沿着小岛的两边走，王子从中间径直往前走。当少年拐过弯，看不到他们的时候，他俩偷偷掉头回船，并把船开走，把少年一个人留在岛上。少年无处可走，在岛上一连困了七年，以野果充饥。后来，岛上来了一位老人，对少年说："你心爱的人今天将要做新娘。自从和你分离以后，七年来，她从来没说过一句话。但是尽管这样，王子还是要和她结婚，因为他知道，公主生性聪明，而且非常富有。"接着，老人问少年是不是有兴趣到婚礼上去看看。少年说他当然非常想去。就在片刻之间，他已经到了举办婚礼的庄园。现在，他想知道到底是什么样的人把他带到了这里。老人说，自己是一个幽灵，就是少年在土耳其买下他尸体进行安葬的那个人。然后，他又送给少年一个玻璃杯和一瓶美酒，还建议少年派人进去，请婚礼司仪出来相见。"首先你斟上一杯，自己喝。"他说，"接着，再斟上一杯，让司仪喝，最后你斟上第三杯，送进去给新娘喝。但是，你必须先从手指上取下戒指，把它放进你送给新娘喝的酒杯里。"

当司仪捧着酒杯进来的时候，所有人都说公主不应该喝这酒。但司仪说："首先他喝了，接着我也喝了，因此公主喝一定不会出什么问题。"当公主喝完酒，看到放在玻璃杯底的戒指时，马上向门外走去。一到门外，她就认出了少年。公主上前搂住他的脖子，热烈地亲吻他，尽管他满脸都是胡子。

国王跟着也来了，想知道这两人之间的爱情故事。他们被带进一个房间，把全部经过叙述了一遍。于是，国王下令叫来理发师，替少年刮掉胡子，好好修饰一番，又传裁缝带来全套新衣。然后，国王进婚礼大厅，他问新郎，他会给一个从别人那里盗走了生活和荣誉的人判处什么刑罚。王子回答，这样一个恶棍应该首先送上绞架吊死，然后焚烧他的尸体。王子话音刚落，国王就下令把他抓起来，处以他给自己判定的刑罚。杂货店的少年和公主结了婚，他们生活得幸福美满。

婚礼之后，我离开了，因此不知道后来的情况怎样；但是我知道，最后一个讲述这个故事的人，直到今天还活着，他就是勒尔达尔河谷的奥勒·奥尔森·海利。

三个柠檬

从前，有孤儿兄弟三人，父母没有留给他们什么遗产，因此他们不得不自己到世上去碰碰运气。两个哥哥尽量做些准备，但是最小的弟弟——大家叫他松枝汉斯，因为他总是坐在壁炉旁边，手里拿着松枝火把——他们可不愿意带他一起走。清晨，天色微亮，他们就出发了。但是不知是怎么搞的，松枝汉斯还是与他的两个哥哥一起到达了国王的庄园找活儿干。国王说，他没有什么活儿让他们干；但是他们既然强烈要求，就留下吧——在这样一个大庄园里，总是会有一些事情需要人去做的：他们可以把钉子钉进圆木墙里，钉好以后，再把它们拔出来；干完这些事，再替厨师搬柴打水。往墙里钉钉子、拔钉子，松枝汉斯干得最出色；同样，搬柴打水也是他做得最好。因此，两个哥哥对他非常嫉妒，就造谣说，他曾经讲过，能给国王找到十二个王国中最美丽的公主，因为国王已经失去了王后。国王听到这个消息，就对松枝汉斯说，他自己说出的话应该做到；假如做不到，他们就把他按在砍柴的大木墩上，剁下他的头。

松枝汉斯回答，他既没有说过，也没有想过这件事；但是既然国王这么说了，他只好去试一下。于是，他背着干粮袋出发了。他在森林里并没有走多远，就感到肚子饿了，想吃一点干粮。当他自在地坐在路旁的云杉树下休息的时候，一位老妇人一瘸一拐地走了过来，问他干粮袋里装着什么。“牛肉干和熟猪肉，”少年说，“如果你饿了，就来吃一点吧，老妈妈！”她一再感谢，还说一定要给少年一点母亲的慈爱。然后，她又瘸着腿走进了森林。松枝汉斯吃饱了，把干粮袋挎到肩上，继续赶路。可是，没有走出几步，就发现了一支短笛。他觉得在路上有一支短笛吹，将是非常有趣的。不一会儿，他就吹起了短笛。但是刹那间，许许多多小妖怪涌到他面前，异口同声地说：“我的主人有什么命令？我的主人有什么命令？”

松枝汉斯说，他一点也不知道他是统辖他们的主人；但是假如他要下命令的话，就要他们替他把十二个王国里最美丽的公主找来。小妖们说，行，这不算是什么困难的事情，他们可以给少年指路。少年有他们指路，非常顺利地抵达了目的地。那是一座妖怪居住的宫殿，三位美貌的公主就在里面，可是当松枝汉斯走进去的时候，她们非常害怕，像受惊的小羊羔一样四下乱跑。突然间，她们变成了三个柠檬，躺在窗台上。松枝汉斯看到这情景，感到沮丧极了，不知道该怎么办才好。他想了一会儿，拿起柠檬放进了口袋。他想，万一旅途中感到口渴，有柠檬吃也是很好的。

走了一段路以后，他又热又渴，却找不到水，他不知道能用什么东西来解渴，于是想起了柠檬。他取出来一个柠檬，在上面咬了一个洞。然而在柠檬里面，却坐着一位公主，上半身伸出洞外，嘴里绝望地喊着："水，水！"还说，如果她喝不到水，就只能死去。于是，少年四下奔跑去找水，发了疯似的，但是，哪里都没有水。结果，公主被渴死了。

他又走出一段路，觉得更热更渴了，却实在找不到什么东西来解渴，就取出了第二个柠檬，在上面咬了一个洞，这洞里面也坐着一位公主，比第一位公主更加漂亮。她也喊叫着要水喝，说如果得不到水，她就会马上死去。松枝汉斯跑东跑西，在石头和苔藓下面找，仍然没有找到水。这位公主也死了。

后来，情况更加糟糕，他走得越久，也就越觉得天气炎热难当。田野里一片干旱，像被火烧焦了似的，找不到一滴水。他渴得半死，但克制了很长一段时间，不想咬那个剩下的柠檬，直到最后，他再也没有其他办法了，才在柠檬上咬了一个洞，那洞里面也坐着一位公主，她就是十二个王国里最美丽的公主，她大声喊叫着，说如果得不到水，她就立刻会死去。松枝汉斯飞快奔跑着去找水，这一次他遇到了国王的磨坊工，他指引少年来到磨坊的水塘。少年带着公主来到水塘边，让她喝水。公主喝过水以后，就从柠檬里走了出来，全身赤裸，一丝不挂。松枝汉斯不得不把自己的衣服给了她，让她披在身上，再藏到一棵树上。少年走进国王的庄园，替她去取衣服，并且禀报国王，他已经找到了最美丽的公主，还把前后经过叙述了一遍。

在这段时间里，做饭的厨娘来到磨坊的水塘打水，看见了倒映在水中的漂亮脸蛋，还以为那是她自己的，高兴得手舞足蹈。“让魔鬼去打水吧，而不是你，这么美貌的姑娘！”她说完，就把两只水桶扔到一边。但是过了一会儿，她看到映在水池中的面孔属于坐在树上的公主，就气得要命，把公主从树上拖下来，推落在水塘里。她自己却裹上松枝汉斯的外衣，爬到了树上。

国王走来，看到了那个又丑又黑的厨娘，听说这就是十二个王国中最美丽的公主，他很同情松枝汉斯，因为汉斯历尽重重艰辛才找到了她。他想，当她打扮一下，再穿上华丽服装，也许会变得好看一些。于是，国王把她领回庄园，又派人去请来制作假发的工匠和裁缝，把她当作公主一般穿戴打扮起来，但是尽管如此，她还是又黑又丑。

过了一些时候，厨师的助手到水塘去提水，她用水桶打上来一条很大的银鱼，就拿来给国王看。国王发现这条鱼长得银光闪闪，非常漂亮。但是丑恶的假公主说那是妖怪变的，一定要烧掉它。仆人把鱼给烧掉了，但是第二天早晨，他们在灰烬里发现了一块银锭。厨师的助手看到这情形，又去禀报给国王，他觉得这件事非常神奇，但是假公主说，那只不过是一种妖术，她叫他们把银锭埋进粪堆里。国王不太愿意，但是假公主整天吵闹，不让他安宁，国王最后只得让他们去把它埋掉。可是过了一天，在他们埋银锭的地方长出了一棵高大美丽的菩提树，上面的树叶像银片一样闪闪发亮。人们把这件事报告给国王，国王更觉得不可思议，但是假公主说，那只是妖术，应该立即把菩提树砍倒。国王不愿意这样做，可是假公主一直纠缠、折磨他，最后国王不得不迁就她。当女仆们出去捡回菩提树的碎片，想放进壁炉里烧掉的时候，她们看到的都是一块块银子。“这件事不必再去告诉国王或者公主。”她们中的一个说，“因为那样做，又要把这些银块烧掉或熔化，还不如藏在我们自己的柜橱里。以后当我们找到合适的对象要结婚的时候，这些银子就大有用处！”大家一致同意。但是，她们搬了一会儿以后，那些银块变得格外沉重。正当她们想弄清楚这到底是什么原因的时候，菩提树的碎片又变成了一个小孩；没过多久，小孩又长成了人们所能见到的最美丽的公主。女仆们知道事情有些古怪，她们给公主拿来衣服，飞快地找到那个少年，把事情对他说了。公主见到松枝汉斯，就一五一十地把前后经过告诉了他。她说，她被厨娘拉下树，推进了池塘；她先后变成银鱼、银锭、菩提树和碎木片；她才是真正的公主。可是，要找到国王可真不容易，因为那个又丑又黑的厨娘从早到晚都缠着他。到最后，他们想出一个主意，说邻近的国王送来了交战的宣言，这才把国王请了出来。当他看到这位美貌的公主时，立刻对她一见钟情，被深深地吸引住了，他愿意马上举行婚礼。当他听到又丑又黑的厨娘怎样恶劣地对待公主的时候，下令把她抓起来，塞进钉桶，滚下山坡。最后，他们畅饮婚礼的喜酒，这件事在十二个王国里都传遍了。

白熊国王瓦勒蒙

从前，一个国王有三个女儿，大的两个相貌丑陋，品性恶劣；但是，第三个女儿却长得如花似玉，性情也格外和善温柔，就好像是明亮的白昼一样，所有的人都很喜爱她。有一次，这位小公主梦见了一个金花冠，这个花冠制作得那样精致可爱，如果得不到它，小公主觉得自己就活不下去。由于实在没法得到，小公主整天闷闷不乐，内心有说不出的悲哀。当国王知道小公主在为花冠忧伤的时候，就派人按照她梦中所见的花冠剪出式样，再分发给各地的金匠，叫他们照此仿制。金匠们夜以继日地辛勤工作，但是制作出来的花冠，有的被公主扔在一边，有的甚至连看都不愿意看一眼。可是有一次，公主在森林里看到一只白熊，他有公主梦见的那个花冠。公主见到他时，他正用双爪捧着花冠玩耍。公主要买下这个花冠。

白熊回答说，不，它不是能用金钱买到的，公主只有嫁给他，才能得到它。公主说，没有花冠，活着也不值得；只要能得到花冠，无论到哪里去，也无论她要嫁给谁，都无关紧要。于是，他们约定好，三天以后白熊来接她走，那天刚好是星期四。

公主戴着花冠回到家里，大家都非常高兴，因为她重新得到了快乐。国王认为，对付一头白熊决不会有什么困难。到了第三天，整个军队都布置在王宫周围，准备对付白熊。可是，当白熊来的时候，谁也抵挡不住，因为没有一样武器能打进他的身体。士兵们被他打翻在地，躺了一大片。国王觉得，这样下去损失太大，就打发他的大女儿出来。白熊将她驮在背上，飞奔而去。当他们走出很长很长的路以后，白熊问：“你曾经坐过更柔软的东西吗？你曾经看过更清晰的景象吗？”

“是的，在我母亲的怀里，我坐得更柔软；在我父亲的庄园里，我见过更清晰的景象。”她回答。

“是吗？那么你不是我想要的人。”白熊说完，就把她赶回家去。

下一个星期四，白熊又来了，情况还是跟上次完全一样。军队出动一齐来对付他。然而，不管是铁砂，还是钢弹，都无法打进他的身体，他像割草似的把士兵们全部打倒在地，国王被迫请他停战，把第二个女儿送了出来。白熊将她驮在背上，飞奔而去。当他们走出很长很长的一段路以后，白熊问：“你曾经坐过更柔软的东西吗？你曾经看过更清晰的景象吗？”

“是的。”她回答，“在我父亲的庄园里，我看到过更清晰的景象；在我母亲的怀里，我坐得更柔软。”

“是吗？那么你不是我想要的人。”白熊说完，就把她赶回家去。

第三个星期四，白熊又来了。这一次，他厮杀得比前两次更加猛烈。国王为了不让他打垮整个军队，就以上帝的名义给了他三女儿。白熊把她驮在背上，走了很长很长的路。他们进了森林以后，白熊也像问另外两人那样，问三公主，她是不是曾经坐过更柔软的东西，看过更清晰的景象。

“不，从来没有！”她回答。

“好，你才是我想要的人。”他说。

于是，他们来到一座非常漂亮的王宫，与它相比，她父亲的王宫就像是最简陋的农舍。她在那里生活得很好，除了要注意别让炉火熄灭以外，什么事情也不用去做。白熊白天不在家，但是到了晚上，就和公主在一起，每当此时，他就变成了人。他们非常平安顺利地过了三年。公主每年都生一个孩子，但是孩子刚降生到世上，白熊就立刻带着离开了。因此，公主感到越来越忧伤，他请求白熊允许她回家去探望父母。白熊说，行，这事不成问题。但是她首先必须答应一定听从她父亲的话，而不要照她母亲的话去做。公主回到家中，当父母单独与她在一起的时候，她讲述了自己的生活情况。母亲想给她一支蜡烛，使她能看清白熊变成一个怎样的人；但是父亲说，不，她千万不要那样做，“这只有害处，毫无好处”。

但是，不管好还是不好，她离开的时候，还是带走了一支蜡烛。当白熊睡着以后，公主做的第一件事就是点亮蜡烛，用烛光照他。他是那样英俊漂亮，公主觉得无论怎样看他，也看不够。但是，正当公主用蜡烛照着看的时候，一滴热的蜡烛油掉到他的前额上，把他弄醒了。

“你干了什么呀？”他说，“这下子，你给我俩都带来了灾难。本来只剩下不到一个月的时间了，只要你坚持过这段时间，我就可以得救了，因为有一个女巫对我施了魔法，使我在白天变成一只白熊。但是，现在我们之间的关系完结了，我不得不到她那里去，和她结婚。”

公主伤心极了，又哭又喊，但是他必须走，非走不可。她问自己是不是可以和他一起走。白熊回答说，那是根本不可能的。可是，当他穿上白熊的毛皮匆忙往外走的时候，公主抓住他的硬毛，跳到他的背上，紧紧地抱住不放。一路上，他们翻山越岭，穿过树丛和灌木，她身上的衣服都被撕破了。最后她由于疲劳过度，手一松，从熊背掉到地上，失去了知觉。她苏醒以后，发现自己是在一个茂密的森林里，前面没有任何路。她毫无目标地走啊走，突然见到一座农舍，农舍里住着两个女人，一个老妇人和一个美丽的小姑娘。

公主问她们是不是看见过白熊国王瓦勒蒙。

“是的，他今天早晨匆忙经过这里，但是跑得非常快，你肯定追不上他了。”她们说。

那个美丽的小姑娘一边说一边跳来跳去，同时用一把金剪刀边剪边跑。这是一把神奇的剪刀，只要她在空中剪动，一块块丝绸和一条条天鹅绒就在她四周飘荡。有了那把剪刀，就永远不会受冻。

“但是，这个女人还要在崎岖的路上行走很久，不得不忍受很多艰辛。”小女孩说，“她可能比我更需要这把剪刀来为自己裁剪衣裳。”她问老妇人是不是可以把剪刀送给公主。老妇人同意了。

公主继续穿越森林往前走，走了一天一夜，还没走出森林，仿佛它是没有尽头的。第二天早晨，她又来到一所农舍跟前。那里也有两个女人，一个老妇人和一个小女孩。

“你们好！”公主说，“你们见过白熊国王瓦勒蒙吗？”

“也许你是想嫁给他吧？”老妇人问。公主回答说，是的。老妇人说：“他昨天匆忙经过这里，但是走得非常快，看来你永远也赶不上他了。”

小女孩在地上走来走去。正在玩一个长颈瓶。这个瓶子非常神奇，可以倒出人们想要的一切饮料。有了那个瓶子，就永远不会口渴。

“但是，这位可怜的女人还得在崎岖的路上走很久，我想她一定会口渴，遭受许多苦难。”小女孩说，“她可能比我更需要这个宝瓶。”她问老妇人是不是可以把长颈瓶送给公主。老妇人回答说可以。

于是，公主得了宝瓶，一番感谢以后，她继续穿越森林向前走，走了一天一夜。第三天早晨，她再次来到一所农舍跟前，那里也同样住着一位老妇人和一个小女孩。

“你们好！”公主问候她们。

“你好！”老妇人说。

“你们看到过白熊国王瓦勒蒙吗？”她问。

“也许你是想嫁给他吧？”老妇人说。她回答说，对，是这样。“噢，昨天晚上他匆忙经过这里，但是，走得很快，你永远也赶不上他了。”她说。

小女孩正拿着一块桌布在地上玩。这是一块神奇的桌布，只要她对它说一声："桌布，快点铺开，摆出各种好菜！"它就会照做。有了那块桌布，就永远不会挨饿。

"但是，这位可怜的女人还要在崎岖的路上走很久。"小女孩说，"她会挨饿，还要遭受许多苦难，因此她比我更需要这块桌布。"她接着问老妇人是不是可以把桌布送给公主。老妇人回答说可以。

于是，公主收下桌布，说完感谢的话，又继续出发了。她在同一片幽暗的森林里又整整走了一天一夜，清晨，来到一座高山跟前，山壁非常陡峭，就像是一堵墙似的，而且又高又宽，她根本望不到尽头。那地方也有一所小屋，她走了进去，说的第一句话就是：

"你好！你有没有看见白熊国王瓦勒蒙从这条路上过去？"

"你好！"屋里的一个老妇人答话，"也许你是想嫁给他吧？"

她说，确实是这样。老妇人告诉她："噢，他在三天前仓促越过了这座高山。但是这个地方，不会飞的东西谁也没法上去。"

这所小屋里住满了小孩子，他们全都挤到母亲的围裙跟前，哭喊着要东西吃。老妇人把一个装满小圆石子的铁锅放在火上。公主问她为什么这样做。老妇人说，他们很穷，既没吃的，也没穿的。整天听孩子们哭喊着要吃的东西，心里非常难受，可是当她把铁锅放在火上说声"苹果一会儿就煮好了"

时，这话似乎能缓和他们的饥饿，使他们安静一会儿。你当然想象得到，公主会立刻取出桌布和长颈瓶来。当孩子们都吃饱肚子的时候，她又用金剪子为他们裁剪衣服。

“噢，”小屋里的妇人说，“既然你对我和我的孩子们这么好，如果我们不尽力帮助你爬上这座高山，就太说不过去了。我的丈夫是一个非常能干的铁匠师傅。现在你就安下心来，等他回家，我会让他为你打造两副钢爪，套在你的手脚上，这样你就可以爬上山去。”

铁匠回来后，马上开始打造钢爪，第二天早晨就全做好了。公主一刻也不能再等，向他们道谢以后，便绑牢钢爪，艰难地向山上爬去，她爬了整整一个白天，又整整一个夜晚。正当她筋疲力尽，连手也抬不起来，马上要掉下去的时候，终于到了山壁顶上。那儿是一派高原景象，有大片的田地和辽阔的牧场，她从来没想到会有这样广阔、平坦的地方。那儿有一座王宫，里面有各种工匠，像蚁穴里的蚂蚁一样在辛勤地忙碌着。

“你们在这儿干什么？”公主问工匠们。

工匠们说，这儿就是女巫居住的地方，她对白熊国王瓦勒蒙施了魔法，再过三天，她就要同他举行婚礼。公主问能不能和女巫谈一谈。他们说，那不行，那是绝对不可能的。于是，她坐在王宫窗户外面，开始用金剪刀剪起来，天鹅绒和丝绸的衣服就像雪花似的飞舞起来。女巫看到这情景，想买下这把剪刀。“因为无论裁缝如何忙碌，还是不管用。”女巫说，“这儿有太多的人需要衣服穿。”

公主说，这把剪刀是不能用金钱买的。但是，如果允许她晚上和心爱的人睡在一起，女巫就能得到这把剪刀。女巫说，行，可以答应她这样做，但是女巫必须亲自让他入睡和醒来。当白熊上床睡觉的时候，女巫给他服用了安眠药，因此，无论公主怎样又哭又喊，他也不会醒来。

第二天，公主又来到王宫窗外，从长颈瓶中往外倒饮料。啤酒和葡萄酒像溪水一样源源不断地流出来，不管怎么倒，瓶子也空不了。女巫看到这情景，想买下这个空瓶，她说：“尽管他们辛辛苦苦地酿酒，还是不够用，有太多的人要喝饮料。”公主说，这个宝瓶可不是用金钱能买到的，但是，如果允许她晚上和她心爱的人睡在一起，女巫就可以得到它。女巫说，行，可以答应她这样做。但是，女巫必须亲自让他入睡和醒来。当白熊躺下睡觉的时候，女巫又给他服了安眠药，因此这一夜的情况仍然不见好转。尽管公主大声地啼哭和喊叫，他还是没有醒来。但是，当天夜里有一个工匠在隔壁房间里干活儿，听到了房里的哭声，也猜到发生了什么事情。过了一天，他就告诉王子，救他的公主一定已经来了。

那一天将近晚餐的时候，公主走到王宫外面，取出桌布，说了一声：“桌布，快点铺开，摆出各种好菜！”于是，桌布上出现了许多美味佳肴，多得足够一百个人吃的，公主独自一人坐在那儿享用。女巫看到这块桌布，又想买下它来。“因为不管他们怎样又煮又炸，还是没有用，这儿有太多的人要吃饭。”她这么说。可是公主说，这块桌布是不能用金钱买到的，但是如果允许她晚上和她心爱的人睡在一起，女巫就能得到它。女巫说，可以答应她这么做，但是，女巫要亲自安排他入睡和醒来。当白熊躺下睡觉的时候，女巫拿着安眠药来了，但是这一次他非常警惕，骗过了女巫。但女巫也不怎么相信他，取来了一枚缝衣针，刺进他的胳膊，试试他是不是睡得很熟。针刺得很疼，他却还是一动也不动。这时，女巫才允许公主来到他跟前。

这次，一切都很顺利，只要重逢的这对恋人除掉女巫，就得救了。白熊国王找来木匠，在迎接新娘队伍的必经桥上做了一个活板门，因为按照当地的习俗，新娘应该骑马走在迎亲行列的最前面。当女巫走到桥上，活板门转了一圈，女巫连同所有充当她女傧相的女妖们统统掉入河中。瓦勒蒙国王、公主以及其他参加婚礼的宾客赶紧跑回王宫，拿了女巫的金子和钱币，回到自己的国家，举行了真正的婚礼。在路上，瓦勒蒙国王转道把三个小女孩一齐带回去。现在，公主才明白为什么他要从她身边带走他们的孩子，这是为了让她们帮助公主找到他。于是，大家在婚宴上痛痛快快地畅饮。

"你好，伙计！"——"斧头柄！"

从前，有一个划渡船的人，耳朵很背，既听不清楚，也理解不了别人对他说的话。他有一个妻子、两个儿子和一个女儿，可是他们从不关心他。只要家里还有点东西，他们就尽情享乐，然后又从小酒馆赊账买来东西，照旧每天喝酒打架，大肆挥霍。

当再没人肯赊账给他们的时候，警长要来扣押他家里的财物，用以偿还他们所赊欠和浪费掉的钱。于是，老妇人和孩子们都躲到她的亲戚家去了，让耳聋的老人独自一个人留在家中，接待警长和他的助手。

老人在屋里来回不停地走动，心里直纳闷，不知道警长要查什么事情，也不知道警长来了以后，他应该说些什么。

"我不如削点东西。"他自言自语地说，"这样他就会问我这方面的事了。我还是开始削一个斧头柄吧。这样他会问我，那是干什么用的，我就说：'斧头柄。'接着，他问我那东西要削成多长，我就说：'往上到这根枝杈下面。'然后，他问渡船在哪里，我就说：'我要给她涂上柏油，她正停放在海滩上，两头都开裂了。'后来他问：'你的灰色母马到哪里去了？'我就说：'她在外面马厩里，正怀着小马驹呢！'最后，他又问：'你的牲畜和夏季牲口棚在哪里？'我就说：

‘离这儿不太远。爬上这个山坡，你很快就到那儿了。’”

他觉得这些话是他经过仔细考虑，认真想妥的。

过了一会儿，警长准时到达，但是他的助手走另一条路，特地到小酒馆去绕一下，现在仍然坐在那儿喝酒呢。“你好，伙计！”警长向渡船工打招呼。

“斧头柄。”渡船工说。

“什么？”警长问，“从这儿到小酒馆有多远？”

“往上到这根枝杈下面。”老人指了指已经削成斧头柄的那一截，回答警长。

警长无可奈何地摇摇头，睁大了眼睛看着他。

“你的妻子在哪儿，伙计？”他问。

“我要给她涂上柏油。”渡船工说，“因为她正停放在海滩上，两头都开裂了。”

“你的女儿在哪里？”

“噢，她在外面马厩里，正怀着小马驹呢。”老人说。他觉得自己回答得又好又妥帖。

“你去见鬼吧，你这个大傻瓜！”警长说。

“是的，离这儿不太远。爬上这个山坡，你很快就到那儿了！”老人说。

贪吃的花猫

从前有一个人，他有一只全身长满花斑纹的雌猫，这只花猫大得出奇，又非常贪吃，因此他再也养不起她了。他决定在她的脖子上系一块石头，把她扔进河里去，但是在这之前，让她再吃上一顿好饭。他年老的妻子把一盆麦片粥和一小碗烤肉时滴下的油汁放到花猫面前。花猫三口两口就吃完了，然后从窗户跑了出去。这时男主人正在粮仓里打谷子。

“你好，主人。”花猫说。

“你好，花猫。”男主人说，“你今天吃过东西了吗？”

“噢，我吃了一点儿，但还是饿得要命。”花猫说，“我只吃了一盆粥和一小碗肉汁。嗨，我怎么不把你也给吃了呢！”花猫说完，就抓住男主人，把他吞了下去。

她又走到牛棚里，老妇人正坐在那儿挤牛奶。“你好，老妇人。”花猫说。

“你好，是你呀，花猫，”老妇人说，“你吃完东西了吗？”

“噢，我今天吃了一点儿，但还是饿得要命。”花猫说，“我只吃了一盆粥和一小碗肉汁，还有屋子里的男主人。嗨，我怎么不把你也给吃了呢！”说完，就抓住老妇人，把她吞了下去。

“你好，奶牛。”花猫对系着颈铃的奶牛说。

“你好，花猫。”奶牛说，“你今天吃过东西了吗？”

“噢，我吃过一点，但还是饿得要命。”花猫说，“我只吃了一盆粥、一小碗肉汁、屋子里的男主人和牛棚里的老妇人。嗨，我怎么不把你也给吃了呢！”说完，就抓住系着颈铃的奶牛，把她吞了下去。

然后，她朝牧场走去，那儿站着一个男子，他正在砍做饲料用的带叶树枝。

“你好，砍树枝的男子。”花猫说。

“你好，花猫。你今天吃过东西了吗？”男子问。

“噢，我吃过一点，但还是饿得要命。”花猫说，“我只吃了一盆粥和一小碗肉汁，还有屋子里的男主人、牛棚里的老妇人以及牲口棚里系颈铃的奶牛。嗨，我怎么不把你也给吃了呢！”说完，就抓住砍树枝的男子，把他吞了下去。

接着，她来到一个乱石堆，那儿有一只黄鼠狼正在向外张望。

“你好，黄鼠狼。”花猫说。

“你好，花猫。你今天吃过东西了吗？”黄鼠狼问她。

“噢，我吃过一点，但还是饿得要命。”花猫说，“我只吃了一盆粥、一小碗肉汁、屋子里的男主人、牛棚里的老妇人、牲口棚里系颈铃的奶牛和牧场上砍树枝的男子。嗨，我怎么不把你也给吃了呢！”说完，就抓住黄鼠狼，把他也吞了下去。

她又走了一段路，来到一个榛树丛前，一只松鼠正在那里采集坚果。

“你好，松鼠。”花猫说。

“你好，花猫。你今天吃过东西了吗？”松鼠问。

“噢，我吃过一点，但还是饿得要命。”花猫说，“我只吃了一盆粥、一小碗肉汁、屋子里的男主人、牛棚里的老妇人、牲口棚里系颈铃的奶牛和牧场上砍树枝的男子，以及乱石堆里的黄鼠狼。嗨，我怎么不把你也给吃了呢！”说完，就抓住松鼠，把他吞了下去。

她继续走了一段路，遇到了狐狸米克尔，见他正鬼鬼祟祟地在林子边上走着。

“你好，狡猾的米克尔。”花猫说。

“你好，花猫。你今天吃过东西了吗？”狐狸问。

“噢，我吃过一点，但还是饿得要命。”花猫说，“我只吃了一盆粥、一小碗肉汁、屋子里的男主人、牛棚里的老妇人、牲口棚里系颈铃的奶牛、牧场上砍树枝的男子、乱石堆里的黄鼠狼和灌木丛中的小松鼠。嗨，我怎么不把你也给吃了呢！”说完，就抓住狐狸，把他也吞了下去。

她又往前走了一段路，碰到了一只野兔。

“你好，蹦蹦跳跳的野兔。”花猫说。

“你好，花猫。你今天吃过东西了吗？”野兔问。

“噢，我吃过一点，但还是饿得要命。”花猫说，“我只吃了一盆粥、一小碗肉汁、屋子里的男主人、牛棚里的老妇人、牲口棚里系颈铃的奶牛、牧场上砍树枝的男子、乱石堆里的黄鼠狼和灌木丛中的小松鼠，以及狡猾的狐狸米克尔。嗨，我怎么不把你也给吃了呢！”说完，就抓住野兔，把他也吞了下去。

又走了一段路后，她遇见了一只狼。

“你好，贪吃的大灰狼。”花猫说。

“你好，花猫。你今天吃过东西了吗？”狼问。

“噢，我吃过一点，但还是饿得要命。”花猫说，“我只吃了一盆粥、一小碗肉汁、屋子里的男主人、牛棚里的老妇人、牲口棚里系颈铃的奶牛、牧场上砍树枝的男子、乱石堆里的黄鼠狼、灌木丛中的小松鼠、狡猾的狐狸米克尔和蹦蹦跳跳的野兔。嗨，我怎么不把你也给吃了呢！”说完，就抓住灰狼，把他也吞了下去。

然后她进了森林，不断地越过高山，跨过深谷，走了很远很远的路。后来，她遇见了一只幼小的熊崽。

“你好，活泼的小熊。”花猫说。

“你好，花猫。你今天吃过东西了吗？”小熊问。

“噢，我吃过一点，但还是饿得要命。”花猫说，“我只吃了一盆粥、一小碗肉汁、屋子里的男主人、牛棚里的老妇人、牲口棚里系颈铃的奶牛、牧场上砍树枝的男子、乱石堆里的黄鼠狼、灌木丛中的小松鼠、狡猾的狐狸米克尔和蹦蹦跳跳的野兔，以及贪吃的灰狼。嗨，我怎么不把你也给吃了呢！”说完，就抓住小熊，把他也吞了下去。

花猫又走了一段路后，遇见了母熊，她正为丢失了孩子恼怒，用力猛抓树桩，弄得碎片四下飞扬。

“你好，急躁的母熊。”花猫说。

“你好，花猫。你今天吃过东西了吗？”母熊问。

“噢，我吃过一点，但还是饿得要命。”花猫说，“我只吃了一盆粥、一小碗肉汁、屋子里的男主人、牛棚里的老妇人、牲口棚里系颈铃的奶牛、牧场上砍树枝的男子、乱石堆里的黄鼠狼、灌木丛中的小松鼠、狡猾的狐狸米克尔、蹦蹦跳跳的野兔、贪吃的灰狼和活泼的小熊。嗨，我怎么不把你也给吃了呢！”说完，就抓住母熊，把他也吞了下去。

花猫继续往前走了一段路，碰到了公熊。

“你好，公熊先生。”花猫说。

“你好，花猫。你今天吃过东西了吗？”公熊问。

“噢，我吃过一点，但还是饿得要命。”花猫说，“我只吃了一盆粥、一小碗肉汁、屋子里的男主人、牛棚里的老妇人、牲口棚里系颈铃的奶牛、牧场上砍树枝的男子、乱石堆里的黄鼠狼、灌木丛中的小松鼠、狡猾的狐狸米克尔、蹦蹦跳跳的野兔、贪吃的灰狼、活泼的小熊以及脾气急躁的母熊。嗨，我怎么不把你也给吃了呢！”说完，就抓住公熊，把他也吞了下去。

然后，花猫又走了很长很长的路，来到一个村庄，在那里遇见了一队迎亲的人们。

“你们好，迎亲的人。”花猫说。

“你好，花猫。你今天吃过东西了吗？”迎亲的人问。

“噢，我吃过一点，但还是饿得要命。”花猫说，“我只吃了一盆粥、一小碗肉汁、屋子里的男主人、牛棚里的老妇人、牲口棚里系颈铃的奶牛、牧场上砍树枝的男子、乱石堆里的黄鼠狼、灌木丛中的小松鼠、狡猾的狐狸米克尔、蹦蹦跳跳的野兔、贪吃的灰狼、活泼的小熊、急脾气的母熊和好好先生公熊。嗨，我怎么不把你们也给吃了呢！”说完，就扑上前去，狼吞虎咽地把新娘、新郎和整个迎亲队伍，包括司仪、乐师和马，统统吞了下去。

她又走了一段路，来到教堂前，遇见了一支送葬队伍。

“你们好，送葬的人。”花猫说。

“你好，花猫。你今天吃过东西了吗？”送葬的人问。

“噢，我吃过一点，但还是饿得要命。”花猫说，“我只吃了一盆粥、一小碗肉汁、屋子里的男主人、牛棚里的老妇人、牲口棚里系颈铃的奶牛、牧场上砍树枝的男子、乱石堆里的黄鼠狼、灌木丛中的小松鼠、狡猾的狐狸米克尔、蹦蹦跳跳的野兔、贪吃的灰狼、活泼的小熊、急脾气母熊、好好先生公熊以及走在途中的迎亲队伍。嗨，我怎么不把你们也给吃了呢！”说完，就冲向送葬队伍，张开大嘴把他们一个个全吞了下去，连尸首都没留下。

花猫吃掉他们以后，就继续赶路，向天上走去。她走了很多很多的路，遇见了云彩里的月亮。

“你好，云彩里的月亮。”花猫说。

“你好，花猫。你今天吃过东西了吗？”月亮问。

“噢，我吃过一点，但还是饿得要命。”花猫说，“我只吃了一盆粥、一小碗肉汁、屋子里的男主人、牛棚里的老妇人、牲口棚里系颈铃的奶牛、牧场上砍树枝的男子、乱石堆里的黄鼠狼、灌木丛中的小松鼠、狡猾的狐狸米克尔、蹦蹦跳跳的野兔、贪吃的灰狼、活泼的小熊、急脾气母熊、好好先生公熊、走在途中的迎亲队伍和教堂前面的送葬队伍。嗨，我怎么不把你也给吃了呢！”说完，就扑向月亮，把他吃掉了，不仅把新月，而且把满月都活生生地吞了下去。

接着，花猫又走了很多很多的路，就遇见了太阳。

“你好，天空中的太阳。”花猫说。

“你好，花猫。你今天吃过东西了吗？”太阳问。

“噢，我吃过一点，但还是饿得要命。”花猫说，“我只吃了一盆粥、一小碗肉汁、屋子里的男主人、牛棚里的老妇人、牲口棚里系颈铃的奶牛、牧场上砍树枝的男子、乱石堆里的黄鼠狼、灌木丛中的小松鼠、狡猾的狐狸米克尔、蹦蹦跳跳的野兔、贪吃的灰狼、活泼的小熊、急脾气母熊、好好先生公熊、走在途中的迎亲队伍和教堂前面的送葬队伍以及云彩里的月亮。嗨，我怎么不把你也给吃了呢！”她说完，就扑向天空中的太阳，一口把他吞了下去。

于是，花猫又走了很远很远的路，直到她走上一座桥。在那儿她遇见了一只体形庞大的公山羊。

“你好，大桥上的公山羊。”花猫说。

“你好，花猫。你今天吃过东西了吗？”公山羊问。

“噢，我吃过一点，但还是饿得要命。”花猫说，“我只吃了一盆粥、一小碗肉汁、屋子里的男主人、牛棚里的老妇人、牲口棚里系颈铃的奶牛、牧场上砍树枝的男子、乱石堆里的黄鼠狼、灌木丛中的小松鼠、狡猾的狐狸米克尔、蹦蹦跳跳的野兔、贪吃的灰狼、活泼的小熊、急脾气母熊、好好先生公熊、走在途中的迎亲队伍、教堂前面的送葬队伍、云彩里的月亮和天空中的太阳。嗨，现在我把你也给吃了吧！”花猫说。

“我们还得搏斗一番呢。”公山羊说着，就用力向花猫撞过去，花猫掉下了桥，落到河里，肚皮一下子爆开了。

于是，花猫吞吃下去的一切，屋子里的男主人、牛棚里的老妇人、牲口棚里系颈铃的奶牛、牧场上砍树枝的男子、乱石堆里的黄鼠狼、灌木丛中的小松鼠、狡猾的狐狸米克尔、蹦蹦跳跳的野兔、贪吃的灰狼、活泼的小熊、急脾气母熊、好好先生公熊、走在途中的迎亲队伍、教堂前面的送葬队伍、云彩里的月亮、天空中的太阳，他们全都爬了出来，各自回到原先的地方，还是和从前一样完好无损。

魔王和法警

从前，有一个法警，他专门榨取钱财，坏到了极点。一天，魔王走来要把他带走。“我从来没有听到过人们有别的说法，”魔王说，“他们总是说：‘魔王把那个法警抓走就好了！’因此你现在就得跟我走。你实在太坏了，我都不相信，你还能变得比现在更坏，更恶劣。”

“哦，假如你要听信人们的风言风语，就得成天去捕风捉影，到头还忙不过来。”法警说，“但是，如果你确实是一个大慈大悲的人，会做人们请求你的一切事情，这次就应该放过我。”

说实在的，法警为自己辩解得十分巧妙，加上魔王也相当善良，到最后他们一致同意：两个人结伴同行一段路，当他们遇见的第一个人请求魔王去抓谁的时候，魔王必须去抓这个人，同时释放法警。但是，那人讲的必须是发自内心的话。

他们首先来到一个小屋，里面有一个妇人正在搅拌黄油，见有陌生人到来，她就悄悄地看了他们一眼。这时候，她的小猪崽走进来，在各个屋角都用鼻子嗅了嗅，然后把长嘴巴伸进黄油搅拌器里，狼吞虎咽地吃起黄油来。

“还有比这样的小猪崽更可恶的害人精吗？”妇人尖声喊叫起来，“要是魔王把你抓走就好了！”

“你去抓这只小猪吧！”法警说。

“你真认为她想送给我猪肉吃吗？”魔王说，“那样到了冬天，她星期天的正餐又吃什么呢？不，那不是发自她内心的话！”于是，他们继续走到另一个小屋跟前。一个小孩干了一件淘气的事。“现在我对你真是讨厌极了。”妇人说，“我整天跟在你这脏小孩后面，不停地擦洗，收拾个没完，什么都干不成了！要是魔王把你抓去就好了！”

“你就去抓这个小孩吧！”法警说。

“噢，母亲责骂孩子的话，并不是发自内心的。”魔王说。

接着，他们又走了一段路，遇见了两个农民。

“你看，那儿是我们的法警。”其中一个说。

“要是魔王把他活生生地抓走就好了，他这个欺诈农民的坏家伙！”另一个说。

“这才是发自内心的话。”魔王说，“快跟我走吧！”

这一次，无论是祷告还是求情都不管用了。

圣母马利亚和燕子

从前，在一个晴朗的夏日，圣母马利亚坐在绿草丛中做着针线活儿。她把金剪刀和红色的丝线团放在身边，但再要去拿的时候，它们不见了。她东找西找，问遍了所有的树木和动物，包括飞鸟和鱼类，问它们是不是拿走了线团和剪刀，可是它们都说没拿，它们既没有看见，也没有碰过。正在这时候，燕子飞了过去，还叽叽喳喳地唱着：

小伙子和姑娘们，
小伙子和姑娘们，
一起坐在谷仓里，
紧密拥抱着亲吻……
我在那儿看见了，
我在那儿看见了！

“是你拿走了剪刀和线团！”圣母马利亚说，“因为谁也不会像你那样，一会儿在天空和云彩里翱翔，一会儿又绕着房屋低飞，还不时转到这儿的绿草地来！”

圣母马利亚指责我，
她指责我拿走了
剪刀和丝线团。

可是我拿走它们了吗？
我拿走它们了吗？
那是谎话，是的，
那是谎话！

假如那是真的，
我将沉入大海！
但愿谁拿走了它们，
就让线团挂在它的胸口前，
剪刀长在它的尾巴上！

“你自己做出了判决。”圣母马利亚说，“你会受到你所说的惩罚，你将一直带着线团和剪刀作为标记，到了冬天，你将躺在大海和湖泊的底下。另外，因为你又偷东西，又说谎话，还诬陷我撒谎，因此你将在吵吵嚷嚷的屋檐和山墙下筑窝，永远回不了绿色的树枝上去。”

自从那一天起，燕子就在脖子上戴着丝线团留下的红色斑点和剪刀状的尾巴四处飞翔。到了秋天，它就绕着在田地里干活的人们玩耍，经常猛冲到他们身旁，就像长途旅行以前来向他们告别一样。但是，它并没想到往南飞，而是像圣母马利亚说的那样要到水底去，在沼泽和湖泊里冬眠。假如人们发现燕子成群结队地一起待在水底的说法是真实的话，那么它在那里也过得很舒服。

其实，燕子在秋天也愿意和其他鸟类一起飞走。到了春天，燕子的歌声总是早早响起，它唱道：

深秋，我离开这里，
家家户户都粮食满仓；
开春，我又回到这儿，
家家户户又全空空如也，
到处都一样，到处都一样！
因为妇人们这儿浪费一点，
那儿挥霍一点，
把一切都糟蹋光了！

水上神鸟

从前，有一个国王，他有十二个女儿。他非常爱她们，时时刻刻都让她们围在自己身边，只有每天中午睡着的时候，公主们才能到外面去散步。但是，有一次，当国王睡午觉的时候，公主们在外面失踪了，再也没有回来。整个王国上下沉浸在哀伤中，国王最悲痛欲绝。他派出许多使者，并在所有的教堂发布通告，寻找她们，在全国各地敲响了每一口大钟召唤她们。然而，公主们还是没找到，没有人知道她们在哪里。人们猜测，她们是被妖怪抓进山里去了。

不用多长时间，公主们失踪的消息就传遍了各个城市和教区，连乡村和外国都知道了。在一个遥远的国家里，国王有十二个儿子，这个消息也传到了那里。当王子们听说了有关十二个公主的事情，就请求父亲允许他们去寻找公主们。国王不太愿意，他担心会永远见不着儿子，但是王子们跪在国王面前苦苦哀求，最后，他只得让他们去了。他给王子们装备了一条大船，派红骑士担任舵手，因为他对航海非常内行。

王子们航行了很长很长时间，每到一个国家，他们就上岸去打听公主们的下落，但是，他们一无所获，连一点音讯都没得到。现在，他们出海航行就快满七年了。一天，海上刮起了猛烈的风暴，在这样恶劣的天气里，船似乎永远也靠不上岸，所有的人都不得不紧紧地抓住船上的东西，在大风大浪中无法合眼睡觉。但是，到了第三天，风停住了，周围突然变得一片死寂。船上的人在风暴中都折腾得疲惫不堪，很快睡熟了；只有最小的王子，他怎么也睡不着。

正当他在甲板上来回走动的时候，船来到一个小岛前。岛上有一只小狗，在前后奔跑，不断狂吠，还不时向大船发出悲哀的叫声，似乎也想上船。王子在甲板上逗引那条小狗，向它吹口哨，狗就叫得更厉害，也更凄惨。他觉得让那条小狗在岛上慢慢饿死，实在太可怜，他以为那是一条来自某艘在风暴中失事船上的狗。但是，他又觉得自己也帮不了它的忙，因为无法独自放下小艇；再说，其他人都睡得很香，他不忍心只是为了一条狗去叫醒他们。不过这天天气很好，四周风平浪静，他想：我还得设法上岸，去救那条小狗。于是，他试着放下小艇，谁知比原先想象的要容易。他把小艇摇到岸边，上岸后向小狗走去。可是，每次他想抓住小狗的时候，它就跑开了，就这样一个抓一个跑，不知不觉地走进了一座王宫。那条小狗摇身一变，变成了一位年轻美貌的公主。可凳子上坐着一个身躯庞大、容貌丑陋的人，王子瞧上一眼就吓坏了。

“你不必害怕。”那人说——可是，王子听到他的话，心里更加害怕了——“因为我清楚地知道，你是干什么来的：你们总共有十二个王子，正在寻找失踪了的十二位公主。我当然知道她们在哪里，她们在我的主人那里。她们每人坐在自己的金椅子上，为他梳头、找虱子，因为他有十二个头。到现在，你们已经航行了七年，但是还得再航行七年，才能找到公主们。你完全可以留在这儿，娶我的女儿。但是，你首先必须杀掉那个魔王，因为他对我们来讲是一个残暴的君王，我们全都恨透了他。在他死后，我将取代他的位置成为国王。你现在试试看能不能舞动这把宝剑。”

王子去拿那把挂在墙上、已经生锈的古剑，但是，他拿不动它。

“那么你得从这个瓶子里喝上一口。”那人说。

他喝完一口，就拿得动剑了；他又喝了一口，就可以举起它了。当他喝了第三口以后，就能轻而易举地挥舞宝剑，仿佛它只是一把翻动烤饼用的小锅铲。

“你现在回到船上，”那人对王子说，“必须把宝剑好好藏在你的床铺里，别让红骑士看到。他挥舞不动这把宝剑，会因此而更加怨恨你，想方设法谋害你的性命。当满七年还差三天的时候，”他继续往下说，“情况将和上次一模一样：狂风暴雨会降临到你们头上。风雨过后，他们全都会疲乏困顿；那时候你必须带上宝剑，摇着小艇靠岸，就会来到一座王宫。那里有各种各样凶残的野兽守卫着，其中有恶狼、大熊和猛狮，但是你不必害怕它们，因为它们都会对你俯首称臣。可是，当你走进王宫以后，你就会看到那个魔王。他坐在一个金碧辉煌、光彩夺目的房间里。他有十二个头，公主们每人都坐在自己的金椅子上，给他的一个头捉虱子。这种事情，她们是被迫干的。因此，你一定要动作利索，把那些头一个接一个地砍下来，不然他醒过来看到了你，就会把你活活吞下肚去。”

王子带着宝剑回到船上，时刻牢记着这些话。其他人仍然在躺着睡觉，他把宝剑悄悄藏在自己的床铺里，无论红骑士还是其他的人都没看到。这时候又开始起风，他叫醒他们说，现在有那么好的风，他们还懒懒散散地躺着睡觉，简直太荒唐了。没有一个人注意到他曾经离开了很长时间。

到了还差三天又满七年的时候，情况果真像那人所说的，海上出现了暴风雨和坏天气，一直持续了三天。风雨过后，人们非常困乏，全都躺下睡着了，但是最小的王子划着小艇上了岸，守卫们都跪倒在他的脚下，所以他十分顺利地进了王宫。当他走进房间时，正像那人说过的，魔王正坐着睡觉，十二个公主每人坐在自己的椅子上，给一个头捉虱子。王子给公主们使了个眼色，让她们赶紧躲开，然而她们用手指指魔王，向王子示意，让他马上离开。但是，他坚持向公主们做手势叫她们躲开。这时候她们才明白，他是来救她们的。于是，她们尽可能静悄悄地一个接一个地飞快走开了，王子也以同样飞快的速度砍下了魔王所有的脑袋，从它身上淌下的鲜血汇成了一条很大的溪流。

杀死魔王以后，王子又划着小艇回到船上，把宝剑藏好。他觉得自己所做的事够多了，就叫醒沉睡的人们，说，他已经找到了公主们，并且把她们从妖怪那里救了出来。其他的人只是嘲笑他，说他必定和他们一样睡得又香又甜，梦见自己是这样一位英雄，如果他们中的某一位救出了公主们，倒是显得合情合理。但是，在最小的王子讲述了事情的全部经过以后，他们就跟着他一起上了岸。他们首先看到了鲜血汇成的溪流，接着又见到了王宫、魔王和他的十二个脑袋，还见到了公主们。原来，小王子所说的话全是真的。大家一齐动手把尸体和脑袋扔进大海，所有的人都非常高兴，但是公主们更高兴，她们再也不用整天坐着替魔王捉虱子了。王子们和公主们带着金银财宝和珍贵物品，一起回到了船上。

在海上航行了一段路以后，公主们忽然想起放在箱子里的金冠，她们非常想把这些金冠取回来。其他人没有一个表示愿意去取，最小的王子说："好吧！我以前敢冒险，现在也可以去把金冠取回来，只是你们要放下风帆，等我回来。"他们答应等他。但是，当小王子驾船走远了，那个红骑士说，如果静静地停泊等待小王子回来没有任何意义，因为大家应该懂得，小王子是永远不会再回来了。他还说，国王赋予他红骑士一切权力和职责，因此他想要开船，就必须扬帆起航，而且所有人必须说是他救出了公主们，假如有人不听话，这人就得丧命。其他王子只得屈从红骑士的威胁，不敢与他对抗。于是，大船起航了。

最小的王子划小艇上了岸，走进王宫，找到了装金冠的箱子。他花了不少力气，才把它拖上小艇。可是，当他划到应该看到大船的地方，船不见了。他明白了是怎么回事，就划着小艇跟在后面追赶，可那是徒劳无功的，划了一阵子以后，他不得已掉转船头重新划回岸边。到了夜晚，他一个人待在王宫里，心里很害怕，可是岛上没有其他房子可住，他只得提心吊胆地把大小门窗全都锁好，躺在一张铺垫整齐的床。可是，他仍然很害怕，躺了一会儿以后，更加害怕了，因为他听到墙壁和天花板在轰隆作响，仿佛整个宫殿要倒塌似的。突然，什么东西像一捆干草似的降落在床的旁边。接着，一切又平静下来，但是他听到有一个声音在说：

"不要害怕，我是水上神鸟，我会帮你前进！但是你明天醒来要做的第一件事，就是必须到院中储藏室去，为我找四桶稞麦当早餐，否则我什么也干不了。"

当他醒来时，看到床边有一只大得出奇的鸟，它的头颈上有一根很大的羽毛，就像是一棵中等大小的云杉树。王子走到储藏室，为水上神鸟取来四桶稞麦。水上神鸟吃完稞麦，请王子把盛着金冠的箱子挂在他脖子的一边，又取来同样重量的金银挂在另一边，让王子本人高高地坐在它的背上，紧紧地抓住颈上的羽毛。

他们飞到空中，王子身旁响起尖利的呼啸声。没多久，他们就超过了那条大船。王子想上船去取回宝剑，因为他担心别人会发现它，先前那人说过，这把剑不能让任何其他人看到。可是，水上神鸟说，现在他不能去拿剑。"红骑士不会看到剑的。"神鸟说，"如果你上了船，他就会谋害你的性命，因为他非常想娶最小的公主。不过对她，你完全可以放心，她每天夜里躺到床上以后，都把一把宝剑拔出鞘放在身边。"

他们飞了很久以后，来到第一座王宫，受到了热情的款待。那怪人对王子把他残暴的主人杀死，让自己成为国王，不知怎样感谢是好。他非常愿意把自己的女儿许配给小王子，同时送给他半个王国。但是，小王子已经对十二个公主中最小的一个一见倾心，不娶她，他永远也不能安下心来，所以他一次又一次地坚持要离开。那人请他再耐心地等待一段时间，他说，他们几乎还得航行七年才能回到家中。关于小公主，说的话和水上神鸟说的一模一样："对她你尽可以放心，她在床上自己的身旁放了一把拔出了鞘的宝剑。如果你不相信我的话，当他们航行经过这儿的时候，你可以到船上去仔细看一下，顺便把宝剑取来，那剑我必须收回来。"

当大船航行经过那儿的时候，海上又起了暴风雨。小王子来到船上，船上所有人都在睡觉，每个公主都和自己的王子躺在一起；但是最小的公主独自躺着，在她的身旁放着一把拔出了鞘的宝剑，床前的地板上躺着红骑士。小王子拿了宝剑，划船重新回到岸上，没人察觉出他到船上来过。

但是，小王子仍然坐立不安，时常想动身。当终于到了只剩下三个星期就满七年的时候，那人说："既然你不肯留在我们这儿，现在就做好起程的准备；你可以借用我的铁船，只要你说一句：'铁船，前进！'它就会自己航行。在船上有一个铁锤。当你看到大船就在你前面的时候，你拿起铁锤，就会有一阵大风刮向他们的船，让他们顾不上看你。当你航行到和大船平行的时刻，应该再一次拿起铁锤，让海上掀起一阵风暴，使他们再一次忙于其他事情，顾不上看你。当超过他们的时候，你要第三次拿起铁锤，不过你每次放下铁锤时都必须小心翼翼，否则狂风恶浪会把他们连同你全都葬身海底。你上岸以后，就不用再为铁船操心了，只要把它推到海面上，掉过船头，说一声：‘铁船，像你来时一样回家去吧！’”

小王子在起航的时候，得到了许许多多金银财宝，还有第一位公主在这段时间为他缝制的各种衣服，因此他远比任何一位哥哥富有。他坐进船里，说了一声：“铁船，前进！”船马上往前开去。当他看到其他王子乘坐的大船就前面的时候，拿起了铁锤，于是，一阵大风刮向那条船，船上的人们没有注意到他。当他和大船平行的时候，他再次拿起铁锤，海面上又起了一阵风暴，白色的浪花围住了大船，汹涌的波涛打到了甲板上，人们忙着各自的事情，再也顾不上去看他了。当他超过他们以后，第三次拿起铁锤，大船上的人们更是一个个手忙脚乱，根本没有时间来看在前方航行的是什么船。他比大船提前了很多很多天抵达目的地。把所有的东西搬上岸以后，他把铁船推到海上，转过船头，说了一声：“铁船，像你来时一样回家去吧！”于是，铁船就走了。

小王子把自己装扮成海员的模样，走到一位老妇人的简陋小屋跟前，他自称是一个可怜的海员，所在的大船在海上沉没了，而他是唯一获救的人，他请求妇人借房子给他住和存放他打捞上来的物品。

“我的天哪！”妇人说，“我确实无法把房子借给别人，你可以看到它是多么简陋，我自己都没有床躺着睡觉，更不用说有地方让别人睡了。”

“噢，这没有关系。”海员说，只要头上有个房顶能挡风遮雨，至于怎样睡觉都无关紧要。这样，她就不能拒绝他借住房子了。

到了晚上，他把自己的东西搬了进来，那位妇人开始追问他是什么人，从哪儿来，到过什么地方，要上哪儿去，带来了什么东西，旅行有什么目的，还问他是不是听到了有关在许多年以前失踪的十二个公主的消息，等等。但是，他借口说，刚经过可怕的暴风雨，自己身体十分虚弱，脑袋也非常疼痛，因此，他什么事情都记不清了。最后，妇人不得不让他安静地休息几天，以便他在经历了可怕的一切以后，逐渐把身体恢复过来。她想，到了那时候，她就会知道她想知道的一切，甚至更多的消息。第二天，妇人又开始追根究底地询问，但是小王子仍然说头疼，以前的事情记不起来。可是，他突然又漏出一句话，说他确实知道一点有关公主们的音讯。妇人立即把她知道的情况告诉了邻近那些长舌妇们，于是，她们纷纷跑来询问有关公主们的情况；问他是不是看见过她们，她们是不是很快会回来，她们是不是已经出发在路上了，等等。他还是推托说，经过暴风雨后脑袋很疼，记不起来全部情况，就他所知道的，假如她们没有在前些天险恶的风暴中沉没的话，会在十四天之内回来，但是，他不能确切地说出她们是不是至今还活着，因为他确实看到过她们，但也有可能在那以后葬身海底了。

有一个妇人把这消息带到了国王的庄园，说一个妇人家里住着一个海员，他曾经看到过公主们，她们将在十四天之内回来。国王听到这话，马上派人去叫海员，要他亲自来把情况告诉国王。

“我看上去很不像样，”海员说，“也没有什么好衣服穿了去见国王。”可是，国王的使者说，他一定要去，无论他是怎样的，国王愿意而且必须和他谈一下，因为到现在为止，还没有一个人能给国王带来任何有关公主们的消息。

他只得去国王的庄园。走到国王跟前，国王问他，是否曾经看到过公主们。

“是的，我看见过。”海员说，“但是我不知道她们现在是不是还活着，因为当我看到她们的时候，刚好风大浪急，天气恶劣，我们的船沉了，如果她们还活着，肯定会在十四天之内回来。”

国王听到这消息，高兴得几乎要发狂了。到了海员所讲的她们应该回来的日子，国王换上华丽的服装，到海滩上去迎候她们。当载着公主们、王子们和红骑士的船到来的时候，举国上下一片欢腾。

十一位公主都非常快活，只有最小的公主总是偷偷地哭。国王觉得这太奇怪了，就问她，现在她已经从魔王那里逃出来，还要嫁给像红骑士这样的丈夫，为什么不是和其他的公主们一样高兴和快活。她不敢说什么，因为红骑士曾经威胁过，谁讲出事实真相，他就会要谁的性命。

然而有一天，当她们正在缝制结婚礼服的时候，来了一个身穿宽大水手服的青年人，还背着一个货物箱，他问公主们是不是想从他那儿买一点婚礼用的首饰，他有许多奇特而又珍贵的东西，金的银的都有。

公主们当然想买。她们看着首饰，又盯着看他，觉得他和他带来的许多东西都感到非常熟悉。

“有那么多好东西的人，”最小的公主说，“肯定还有更加漂亮、更加适合我们使用的首饰。”

当然有，商人说。

但是其他的公主劝她别再说了，还提醒她红骑士曾经威胁过的话。

过了一些时候，公主们正坐在窗户前，又看到王子穿着那件宽大的水手服，身上背着装金冠的箱子来了。

他走进国王庄园的大厅，在公主们面前打开了箱子，她们每人都认出了自己的金冠，于是，最小的公主说：“我认为，让救了我们的人得到他应得的酬劳，这是天经地义的事情。救我们的并不是红骑士，而是他——给我们带来金冠的人。”这时候，小王子脱下了水手服，他站在那儿，远比其他的人更加英俊潇洒。于是，老国王下令处死红骑士。现在，国王的庄园才真正洋溢着欢乐的气氛，每个公主都得到了自己的心上人。盛大的婚礼举行了，这个喜讯在十二个王国都传遍了。

灰小子和他的好帮手

从前，有一个国王，他曾经听说过一条船，这条船可以在陆地上行驶得如同在海面上航行一样快。他也想拥有这样的一条船，就宣布谁能造出这条船，就把公主许配给他，外加半个王国，他还在全国各地教堂前的广场上郑重地宣布了这件事。有许多人想尝试一下，因为他们认为，能获得半个王国是一件大好事，还可以娶到公主，那更是好上加好，但是他们中的绝大多数都没有成功。

在一个偏远的林区，住着兄弟三人，最大的哥哥叫彼尔，第二个叫保尔，最小的弟弟叫灰小子艾斯本，因为他总是坐在火炉旁拨弄炉灰。国王宣布要造船的那个星期天，碰巧灰小子也上教堂去了。回家以后他向两个哥哥讲了这个消息，大哥马上向母亲要了干粮，说想出去试试，看看能不能建造这条船，赢得公主和半个王国。

他把干粮袋挎在肩上，就大步出发了。在路上，他遇见了一个弯腰驼背、其貌不扬的老人。

“你要上哪儿去？”老人问。

“我要到森林里去，替我的父亲做一个木碗，他不喜欢和我们其他人一起吃饭。”彼尔回答。

“那么你做的就是木碗了！”老人说。

“你背包里装着什么东西？”老人又问。

“粪便。”彼尔回答。

“那就变成粪便吧。”老人说。

彼尔走到橡树林，拼命去砍树造船。但是，无论他怎样砍，怎样造，做出来的除了木碗，还是木碗，没有其他东西。将近中午的时候，他想吃点东西，就把放干粮的背包打开。但是，在干粮袋里放的并不是食物，而是粪便！没有东西可吃，船也没法造成，他厌烦极了，就提起斧头，挎上背包，回到母亲身旁。

接着，保尔要上路，也想试试自己有没有运气造出那条船，赢得公主和半个王国。他向母亲要了干粮，把背包挎在肩上，出发了。在路上，他遇见了一位弯腰驼背、其貌不扬的老人。

“你要上哪儿去？”老人问。

“噢，我要到森林里去，给我们的小猪崽做一个猪食槽。”保尔回答。

“那么你做的就是猪食槽了！”老人说。

“你背包里装的是什么？”老人又问。

“粪便。”保尔回答。

“那就变成粪便吧！”老人说。

保尔大步走进森林里，用尽全力去砍树造船，但是无论怎样伐树，怎样造船，他做出来的，总是木槽的形状，总是猪食槽，而不是其他东西。虽然这样，他仍旧不放弃，坚持做下去，直到傍晚的时候，才想到要吃点东西，但是他打开背包一看，背包里竟然是粪便！保尔气极了，把背包翻过来，狠狠地摔到树桩上，立即拿着斧子，走出森林回家去了。

保尔回到家里以后，灰小子也想动身，他向母亲要点干粮。“也许我能造出那条船来，赢得公主和半个王国。”他说。

“是的，看来是这样。”母亲说，“你这个除了拨弄炉灰，从来不做其他事情的人！不，我不能给你干粮！”老妇人说。

灰小子并不气馁，他恳求了很长时间，最后终于得到了许可。干粮没有得到，但是他偷偷地拿了两个燕麦饼和一瓶走了气的啤酒，就上路了。

他走了一会儿以后，遇见了同一个老人，他看上去弯腰驼背、其貌不扬，身体非常虚弱。

“你要到哪儿去？”老人问。

“噢，我要到森林里去，如果顺利的话，就建造一条在陆地上和海面上同样适合航行的船。”灰小子说，“因为国王已经宣布，能建造这样一条船的人，将得到公主和半个王国。”

“你背包里装着什么东西？”老人问。

“噢，里面没有什么值得一提的东西，就算作是一点干粮吧。”灰小子回答。

“如果你把食物分给我一些，我就会帮助你。”老人说。

“非常愿意。”灰小子说，“但是我只有两个燕麦饼和一瓶走了气的啤酒，其他什么也没有。”

有什么东西，那无关紧要，只要老人得到一点，他肯定就会帮助他。

当他们来到森林中的老橡树前的时候，老人说：“现在你砍出一片木头，再把它放回原来所在的地方，做完后就可以躺下睡觉了。”灰小子按照老人说的话做了，不一会儿他就躺下睡觉。在睡梦中，他觉得自己听到了砍树、锤打、刨板、锯木和组装的声音，但是他始终没有醒，直到老人走来把他叫醒，他惊讶地发现那条船已经完全造好，正停放在橡树旁边。“现在你可以上船了，再把你所有遇见的人全部带上。”老人说。灰小子再三感谢老人为他造了船，然后开船走了，还说他一定会按照老人吩咐的话去做。

航行了一段路以后，灰小子来到一个骨瘦如柴的流浪汉跟前，他趴在一个山坡上，用嘴啃青石头。“你是什么人，怎么趴在这儿啃青石头？”灰小子问。

那人说，噢，他想吃肉，永远也吃不厌，因此他只得吃青石头。接着，他请求搭船一起走。

“行，如果你愿意一起走，就上船来吧。”灰小子说。

流浪汉非常高兴地上了船，还带了几块大青石，充作干粮。当他们又航行了一段路以后，遇见一个怪人，他躺在一个有阳光的山坡上，正在吮吸一个酒桶塞子。

“你是什么人？”灰小子艾斯本问，“你躺着吮吸酒桶塞子，这有什么好处？”

“噢，当一个人没有酒桶的时候，也就只能吮吸酒桶塞子了。”这人回答，“我总是非常口渴，因此我喝起啤酒和葡萄酒来永远没个够。”接着，他请求搭船一起走。

“如果你愿意一起走，就上船来吧。”灰小子说。

那人爬上了船。为了解渴，他仍然带着酒桶塞子。

他们继续航行了一段路，又遇见一个人，他躺着，正用一只耳朵紧贴地面在听。

“你是什么人？躺在地上听什么？”灰小子艾斯本问。

“我在听青草的声音，因为我的听觉非常灵敏，可以听到它们正在往上长。”他说。接着，他请求搭船一起走。

这要求当然不会被拒绝。“如果你愿意一起走，就上船来吧。”灰小子说。

那人非常高兴地爬上了船。

他们又往前航行了一段路，又来到一个人面前，他站在那里，正在用枪瞄准。

“你是什么人？站在那里这样用枪瞄准做什么？”灰小子问。

“我的目光非常敏锐。”他说，“因此，我开枪可以毫不费劲地一直射到世界的尽头。”接着，他请求搭船一起走。

“如果你愿意一起走，就上船来吧。”灰小子说。

那人非常高兴地爬上了船。

他们又航行了一段路，又来到了一个人跟前，他用一只脚跳着走道，而在另一只脚上绑着七磅的重物。

“你是什么人？”灰小子问，“你用一只脚跳着走路，而另一只脚上绑着七磅的重物，这是干什么？”

“我走路比飞还要快。”他说，“假如我用两只脚走路，不到五分钟我就能走到世界的尽头。”接着，他请求搭船一起走。

“如果你愿意一起走，就上船来吧。”灰小子说。

那人非常高兴地爬上了灰小子和他伙伴们的船。

他们又航行了一段路，又遇见了一个人，他站着用手捂着嘴。

“你是什么人？”灰小子问，“像这样站着用手捂住嘴是干什么？”

“噢，我身体里有七个夏天和十五个冬天。”他说，“所以我需要捂住嘴巴。因为如果我把它们全都放出来，整个世界马上会变得乱七八糟，一片混乱。”接着，他请求搭船一起走。

“如果你愿意一起走，就上船来吧。”灰小子说。

他高兴地爬上了船，和其他人待在一起。

他们继续航行了相当长的时间，来到国王的庄园。

灰小子大步走到国王面前，宣布说国王要的船已经建成，正停在外面院子里，现在就像国王原先许诺的那样，他要娶公主。

国王并不怎么高兴，因为灰小子看上去貌不惊人，他皮肤黝黑，全身沾满烟灰，国王不愿把自己的女儿嫁给这样一个流浪汉。因此他说，灰小子还得等一等，在把国王存放着三百桶肉的仓库吃空以前，他不能得到公主。“不管怎样，到明天这个时候，如果你能做到这一点，就可以娶到她。”国王说。

“让我试一下。”灰小子说，“不过，你大概会允许我带上我的同伴吧？”

国王说，行，可以带，把六个同伴全带去也没关系。因为国王相信，即使他带上六百个人去，也绝对不可能把肉吃完的。

灰小子只带着那个常啃青石头、一直馋肉吃的人去，他不一会儿就把所有的肉吃光了，剩下的不超过六块很小的咸火腿，留给船上其他同伴吃。于是，灰小子走到国王跟前，告诉他仓库已经空了，现在他总可以娶到公主了吧。

国王走进仓库，发现里面空空如也，这是确凿无疑的。但是，灰小子皮肤黝黑，全身沾满烟灰，国王觉得让这样一个流浪者娶他的女儿，实在太糟了。因此他说，他有一个地窖，里面满是啤酒和存放多年的葡萄酒，每种酒有三百桶，“不管怎样，只要你有本事到明天这个时候，把所有的酒喝完，你就能得到公主。”国王说。

“让我试一下。”灰小子说，“但是你大概会允许我带上一个同伴吧？”

“行，当然可以。”国王说。他觉得那么多的啤酒和葡萄酒，七个人一起喝，也根本喝不完。

灰小子就带那个吮吸酒桶塞子、一直想喝啤酒的人去，国王把他们锁在下面的地窖里。只要还有酒，这个人就一桶紧接着一桶地喝，但是到了最后，他特意留下了一点酒，让船上的同伴们也能够每人喝上两杯。

第二天早晨，地窖的门被打开了。灰小子马上快步走到国王跟前说，他已经把啤酒和葡萄酒都喝光了，现在总可以像国王许诺的那样，得到公主了吧。

“哦，我首先得下到地窖里去看一看。”国王说。因为他不相信这是真的。等他下到地窖，那里除了空桶以外，什么都没有了。但是，灰小子皮肤黝黑，全身沾满烟灰，国王觉得有这样一个女婿是很不光彩的事。因此他说，不管怎样，假如灰小子能在十分钟之内为公主从世界的尽头取来沏茶的水，就可以得到公主和半个王国，因为他相信，这件事是绝对不可能办到的。

“让我来试一下。”灰小子说。

于是，他找来那个用一只脚跳着走道，另一只脚上绑着七磅重物的人，告诉他解下脚上的重物，用两条腿尽可能快跑，在十分钟之内从世界的尽头为公主取来沏茶的水。

那个人解下重物，提了一个桶出发了，刹那间，他就不见了。但是时间一秒一分地过去了，他还是没有回来。到了最后，离限定的时间只剩下三分钟了，国王高兴得不得了，好像他捡到了一个银币似的。

这时候，灰小子把那个能听到小草生长声音的人叫来，告诉他听一下，那个人到哪儿去了。

“他在水井旁边睡着了。”他说，“我能听到他在打鼾，而妖怪在替他捉虱子。”

于是，灰小子喊来那个能开枪打到世界尽头的人，让他开枪向妖怪射击。他照着做了，直接打中了妖怪的眼睛。妖怪疼得发出一声吼叫，马上惊醒了那个去取水的人。当他回到国王庄园的时候，离限定的时间还剩下一分钟。

灰小子大步走到国王跟前说，这就是他要的水，现在自己总可以得到公主，再也没有什么可说的了。但是，国王还是觉得灰小子皮肤黝黑，全身沾满烟灰，不愿意要他当女婿。因此，国王又说，他有三百捆木柴，是在浴室里烘烤谷物用的。“不管怎样，假如你有勇气坐在浴室里，直到木柴烧完，就可以娶到公主，我就再也没话可讲了。”他说。

“让我来试一下。”灰小子说，“但是，你大概会允许我带上我的一个伙伴吧？”

“行，即使把六个都带去也行。”国王说。因为他想，他们所有的人都忍受不了那炎热的火焰。

灰小子带上身体里有十五个冬天和七个夏天的人，在黄昏时分走进了浴室。这时，国王已经点燃了熊熊大火，那火旺得足以用来浇铸炉子。他们再想出来，那是万万不可能的了，因为刚进去，国王就立刻把门闩好，还加上了两把挂锁。于是，灰小子对他的伙伴说：“你得放出六七个冬天来，使得温度恰好像夏天一样暖和。”那伙伴照他的话做了，浴室里的温度马上下降，使他们能在里面坚持下去。可是到了深夜，大概又太凉了。因此灰小子对那人说，他必须放出两个夏天，提高一点里面的温度。他们一直睡到第二天很晚的时候才醒过来，听到国王正在外面巡视。灰小子对他的伙伴说：“现在你得再放出两个冬天，但是最后一个冬天要正好冲着国王的脸放出来。”那人答应这么办。当国王打开浴室的门时，满以为他们已经倒在地上热死过去，却发现他们都坐在那里，被冻得浑身哆嗦，牙齿直打冷战。身体里有十五个冬天的那个人，这时候放出最后一个冬天来，正好吹在国王的脸上，他脸上立刻生出一个很大的冻疮。

“现在我可以得到公主了吧？”灰小子问。

“是的，你可以娶她，然后再接管整个王国。”国王说。这时候，他再也不敢说一个“不”字。

于是，灰小子和公主举行了婚礼，大摆宴席，尽情畅饮，还放起了鞭炮。欢宴期间，人们走来走去，到桌前添饭加菜。他们把我也带到一张餐桌前，给了我麦片粥和牛奶，然后把我一直送到这儿，让我讲述那里的热闹情景。

小偷王

从前有个农民，家里一贫如洗。他有三个儿子，可他没有任何有价值的东西传给儿子们，也没有办法给他们安排合适的工作。于是，他琢磨着怎样把他们打发出去，各自到世上去闯一闯。有一天，他把儿子们召集到一起，对他们说，鉴于家里太穷了，他们三人最好都出去谋生，爱到哪里就到哪里，爱干什么就干什么。

三个儿子出发那天，农民一直把他们送到一个十字路口。前方有三条路，三个儿子各走一条。

两个大儿子去了什么地方，我从未打听过；只有小儿子的情况我略知一二。他走了很长很长时间，去的地方很远很远。

有天夜里，小儿子在穿越一个大森林时，天气骤变，狂风和飞沙让他几乎睁不开眼睛。他迷失了方向，只好漫无目的地走啊，走啊……突然，远处出现一线灯光，他立即兴奋地走过去，结果走了很久才到达那里。原来那是一间颇大的房子，房子里炉火正旺。他猜想房子的主人一定还没有睡觉，于是就走了进去。

房子里有个老太婆正在料理家务。

“晚上好，老妈妈！”小伙子上前打招呼。

“晚上好！”老太婆回答。

“呵，今晚外面天气太糟了！”

“是呀！”

“我可以在这屋里歇一个晚上吗？”

“恐怕不行。”老太婆说，“如果房子的主人回来后发现你躺在这里，就会把你我都杀掉。”

“什么人住在这里？”小伙子问。

“噢，都是些强盗。”老太婆告诉他，“我也是在很小的时候被他们抢来的，一直替他们做家务。”

“不管怎样，我非留在这里过夜不可。”小伙子说，“今晚这种天气，我是死活也不出去了。”

“唉！这样你可要大难临头啦！”

小伙子不管不顾地躺到一张床上，却紧张得无法入睡。不久，强盗们回来了。老太婆赶忙上前对他们说，屋里来了一个陌生人，怎么撵也不肯走。

“你看见他身上有钱没有？”强盗们问。

“他有没有钱？嘿，是个穷光蛋！”老太婆回答，“他除了身上的衣服，一无所有。”

强盗们相互嘀咕了几句，商量着怎样处置他，是杀了他呢，还是不杀他。就在这节骨眼上，小伙子一骨碌从床上爬起，满腔热情地问他们要不要男仆，说自己愿意伺候他们。

强盗们略微考虑了一下，回答他说：“行。你要是有兴趣干我们这行，就可以留下来，我们给你点事做。”

“有兴趣，不管什么事都有兴趣！”小伙子说得颇有诚意，“离家时，父亲说过，我爱干什么就干什么。”

“你肯偷东西吗？”强盗们问。

“嗯……行！”小伙子想了想，觉得学会这种本事也没什么大不了。

离强盗窝不远处的某个地方住着一个农夫。他有三头牛，打算把其中一头赶进城卖掉。强盗们打听到这个消息，就对小伙子说，如果他能在半路上把那头牛偷走而又不伤害农夫，他们就收他为男仆。

小伙子答应去试试。他从房里挑选了一只系着银带子的名贵女鞋，把它丢在那农夫赶牛进城的必经之路上，然后躲到树丛中。

农夫经过这里时发现这只鞋，就捡了起来。“这鞋真是顶呱呱。”他自言自语地说，“要是再有一只和它配对就好了，可以带给老太婆穿，好使她对我态度和气些。”原来，那农夫的老婆是个性格暴烈而又十分刻薄的女人，三天两头地打老头，老头很怕她，时刻想讨好她。可惜一只鞋带回去没有用，所以他把鞋丢在原地，继续赶路去了。

小伙子见他走远，立即从躲藏的地方跑出来，捡起那只鞋，以最快的速度从森林里抄近路赶到农夫前头，又把鞋放在路中央。当农夫赶着牛走到那里时，发现一只与刚才相同的鞋子，不禁后悔自己没有把那只鞋捡起来。“我得跑回去把它捡回来。”他一边自言自语，一边把牛拴在路边的栏杆上，“这样就可以配成一双顶呱呱的鞋子送给老太婆，她也许会和气一点儿。”

他沿着来的那条路向回走，寻找第一只鞋子，可找了老半天也看不见鞋子，只好垂头丧气地回到拴牛的地方。谁知在他离开期间，那小伙子早已悄悄地把牛牵走。农夫发现牛失踪时，伤心地一把鼻涕一把泪地大哭起来，老婆要是知道他丢了牛，会把他打个半死。

哭了一阵子，农夫突然眼睛一亮，心想：如果悄悄回家再牵一头牛到城里卖个好价钱，不就可以向老婆掩盖丢牛的事了吗？于是，他赶回家中，瞒着老婆牵出第二头牛，向城里进发。

强盗从探子那里获悉此事，就对那小伙子说，如果他能把这头牛偷来而又不伤害农夫的话，就可以与他们平起平坐。

小伙子觉得这事不费吹灰之力。

这次，他用一根绳索绕过自己的两个胳肢窝把身体套住，吊在农夫要经过的那条路上方的一棵大树上。农夫经过此地看见他，感到很惊奇。“你怎么这样伤心，非吊在这里不可！唉，可我没办法叫你起死回生，就让你吊在这里算了。”说完，继续赶路去了。

小伙子急忙跳下树，抄近道赶到农夫前头，再次把自己吊在路中央。“怎么又有一个人上吊？你是因为伤心而上吊的人呢，还是一个幽灵？”农夫自言自语地说，“唉！不管你是幽灵还是别的什么，随你吊在这里吧。”说完，继续向前走去。

小伙子马上像前两次一样，跳下树，从树林里抄近道赶到农夫要经过的路上，把自己吊在路中央。农夫自言自语说："糟糕，怎么一连碰见三个人上吊！一定是幽灵作怪！这事不难弄清楚：要是前面两人还吊在原处，那么他们就是真的人；如果不在了，那他们必定是幽灵无疑。"

于是，他把牛拴好，一边向回跑，一边观察沿途的树木。小伙子则从树上跳下，把牛牵走了。

农夫回来发现第二头牛也失踪了，急得不知所措。人们可以想象，他哭得多么伤心；但后来，他还是宽恕了自己。他想：现在唯有一个办法，就是再把第三头牛牵到城里去卖，不让老婆知道，争取卖出一个更好的价钱来。于是，他跑回家，背着老婆把第三头牛牵出门。

这事又被强盗的探子知道了。强盗们对小伙子说，如果他能像前两次那样把第三头牛也偷来的话，就推举他做他们的首领。

小伙子胸有成竹。他跑进农夫赶牛要走的那条路附近的树林里躲藏起来。当农夫到那里时，他就假装牛叫："哞哞！哞哞！"农夫听到这声音又惊又喜，以为丢失的两头牛就在附近的树林中。于是把第三头牛拴好，一头钻进树林去找。这时，小伙子却神不知鬼不觉地把牛牵走了。当农夫两手空空地回到路上，发现第三头牛也失踪时，哭得死去活来，好多天不敢回家。

强盗们对小伙子接连偷来三头牛感到不可思议，但他们不得不选他为首领，尽管心里并不高兴。

有一天，他们决定把小伙子丢在家里，出去做一些他不会做的事情，露几手给他看看。

可强盗们万万没有料到，在他们走后，小伙子实行起自己的计划。他所做的第一件事，就是把三头牛全部送回农夫家里。农夫见牛失而复得，欣喜若狂，接着，小伙子把强盗马厩里所有的马都牵出来，把屋里所有能翻到的金银财宝和华贵衣服统统驮到马背上，率领马队扬长而去。出发前，他请老太婆代他向强盗们打个招呼，并致以谢意。

马队走了很远很远，走到小伙子来时的那条大路上，接着又走了一段路，就到达小伙子父亲的家门附近。这时，小伙子换上一套将军服，以轩昂的大人物气派，骑马闯进他父亲的院子，他推开房门，问能不能让他借宿。

他父亲拒绝了，“我没有条件留大人物过夜。因为连我自己也没有被子盖，睡觉时只得穿着这些破破烂烂的衣服。”

“你的心肠这么硬，现在还是这样！”小伙子抱怨说，“你连自己儿子向你借宿也不许！”

“难道你是我儿子？”父亲十分诧异。

“难道你认不出我来了？”小伙子反问。

“噢——”这下他认出了儿子，“你做了什么事啦？短短的时间里就完全变了样！”

“噢，让我讲给你听。”小伙子说，“你曾对我说过，我可以爱干什么就干什么，所以，我学习了偷盗的本领，现在变成小偷王了……”

他父亲的房子紧靠郡长的大院。郡长很富裕，他的钱多得连自己也数不清。他有个女儿，漂亮又善良。小偷王早就钟情于她，想娶她为妻。

有一天，小偷王叫父亲去郡长家为他说亲。他对父亲说："要是郡长问你我会干什么活，就不妨告诉他，我是小偷王。"

"我看你是在说胡话吧！"父亲瞪着两个大眼说，"你这样胡思乱想，怕是疯了！"

可小伙子非叫他父亲去不可。

"他家那么有钱，我们家哪能与他家相配呢？"父亲为难极了。

小伙子根本不听这种话，仍然逼父亲去郡长家，并且威胁说，父亲再不去就别怪他不客气。他父亲不顾威胁仍是不去，他就举起一根桦木条赶父亲去。最后，老头子含着眼泪走进郡长家的大门。

"哟，我的百姓，什么事使你这样伤心啊？"郡长问。老头子就把他三个儿子各奔前程的事说了一遍，说现在小儿子已经回家，硬逼着他来说亲。还说小儿子学会了偷窃，成了小偷王。他说话时不住地抽噎，哭得老泪纵横。

"放心吧，我的百姓。"郡长笑着说，"你回去告诉你儿子，就说我要试试他的话是真是假。如果星期天他能当着大家的面，从我家厨房偷走炙叉上的牛排，我就同意把女儿嫁给他！"

父亲回家后把郡长的话说给小伙子听，小伙子莞尔一笑，认为这太简单了。

他找来三只兔子，把它们装进一个口袋，然后披上几件破衣烂衫，故意露出一种寒酸气，星期天上午偷偷溜进郡长家里。这时，郡长和所有的仆人都集中在厨房里照看牛排。

突然，小伙子从走廊里放出一只兔子，兔子跑开后在院子里到处乱钻。

“哟，看兔子！”厨房里的人惊呼起来，都想到院子里去捉。可郡长一动不动。“让它跑吧。”他说，“兔子跑时，休想抓到它。”不久，小伙子放出第二只兔子。厨房里的人见到后，以为还是原来那只，都想去抓；但郡长说那是白费力气。

又过了一会儿，小伙子把第三只兔子放出，让它在院子里转来转去。厨房里的人见着后，以为第一只兔子又跑回来了，个个心痒得很，想把它抓住。

“这兔子也真怪，老这样漫无目的地跑来跑去！”郡长的心也动起来了，“去，我们一起围住它，把它抓住。”

郡长说完，跑出了厨房，其他人也跟了出去，兔子在前面跑，他们在后面追。小伙子趁这个机会，溜进厨房把牛排偷出了院子。

郡长后来上哪里为这个星期天的午餐弄牛排，我不得而知；但我知道，他没有吃到兔排，尽管为此跑得汗流浃背。

牧师到他家吃午饭时，听到这事情的经过后，当场嘲笑了郡长，还说：“这种人可捉弄不了我！”

"哼，当心点吧。"郡长说，"没准他现在已钻进了你家！"

但牧师一点也不在乎，只是一味地嘲笑郡长被人捉弄。

下午，小偷王根据郡长先前的允诺到他家去讨女儿。

"你得接受更多考验。"郡长不肯把女儿嫁给他，"你今天干的事没什么了不起，能不能好好露一手，捉弄一下牧师？因为他笑话我上了你的当。"

这事一点不难，小偷王满口答应。

他在身上裹了一块白床单，从一只鹅的身上割下翅膀绑到自己身上，打扮成鸟的模样，然后爬上牧师花园里的一棵枫树上藏起来。

晚上，当牧师回到家，小伙子用假嗓子喊道："拉斯先生！拉斯先生！"

"是谁在叫我的名字？"牧师奇怪地向四周张望。

"我是天使，奉主之命，特来颁布福音如下：由于虔诚，你将活着被召进天堂。下星期一晚上，你必须做好出发的准备，到时候我用一只口袋来接你。你事先须把一切金银财宝统统堆在客厅的地板上。"

牧师受宠若惊，双膝跪地，连声称谢。

星期天下午，牧师讲经时特意举行告别仪式，告诉教徒们，上帝曾派天使降临于他家花园的枫树上，向他宣布，他将由于对主的虔诚而被恩准活着升天。善男信女们听了他的告别言辞，痛哭流涕。

星期一晚上，小偷王重返牧师的家。牧师马上跪倒在地，嘴里不住地感谢上帝的恩宠。小偷王把他装进一个口袋，拖在地上离去，袋子一路上磕磕碰碰，牧师疼得直叫喊："哎哟——哎哟——到什么地方啦？""这是通向天堂的狭窄小道。"小偷王回答，继续往前拖，牧师被折腾个半死。最后，小偷王把口袋拖进郡长家的鹅棚里，鹅群蜂拥而上，啄他，夹他，弄得他奄奄一息。

"哎哟——哎哟——我到什么地方啦？"牧师问。

"你正在接受炼狱的净化以便永生。"小偷王说完回到牧师的客厅，把堆在那里的金银财宝全部拿走了。

第二天早晨，当放鹅姑娘去开鹅棚时，听见装在袋子里的牧师的呻吟声。

"天哪！你是谁呀？怎么给捆在袋子里啦？"她问。

"喂，你是天使吗？请把我放出来，让我回到地上去吧，这儿简直比地狱还要难受，小鬼们不停地咬我。"牧师哀求说。

"我可不是什么天使，我只是给郡长照料鹅群的人。"那姑娘一边说，一边解开绳子，放牧师出来。然后她指着鹅群说："咬你的就是这些鬼东西，神父。"

"唉！原来是小偷王捣的鬼！哎哟！我的金子、银子和贵重的衣服！"牧师唉声叹气地赶忙向家里跑去。牧鹅姑娘感到莫名其妙，以为牧师发了疯。

郡长听到牧师在"炼狱"和"窄道"的经历以后，忍不住捧腹大笑。可当小伙子去向他要女儿时，他却又出尔反尔，要小伙子再做一件事。“我得再试你一次，看看你到底有多大能耐。”郡长对小伙子说，“我的马厩里有十二匹马，每匹马我都安排一个人骑着。你要是能从他们胯下偷走这些马的话，我就会考虑下一步该怎么办。”

“行，可以。”小伙子说，“只要我真能得到你的女儿……”

“对，你要是成功的话，我就会满足你的愿望。”郡长又许下了诺言。

小偷王到商店打了两瓶酒，在其中一个酒瓶里倒了些安眠药；再雇十一名骑手当晚躺在郡长的谷仓后面等候；最后，好说歹说向一个老太婆租来一件上衣和一条破旧的裙子。晚上，他穿上这上衣和裙子，在颈子上挂了一个布袋，手上拄着一根拐杖，悄悄溜到郡长的马厩前。郡长的十二个马夫正在照料马匹。

其中一个马夫见着“老太婆”，就喝道：“见鬼！你到这儿来干什么！”

“哎哟！天真冷呀！”小偷王一边哆嗦着，一边叹着气，“这么冷的天气，真要冻死人啦！今晚能不能让我在马厩里避避寒，好心的先生们？”

“见鬼！快滚开！要是郡长看见你在这儿，我们都会倒霉的！”一个马夫说。

“嘿，这老太婆怪可怜的。”另一个马夫同情地说，“就让她在里面坐坐吧，她肯定不会做什么坏事的。”

其他马夫觉得不能让“老太婆”进来。正当他们一边照料马匹一边争论的时候，“老太婆”已不声不响地钻进马厩，在门后面坐下。

到了深夜，马夫们感到了寒冷。

“唉！这么冷！”一个马夫拍打着自己的身体说。

“真冷！我身上直抖。”另一个马夫抱怨。

“要是谁身上带着一点烟丝就好了！”第三个马夫说。

碰巧，一个马夫身上带着一小包烟丝，于是他们每人分了一丁点儿塞到嘴里反复咀嚼，嚼到没有味道时再吐到地上。这烟丝对抗寒冷略微有点作用，但这作用很快就消失了。

没多久，一个马夫再次发出叹息声：“唉，唉。”

“哎呀呀！”“老太婆”也发出哀叫，牙齿“咯咯”打战。他掏出那个没有安眠药的酒瓶，故意摇晃几下，咕咚咕咚地喝起来。

“老太婆，瓶里装的是什么？”一个马夫忍不住问他。

“喔，一点儿老酒。”他回答。

“什么？老酒？让我喝一口！让我喝一口！”十二个马夫同时嚷起来。

“嗯，可我带的酒不多。”“老太婆”抱歉地说，“给你们这么多人分，嘴都湿不了。”

但他们都坚持要喝。于是小偷王掏出那个带安眠药的酒瓶，依次送到每个马夫的嘴边，让他们过过酒瘾。这时，他身子一点也不抖了，动作非常敏捷。第十二个马夫的嘴还没有离开酒瓶时，第一个喝酒的马夫已经倒在地上打起鼾来。

小偷王见时机已到，马上脱掉乞丐服，把马夫们抱到马厩的隔栏上，让他们一溜排跨坐在上面。然后把谷仓外面埋伏的十一名骑手叫进马厩，让他们每人骑一匹马，飞驰离去。

早晨，当郡长来查看马厩时，马夫们刚刚苏醒，有的在睡意蒙眬之中好像自己骑在马上一样，不停地用脚上的马刺扎那隔栏，弄得木屑飞扬；有的身子从隔栏倒挂了下来；有的从隔栏上摔下，呆头呆脑地坐在地上。郡长气得大发脾气，骂道："你们这些蠢货，竟然让小偷王从你们的胯下把马偷走了！"结果，马夫们每人挨了一顿打。

这天晚些时候，小偷王来到郡长家里，讲了自己偷马的经过，然后要求他履行诺言，把女儿嫁给自己。可郡长只给了他一百元钱。郡长说，要想得到他女儿，就必须再做一件更杰出的事。

郡长问："我骑马时，你能把马偷走吗？"

"嗯，当然能，"小偷王说，"可你要信守诺言，把女儿嫁给我。"

于是，双方说定，某日，郡长将骑马到训练场等他。

那天，小偷王找来一匹老母马，用柳木和藤条做了一套简陋的马具，又买来一辆破旧的小车和一只大酒桶，把酒桶放在小车上，然后请一位穷苦的老太婆躺在桶里，把嘴对着桶口，小偷王把手指插在老太婆嘴里并把车子赶了一段路程。他答应给老太婆十元钱，手每多拔出来一次，就多给她十元钱，决不会让她受到任何伤害。小偷王穿上几件破衣裳，故意把脸涂黑，头上戴一盘假发，再用山羊头上的长毛在嘴下粘了一个大胡子。这样装扮，谁也别想认出他来。一切准备停当以后，他赶着小车来到郡长所说的训练场。郡长骑着马已等了他好一会儿。

快到郡长跟前时，小偷王故意放慢脚步，走得很慢很慢，几乎像是原地踏步。

郡长没想到他就是小偷王。他骑到小偷王面前，问是否看见有人在树林那边鬼鬼祟祟地转悠。

小偷王回答没有看见，他什么人也没有看见。

“听着，”郡长颐指气使地说，“你要是愿意到树林里去看看有没有人的话，我就给你许多小费。你可以借我的马骑。”

“不行，尽管我能做到。”小偷王回答，“但我要拉啤酒去赶赴一个婚宴，而桶塞不小心在路上被晃掉了，所以我不得不一边赶路一边用手指头塞住桶口。”

“没关系，”郡长说，“你骑马去。我替你照看马车和酒桶。”

小偷王装出无可奈何的样子，答应照郡长的意思去做。但他关照郡长要迅速把手伸进去，而且在他走后千万要照看好马车和酒桶。

郡长说，你放心去吧，我会尽力照看好的。

于是，小偷王跨上郡长的坐骑扬长而去。

郡长在原处等小偷王回来报告消息，可等了很久也不见他回来，最后实在忍不住把手指头从桶口拔了出来，这时桶里的老太婆马上嚷起来："好！你应该多给我十元钱！"

郡长这才恍然大悟，垂头丧气地向家里走去，走到半路上，遇上一伙人骑马迎面而来。原来，小偷王早已去过他家，叫人到训练场去接他。

第二天，小偷王到郡长家，再次要求郡长履行诺言，把女儿嫁给他，郡长却要再次耍花招。这次，他给了小偷王二百元钱，对他说还得再考验他一次，如果他这次也获得成功，就一定把女儿嫁给他。

好吧，最后再考验一次也无妨。小偷王总是充满信心，只要他知道是什么考验就成。

"你能把我床上的床单和我老婆的罩衫偷走吗？"郡长问他。

"这种事并不是不可能的，"小偷王说，"只要你真的把女儿嫁给我，我就……"

夜里，小偷王把断头台上的绳子割断，把吊在上面的一个小偷的尸体扛到郡长的院子里，又搬来一条长梯，架到郡长的窗台边。然后他爬上梯子，把那尸体在窗前举上举下，好像一个人在窗外向屋里窥探一样。

"她娘，小偷王来了！"郡长慌忙推他的老婆，"我用枪来打他！"说着，他举起床边上的一杆来复枪。

“不！你不该这样！”他老婆阻止他，“是你自己把他引来的。”

“把他打死，她娘，我非开枪打死他不可。”郡长不顾老婆的反对，趴在床上对那影子瞄准；可那影子忽而升高，忽而降低，他瞄了好一会儿才扣动扳机，砰的一声，那尸体摔到地上。小偷王赶紧溜下梯子。

“这下怎么办呢？我身居高位，这事怕是要引起街谈巷议了。”郡长开枪后不免又生担忧，“最好马上出去把尸体埋掉，要是让人们发现，事情就糟了。”

“你看着办吧，她爹。”郡长老婆自己没有主意。

郡长急匆匆地下了楼，但他前脚出门，小偷王后脚溜了进去，直奔郡长老婆房间。

“她爹。”郡长老婆听到脚步声，以为是丈夫进屋，“事情这么快就做好了吗？”

“嗯。”小偷王用假嗓子回答，“我把他扔到一个洞里，在上面盖了点土。外面太冷，先马马虎虎把他盖住，天明后再仔细弄一下。快把床单抽出来给我，让我擦一擦身体，那鬼东西把我身上弄得血迹斑斑。”

郡长老婆马上把床单递给了他。发生了人命案子，她已不顾一切。

“再把你的罩衫给我。”稍隔一会儿，小偷王又说，“床单不够用。”

“喏。”郡长老婆马上把罩衫递给他。

小偷王拿到两样东西以后，借口忘了关门需要再下楼一趟，乐滋滋地离开了郡长的家。

过了一会儿，郡长回到卧室。

“嘿，她爹，关一个门怎么用这么长时间！”郡长老婆埋怨道，“罩衫和床单丢哪儿啦？可不要乱放。”

“什么？你说什么？”郡长刚刚掩埋尸体，惊魂未定，现在又重新紧张起来。

“噢，我是问你，刚才拿去擦身上血的罩衫和床单放在什么地方了？”郡长老婆重复了一句。

“唉，又活见鬼了！”郡长连连叹气，“难道是他拿走的？”

天色破晓，小偷王拿着罩衫和床单上门向郡长要女儿。这一次郡长再也不敢耍花招，只好答应把女儿嫁给他，并且给了他许多钱；因为他担心，再不履行诺言的话，没准小偷王气极了连他的眼睛都要偷走，而且此事传出去必然会引起满城风雨，给他的仕途罩上阴影。

小偷王成家后，生活得很美满。

至于他后来是否继续行窃，我不得而知；不过，即使他又偷过东西，也只是为了寻开心而已。

沙洲小矮人

在海尔格兰郡的特拉纳，远离岸边的大海中有一小块浅滩，人们叫它沙洲。这块浅滩是个优良的渔场，然而人们很难找到，因为它不固定在某一处，而是经常移动位置。谁要是有幸碰上的话，一定会大有收获。当风平浪静时，如果低头向海底望去，可以见到一条狭长的凹沟，酷似一条诺尔兰大船龙骨的形状。还可以见到一条山梁，样子很像一个船库。这块浅滩并不是一向位于海底，古时候它曾是一个小岛，属于海尔格兰郡的一个富裕农民。他在那里造了一个在夏季渔汛期躲避风暴用的渔棚，这个棚子比当时一般的渔棚更大，更好。至今还有些人认为沙洲有时会升出海面，变成一个美丽的小岛，对此我不加妄说；我要说的是，那时候，这荒凉的岛上曾经发生过一系列怪事情，不少渔民和过路人谈之色变，声称自己曾在这里听到过嬉笑声、吵闹声、锤击声、游戏跳舞声和翻东西的声音；还似乎听见过人们把船拖上岸时的劳动号子声。所以人们驾船路过这里时总要避得远远的。不过，谁也没有真的见到过任何幽灵。

上面说到的那个富裕农民有两个儿子，大儿子叫汉斯·尼古拉，小儿子叫尼克·昂德斯。汉斯性格怪僻，难以交往。由于上帝的恩赐，诺尔兰人普遍具有精明的经济头脑，而汉斯比一般的诺尔兰人更加精明。尼克则是一个呆头呆脑的人；不过他一向乐观豁达，只要不是遇到太糟糕的事情，他总是说自己是个幸运儿。比如，有时他去掏老鹰窝，脸面被老鹰划得鲜血淋漓；但只要能带回家一只小鹰崽，他就会说自己是幸运的。有时他在海上翻了船——这种事并非少见，人们在朝天的船底把他救起时，即便由于长时间水泡和受冻而身体僵直，他也说道："喔，没事，我已经得救了。幸运与我同在。"

当父亲逝世时，兄弟俩都已长大成人。办完丧事以后，又过了些日子，他们一同到沙洲去取夏季渔汛期丢在那里的渔具。尼克像往常一样随身携带着一杆鸟枪。当时已是晚秋时节，渔民们已经结束捕捞。汉斯一路上没有说什么话，可是他的脑子并没有闲过。

他们一直忙到天黑才收拾好东西。尼克做回家的准备，汉斯却望着海面对他说："嘿，尼克，你看得出吗，今夜要起风暴。我看最好还是明天再开船回去。"

"不会起风暴的，"尼克回答，"你看，那七女星山头上并没有罩上浓雾。"

汉斯又说自己感到很疲劳，浑身乏力，需要睡一夜才有劲儿开船。尼克说，既然如此，那就在岛上过夜吧。可是第二天清晨，当尼克一觉醒来时，却发现哥哥和他们的船都不在了。他赶忙爬到制高点上极目眺望，看见远处有一条船正向大陆方向驶去，如同海鸥归巢一样，他不明白这是怎么回事。岛上留下的只有一个干粮桶、一个小酸奶桶、一杆鸟枪和其他一些不起眼的东西。在这样的情况下，尼克也没有胡思乱想，他不是那种人。“汉斯晚上肯定会来接我的。”他自言自语地说，说完又大口大口地吃起干粮来，“只有懦夫才会没有断粮就失去勇气。”

可是到了晚上仍不见哥哥回来。他眼巴巴地空等了一天又一天，一个星期又一个星期，最后才对哥哥起了疑心，怀疑哥哥企图把他甩在荒岛上，以便独吞父亲的遗产。他的这一怀疑没有错，汉斯确实是打的这个算盘。他趁弟弟熟睡，独自把船开回陆地，快到海岸边时故意把船弄翻沉入海底，然后向人们散布谣言说，尼克已在海难中遇难。

尼克并未因此而失去生活的勇气。他趁涨潮时收集海上浮木和打海鸟，趁退潮时找海蚌和挖海草，并且利用岛上原有的鱼架上的木头做了一个木筏，利用在岛上找到的一个专钓黑鳕的鱼竿，到海里钓鱼。有一天，他在钓鱼时偶然发现，海底沙中有一道凹痕，颇像一条诺尔兰大船龙骨的形状。他还清楚地看见，从海沟到海底山梁顶部有绳索拧绞过的印痕。这时，他觉得，过去常听人们说到的所谓小矮人曾在这一带航海捕鱼的故事，并非虚妄之说。可他并不因此而担忧什么，因为他是幸运儿。

可是秋天过去了，他没有见到任何一个小矮人。有一次，他看见一条船路过沙洲，就赶紧把一件褂子挑在木杆上拼命摇晃。然而，船上的人见到后，非但不把船向他靠过来，反而把船帆落下，以桨代帆，很快把船划得无影无踪。他们一定以为摇晃衣服的是妖怪。

圣诞之夜来临了。静谧中，他突然听见海上飘来小提琴的声音。当他跑出去看时，只见一艘灯火辉煌的诺尔兰大船正向小岛驶来。那船外表很奇特，张着一块特大的方帆，像是用丝绸做的，帆绳极细，并不比现在的钢丝粗。船上的一切设备都精妙绝伦，令每一个诺尔兰人羡慕不已。船上的人长得都很矮，一律穿着蓝色服装；唯有站在舵旁的一个女人打扮得像个新娘。她头戴王冠，身着华贵的服装，其豪华尊贵的风姿绝不亚于一个女王。尼克看得出，她是和自己一样的人，有普通人的身材和相貌，比小矮人不知要漂亮多少倍，尼克从未见过如此漂亮的姑娘。

当那船向他靠过来时，他机灵地溜进船棚，摘下墙上的鸟枪，爬上棚架藏起来。他能从棚架上看见棚子里的一切情况。

没多久，棚子里喧闹起来，船上很多小矮人向棚子拥来。墙壁被挤得咯吱咯吱地响，棚子神奇般地向四周扩展，最后变成一个富丽堂皇的大厅，比最富的商人家的客厅还要豪华，简直可以与王宫媲美。他们铺好餐桌，端上最上乘的美酒佳肴，所有的餐具非金即银。餐后，他们翩翩起舞，狂欢作乐。尼克悄悄从棚顶边沿的天窗爬到棚顶，又从棚顶下到墙根，直奔小矮人的那条船。他把一根擦火棒扔到那条船上，把船钉在那里，还嫌不保险，又用猎刀在船舷上刻了一个十字，然后返回船棚。这时，舞会正处在高潮之中，小矮人跳得如痴如醉，棚里的一切物体都和乐而舞，唯一不动的只有那个新娘，她心不在焉地坐着观看，表情无动于衷。新郎邀请她去跳舞时，立即被她推开。乐师抱着一个手风琴，以左手手指按琴键，一边奏乐一边跺脚，一刻也不休息，一口气也不喘，忙得满头大汗。渐渐地，尼克觉得自己的脚也开始动起来。他自言自语地说："最好放它一枪，让他们镇静镇静，不然的话，连我也要被他那鬼音乐弄得神魂颠倒起来。"

于是，他把猎枪伸进窗孔，以枪把对着新娘头的上方。为防止子弹打中自己，他侧着身子扣动扳机，砰地发了一枪。小矮人听到枪声立即慌作一团，纷纷拥向门口，不惜相互践踏。可当他们跑到船边时，发现船已被擦火棍钉住，于是唉声叹气地钻进了一个地洞，金银饰品全都顾不上带走。新娘本来坐在原处不动，这时好像从睡梦中醒过来一般，特别兴奋。她告诉尼克，她是很小的时候被小矮人抢来的。记得那一天，她母亲带她到牛棚去挤牛奶，其间母亲因为有事要回家一趟，就让她坐在松针树下茂盛的石南草上玩。母亲临走时曾叮嘱说，她可以摘浆果吃，但吃前一定要念三次口诀，这口诀是：

我吃绿色的松针果，
上面刻着耶稣的十字架；
我吃红色的越橘，
上面浸着耶稣受难的鲜血。

然而母亲离开后，她找到很多浆果，吃得很开心，竟忘了念口诀，结果被抢到山上。上山后，她除了小指失去一节以外，没有受到别的伤害。小矮人这里的生活不错，不过她总觉得这里不是她的家，所以心情很不愉快。尤其使她讨厌的是，他们强迫她与一个小矮人结婚，这个小矮人从早到晚缠住她不放。后来，她还向尼克讲了家庭情况。当尼克听到她母亲的名字和家乡的地名时，发现他们两人原来是同族人，这样，两人很快成了亲密的朋友。尼克也向她介绍了自己的情况，并且一本正经地对她说，幸运与他同在。后来，他们把船棚里金银财宝统统搬到船上，一起驾船返回了家乡。

从此，尼克不知比他哥哥富裕多少倍。

汉斯猜得出他财产的来历。他不甘心自己的财产比尼克少。他知道，小矮人和妖怪每逢圣诞之夜总要从阴间出来。所以，他在第二个圣诞之夜专程赶到沙洲去碰碰运气。

那天晚上，他看见海面上先出现点点火光，酷似磷火闪烁，后来，那火光接近了沙洲，他听见哗哗的涉水声伴随着阴森可怕的鬼哭狼嚎，又闻到海面上飘来一股令人恶心的腥臭味。他心惊肉跳，慌忙跑进渔棚，躲在里面向外偷看。他看见无数怪物正向岸上爬来，它们矮墩墩、胖乎乎，远远看去像是一垛垛牧草堆。它们的身上都穿着皮雨衣、皮裙子，脚上套着长筒皮靴，手上戴着几乎拖到地面的连指皮手套。每个怪物的肩膀上都没有头和头发，却有一个海草盆。它们的背后都闪闪发光，好像桦树皮的火焰。当它们抖动身体时，周围火花四溅。

它们登岸后，汉斯像他弟弟一样躲到棚架上。妖怪们把一块大石头搬进棚子，把手套放在上面捶，一边捶一边尖叫，汉斯听了感到毛骨悚然。隔了一会儿，一个妖怪去拨火堆，想使炉火烧得更旺、更暖和些。其他妖怪把一些重得像铅块的浮木和石南草搬进棚内，加到火堆上。浓烟和热气直冲棚架，把汉斯熏得要死。他赶忙从天窗向外爬去，以呼吸新鲜空气；可是他的身体比弟弟胖，弟弟能从天窗爬出，他却不能，结果被卡在天窗上，出不去也进不来。这下他可惧怕到了极点，拼命叫喊起来。妖怪们听到后也跟着叫起来，又叫又号，声音比他还大；不但又叫又号，而且东窜西窜，敲敲打打，使棚内棚外都笼罩在惊恐之中，一直闹到公鸡啼鸣，才遽然离去。

这时，汉斯才从天窗挣脱出来，失魂落魄地赶回家，从此惶惶不可终日，最终神经错乱。人们经常在他所住的阁楼和棚子里听到他阴沉冷酷的叫声，诺尔兰人说那叫声是妖怪发出的。他直到去世之前才恢复理智，据说也被埋进了教会的墓地。

从那以后，没人再上过那块沙洲，它沉到了海底，而小矮人们据猜测都搬到莱康岛去了。尼克后来一直很幸运，谁的船也没有他的船走运。他每次去莱康岛时，那里总是一片宁静。小矮人把自己的货物搬到他的船上，或者从他的船上卸下货物。当他启航去卑尔根市或者回家时，又总是一帆风顺。

他有了很多孩子，个个健康活泼，不过他们的左手小指都缺少最后一节。

卡莉的木裙子

从前，有个国王，王后亡故以后，他独自带着公主生活。这个公主长得花容月貌，而且性情善良。后来，国王不堪孤独，与一个守寡王后重新结婚。这个王后也有一个女儿，可她既长得丑，心眼又坏。她们母女俩对国王女儿的美貌十分嫉妒，总想整整她；可由于国王对女儿非常怜爱，她们不知如何下手。

过了一段日子，这个王国与另一个王国开战，国王率军亲征。王后觉得自己为所欲为的时候到了，就迫害起公主来，处处对她刁难，动不动就打她，不给她饭吃；尽管这样，王后还认为她日子过得太舒服，最后干脆把她赶出王宫，叫她到山上或森林里去放牧。公主天天劳动很长时间，却常常吃不饱，有时甚至一点饭也吃不到，时间一长，身体越来越差，变得面黄肌瘦。她为自己的处境伤心，总是郁郁寡欢，哭哭啼啼的。

在她放养的牲畜中有一头高大的蓝皮牛，身子油光发亮，结实挺拔。这头牛似乎理解公主的心情，经常跑到公主跟前让她抚摸。有一天，正当公主伤心的时候，这头牛跑到她面前，突然说起话来。它问公主为什么如此悲戚。公主由于伤心过度没有回答它，继续哭个不停。“嗯，”公牛说，“你不告诉我，我也知道。你哭，是因为王后对你很刻薄，想把你饿死。

可是，吃的问题你不必担心，在我左耳朵里有一块台布，你只要把它拿出来铺开，要多少食物上面就会有多少食物。”公主听了觉得奇怪，就去看它的左耳朵，果然里面有一块台布。她把台布拿出来，铺在草地上，上面马上出现美味佳肴，有葡萄酒、啤酒，还有甜点。从此，她再没有挨过饿，没多久就恢复了体力，越发白里透红，结实俊秀。

王后和她的丑女儿见了公主的模样，气得脸都青了。王后左想右想也无法理解，继女吃得那么差，怎么会长得那么好。她怀疑有人偷偷给她送饭，所以当继女早晨出门放牧时，她特地派一个侍女悄悄跟在后头。这个侍女看见公主从那头蓝公牛耳朵里取出一块台布，把台布铺开以后，上面就出现最好的食物，公主尽情地享用了一番。侍女回宫后向王后汇报了自己所见到的情况。

这时，恰巧国王凯旋，整个王宫充满了喜庆气氛。最高兴的莫过于国王的女儿。但王后却假装生病，并贿赂御医，叫他谎称王后不吃那头蓝公牛的肉就无法康复。国王的女儿以及其他许多人问医生是否有别的替代办法，央求他免去公牛一死，因为大家都喜欢它，都认为它是整个王国无与伦比的神牛。可是他们的央求毫无作用，御医说，为了王后的康复，公牛非杀不可，没有任何其他办法。

国王的女儿听到这个消息，忧心如焚，赶紧跑到牛棚。那头蓝公牛好像也听到了什么，无精打采地站在里面，耷拉着脑袋。公主见了它，忍不住热泪簌簌地往下落。

“你哭什么？”公牛问她。

公主对它说了那不幸的消息。

“他们杀了我以后，不久肯定也会把你杀掉，”公牛说，“我们不如今晚一起逃走吧！”

公主舍不得离开父王，但与王后相处必将凶多吉少。于是，她答应晚上再来牛棚，与公牛一起逃走。

当晚，公主悄悄摸进牛棚。公牛把她驮上背，以最快速度逃离王宫。第二天清晨，当屠夫来牵这头公牛时，发现公牛已经不在了。国王起床后也发现了女儿的失踪。他立刻派人四处寻找，还在教堂门前贴了寻人告示。可是，谁也没有见到过公主和那头牛。

公牛驮着公主穿过许多国家，来到一座铜树林前，树林里所有的树和花以及其他一切都是铜的。

进树林之前，公牛关照公主：“千万当心，别碰树叶，否则，你我都会没命的，因为树林的主人是一个三头妖怪。”

公主答应一定小心。她走路时，弯腰躬背，左躲右闪，可是，那树林枝繁叶茂，无论怎样小心都免不了扯下一片叶子。

“哎哟哟！你怎么啦？”公牛惊呼，“这下必有一场恶战了。你快把叶子藏起来。”

他们到达铜树林尽头时，一个三头怪物气势汹汹地向他们扑过来，劈头就责问：“是谁胆敢碰我的树？”

“很难说这树林是你的，还是我的。”公牛答道。

“那我们就通过决斗来见分晓吧！”妖怪声嘶力竭地说。

“可以嘛！”公牛毫不示弱。

于是，它们扭作一团。公牛用坚硬的牛角顶戳妖怪，但那妖怪也武艺高强。打了整整一天，公牛才把妖怪戳死，然而公牛自己也已伤痕累累，几乎动弹不得。它叫公主把妖怪衣带上挂着的一个角状罐子拿来，从里面倒出一些药膏涂抹它的伤口。这药膏很灵，公牛的伤口马上愈合如初。

他们休息了一天以后，继续上路。又经过很多天，他们遇上一片银树林。里面的树木，包括树枝、树叶、花和其他一切都是银制的。

进树林之前，公牛关照公主：“千万千万小心，不要碰到树林里的任何东西，不要扯下任何树叶，否则你我都要完蛋，因为这个树林的主人是个六头妖怪，我恐怕斗不过它。”

“嗯，”公主回答，“我一定注意。凡你不让碰的东西，我都不去碰。”

可进了树林才知道，里面异常茂密，几乎没有一点空隙。尽管公主低腰弯背，提心吊胆地向前钻，树枝仍不时地打到她的眼睛。最后，一片叶子被她碰下。

“哎哟哟！你怎么啦？”公牛吃惊地问，“这下非有一场殊死搏斗不可，因为这个六头妖怪比前一个妖怪强壮两倍。不过，你把叶子藏好就是了。”

没一会儿，那妖怪就出现在他们面前。

“是谁胆大包天，敢碰我的树林？”它厉声责问。

“很难说这树林是你的，还是我的。”公牛答道。

“那我们就通过决斗来见分晓吧！”妖怪大声吼叫。

“可以嘛！”公牛毫不示弱，向妖怪冲去，把它的眼睛挑出眼窝，接着又刺穿它的肚皮，让它的肠子流到地上，但那妖怪依然上蹿下跳，凶猛异常。公牛与它打了三天三夜，才把它杀死，但公牛自己也遍体鳞伤，到处流血，累得爬不起来了。它叫公主把挂在妖怪腰带上的一个角状罐子拿来，从里面倒出一些药膏抹在它的伤口上，伤口马上愈合了。可这次公牛不得不休息整整一个星期才与公主上路。

他们开始走得很慢。公主为了减轻公牛的负担，对公牛说，她年轻脚健可以自己步行，但公牛怎么说也不同意，她不得不重新骑上牛背。

公牛驮着公主走了很长时间，经过了许多国家，公主不知道公牛要把她带到什么地方去。

后来，他们来到一座金树林前，所有的树枝、树叶和花卉都是金的，整个树林金光闪闪，简直要滴下金液来。

这次也像前两次经过铜树林和银树林一样，公牛叮嘱公主千万不要碰这树林，因为其主人是九头妖怪，它比前两个妖怪加到一起还强壮，公牛担心自己不是它的对手。公主保证自己一定处处小心，不去碰树林。公牛相信她的保证。可是，当他们走进那树林才发现，它比银树林更浓密，且越到里面越是浓密，几乎密不透风，无法前进。公主害怕极了，她慢慢地、慢慢地向前摸索，树枝不断地扑打她的眼睛，她眼前黑漆漆的什么也看不见，无意中把一个金苹果扯到手上。她吓得呜呜哭泣起来，想把苹果扔掉，但公牛安慰她，叫她把苹果藏好，不要扔掉。其实，公牛自己心中有数：一场残酷的鏖战在所难免，并且凶多吉少。

果然，他们刚出树林，一个九头妖怪就突然扑过来，其貌相极其丑陋，公主几乎不敢抬头去看它。

“谁吃了豹子胆，竟敢碰我的树林？”妖怪杀气腾腾地责问。

“很难说这树林是你的，还是我的。”公牛回答。

“那我们就通过决斗来见分晓吧！”妖怪横眉怒目地说。

“可以嘛！”公牛毫不示弱。

于是，它们扭成一团，互相残杀，打得惨不忍睹，看得公主晕头转向。公牛挑出了妖怪的眼睛和内脏，但那妖怪照样凶悍逼人，一个头死了，立即就冒出一个新头来。它们连续打了整整一个星期才以公牛胜利而告终。可公牛自己也体无完肤，衰弱不堪了。它勉强叫公主取下妖怪的盛药膏的角状罐子，给它敷伤口。伤口愈合后，他们不得不原地休息了三个星期才继续上路。

现在他们不再像先前那样急着赶路了，因为公牛说，前面已没有多远路程就可到达目的地。其实，后来他们又爬过许多大山，穿过许多密林，不知走了多少时间。

当他们走到一座大山上时，公牛问公主：“你看见了什么没有？”

“没看见什么——除了天空和荒山。”公主回答。

当他们爬到更高的地方时，山势平坦了些，视野随之开阔起来。

“你现在看见了什么没有？”公牛又问。

“嗯，我看见很远的地方有一座小宫殿。”公主回答。

“那宫殿并不小哟！”公牛说。

他们又走了很远很远，来到一个山脚下，一堵峭壁拔地而起，挡在他们面前。

“你现在看见了什么没有？”公牛再次问。

“嗯，现在我看见宫殿就在附近，看上去比刚才大多了。”公主回答。

“你应该到那里去，”公牛说，“在宫殿的下方有一个猪圈，你到那里后可以看到一件木裙子。你穿上它到宫殿找个事做，就说你叫‘木裙卡莉’。不过现在你得先用小刀把我的头割下，然后再剥了我的皮，把铜叶、银叶和金苹果都放在皮里卷起来埋在峭壁下。峭壁旁有一根棍子，每当你需要我帮忙时，就用它在峭壁上敲几下。”

公主起初不忍心割公牛的头，但公牛说，如果她要感谢它的话，那么这就是它所愿意接受的唯一的感谢方式。公主没有办法，只好强忍着内心的绞痛，用小刀割下它的头，剥下它的皮，把铜叶、银叶和金苹果都卷进皮里，埋在峭壁下。

然后，她哭哭啼啼地走到公牛所说的那个猪圈，心情难过到了极点。那里果然有一件木裙子，她照公牛的话把木裙穿到身上，然后向王宫走去。进了王宫厨房以后，她向女厨报上自己的姓名——木裙卡莉，请求给她一份事做。这时，原来的洗碗工刚刚辞去工作，所以女厨当场答应，叫她接洗碗的工作。“不过，你不想干下去的话，随时可以离开。”女厨说。公主回答说，她是不会辞职的。

她心灵手巧，碗盆洗得又快又好。

星期天，王宫要接待外国贵宾。木裙卡莉自告奋勇要给王子端洗脸水。其他人听了都讥笑她说：“你去那里干什么？凭你这种寒酸相，你以为王子会欣赏你吗？”

但她不顾讥笑，坚持要去，终于得到容许。她高兴地端着水上楼，木裙子发出“哗啦、哗啦”的声响。王子在屋里听到这声音，就跑出来问她：“你是谁？”

“是来给您送洗脸水的。”卡莉回答。

“你以为我会用你送来的水吗？”王子厉声说。说完这句话，他就把那盆水泼到她的身上。

她不得不捡起水盆，快快地退到楼下。

后来，她又要求去教堂听牧师布道，也得到了允许，因为教堂离王宫没多远。然而她并没有直接去教堂，而是绕到峭壁跟前，按照公牛的话用那里的一根棍子敲了几下岩壁。忽然，她面前出现了一个陌生人，那人问她有什么事。她说，她已得到允许去教堂听牧师布道，但她没有像样的服装。那人马上给了她一套光彩夺目的女装，亮丽得像那铜树林一样。她还得到了配套的马和马鞍。

当她骑马到达教堂时，她的美貌使所有的人惊讶不已，人们互相打听她的身份，不时瞥眼看她，都无心听牧师布道。王子对她更是一见钟情，目不转睛地盯着她看。布道结束后，她刚要跨出教堂的门，王子已追上来拉住了门把，无意中把她的一只手套从手上拉了下来。当她上马准备离去时，王子又追上来，问她是从哪儿来的。

“我来自洗涤之国。”卡莉回答。

王子想把那只手套还给她，但她没有去接，却望着自己要去的方向说道：

前面明亮后面暗，

不让王子看见我骑向何方！

说完即策马而去。

王子从未见过那样的手套，他到处打听这个贵夫人所说的国家在哪里，然而谁也回答不上来。

又一个星期天，侍女中要派一个人上楼给王子送毛巾。

“能让我去送吗？”卡莉问。

“你去送？”厨房其他人说，“上次的情况你应该记得！”可卡莉仍然要去，一直坚持到他们同意为止。

她高高兴兴向楼上走去，木裙子“哗啦、哗啦”地响。王子冲出房门，一看又是她，马上从她手中夺过毛巾，毛巾摔到她的脸上。

“裹好行李滚，你这个丑妖怪！”王子咆哮道，“你以为我会用你这黑乎乎的手指送来的毛巾吗？”

后来，王子去教堂礼拜时，卡莉也要求去。其他人问她，像她这样只有一套又黑又难看的木裙子，要去教堂干什么呢？可卡莉说，牧师布道讲得精彩极了，她上次听了很受益。她们拗不过她，又同意了。这次，她去教堂前仍然先去了那个峭壁。她用那根棍子对岩壁敲了几下，上次那个人又出现在她面前，给了她一身比上一次更加华美的女装，这女装是用银线缝制的，像那银树林一样银光闪闪。她还得到一匹良马、一块银线刺绣的马披布和一副银马勒。

当她到达教堂时，许多人已等在教堂门口的坡地上。大家见她那副打扮都很惊奇，不知她是什么人。当她要下马时，王子立刻跑过去，想替她拉住缰绳，可她叫王子不要为她操心，她不需要任何人帮忙，因为那匹马驯养有素，叫它停，它就停，招之即来，挥之即去。她自己跳下马，与教徒们一起走进教堂。在牧师布道的过程中，在场的人几乎都无心听讲，他们窃窃私语，不时地打量她。王子比上次见到她时更加着迷。布道结束后，当她走出教堂，打算骑马离开时，王子跑过去，问她是从哪儿来的。

“我来自毛巾之国。”公主回答，同时把手中的马鞭抛在地上。当王子弯腰去捡时，她说道：

前面明亮后面暗，
不让王子看见我骑向何方！

说完，一眨眼工夫她就不知去向。王子感到很遗憾。他到处向人们打听那个国家的位置，可谁也回答不了这个问题。

又到了一个星期天。侍女中得派一个人给王子送梳子。卡莉要去送。同伴们提醒她上次送毛巾的遭遇，挖苦说，她穿着又黑又丑的木裙子，竟要到王子面前去表现自己，真是不知天高地厚。可是，她坚持要去，其他人只好又同意了。当她再次“哗啦、哗啦”地上楼时，王子又气冲冲地跑出房门，夺过她手中的梳子向她砸过去，并叫她马上滚开。

后来，当王子去做礼拜时，卡莉也要去。同伴们对她很不理解，问她穿着这么丑、这么黑的木裙子怎么配去教堂；还说，要是王子和其他显贵看见她的话，对她本人和大家都没有好处。卡莉却说，人们可看的东西多得很，不一定会注意到她。最后，她又得到了允许。

这次如同前两次一样，她先到峭壁前用那根棍子敲了几下，前两次出来的那个人立刻出现在她面前，送给她一套比前两次更加艳丽好看的女装，几乎全是用金子和宝石装饰的。她还得到一匹骏马以及金线编制的马披布和马勒。

当她到达教堂时，牧师和教徒们都早已守候在门口坡地上。王子跑到她面前要替她拉住马，可她说：“谢谢，不必费心；我的马驯养有素，我叫它怎样就怎样。”说着，纵身跳到地上。人们围着她一起涌入教堂。布道过程中，谁也没有心思去听牧师讲话，却一直注视着她，猜想着她是哪儿来的人。王子比前两次更加如痴如醉，一个劲儿地望着她。

王子在布道结束前叫人在过道上浇了一桶沥青。当卡莉要出教堂时，王子殷勤地跑上去搀扶她。可她不要王子搀扶，宁愿把一只脚踏在沥青上自己跳过去，一只金鞋被沥青黏住也顾不上。当她上了马准备出发时，王子赶到她的马旁，问她是从哪里来的。

“来自梳子之国。”卡莉回答。

王子把那只金鞋递给她，她没有去接，嘴里却念念有词：

前面明亮后面暗，
不让王子看见我骑向何方！

王子这次又没有看清她的去向，心中怅然若失。他到处打听梳子之国在哪里，打听了许久，也得不到答案。后来，他宣布，哪位小姐能穿上那只金鞋，他就与她结婚。

于是，许许多多女人涌向王宫去试鞋，然而没有一个人能穿得上那只鞋。那鞋实在太小。过了很久，卡莉的那个狠毒的继母也带着亲生女儿来试鞋，她女儿竟然穿上了。王子嫌她女儿长得丑，而且觉得她女儿看上去性格相当怪癖，打心眼里不情愿与她结婚。可是说出去的话如同泼出去的水，他只好吩咐手下人把她当新娘打扮起来，准备举行婚礼。

结婚那天，王子和新娘骑着马去教堂时，路边的树上有一只鸟儿唱道：

前面凸出一只脚趾，
后面凸出一截脚跟；
卡莉木裙的金鞋，
浸透鲜红的血痕。

大家听了，急忙向新娘的脚上看去，发现果然如此，血正从她那只鞋里渗出。

王子见丑新娘的狼狈样，心中暗自高兴。

后来，王子叫王宫所有的女人都试一试那只鞋，可她们谁也穿不上。

王子回想起鸟的唱词，心中忽然一动，连忙问："叫'木裙卡莉'的人在哪里？"

"哦，叫她来试鞋？"宫女们个个神情诧异地问，"她的脚大得像匹小马，肯定穿不上！"

"也许如此，"王子说，"但是，既然其他人都已试过，她也可以试一试。"

"卡莉！"他向门外大喊一声。卡莉听到王子叫她，就从楼梯走上来，她身上的木裙子"哗啦、哗啦"地响着，简直好像整整一个团的骑兵正在行军之中。

其他侍女见到她，都讥笑她："现在你来试试这只金鞋，没准会成为公主的！"她们说完，即满堂哄笑起来。

令她们吃惊的是，卡莉拿起那只鞋，竟轻而易举地套到了脚上。接着，她脱下木裙子，露出一身用金子和宝石装饰的服装，全身珠光宝气，鲜艳夺目。她的另一只脚上也穿着一只金鞋，正好与大家试的那只鞋配成一双。王子认出了她，兴高采烈地向她奔过去，双手抱住她的腰，与她亲吻。当王子听说她本来就是公主时，更加欣喜若狂，很快与她举行了婚礼。

漫长的故事就此结束。

公牛说，“你不告诉我，我也知道。你哭，是因为王后对你很刻薄，想把你饿死。可是，吃的问题你不必担心，在我左耳朵里有一块台布，你只要把它拿出来铺开，要多少食物上面就会有多少食物。”

——《卡莉的木裙子》

树丛新娘

从前，有个鳏夫带着一个儿子和一个女儿生活，这两个孩子都很乖，兄妹俩亲如手足。后来，这个鳏夫与一个寡妇结婚，这个寡妇带来与前夫所生的一个女儿，母女俩如出一辙，又丑又坏。从此，那兄妹俩再没有得到过安宁。哥哥憋着一肚子怨气离家外出谋生，最后在王宫马厩总管那里找到了一份差事。他心灵手巧，将马养得膘肥体壮，皮色闪闪发光。

留在家中的妹妹日子更加难过了。不管她做什么，也不管她到哪里，继母和她的女儿总要找她的碴，动不动对她又打又骂，使她一刻也得不到安宁。最重的活儿都要叫她去做，而饭却给她吃得很少。

有一天，她到河边取水时，河面上突然冒出一颗丑陋怪物的头。

“替我把脸洗一下。”那怪物对姑娘说。

“好的，我愿意替你洗。”姑娘回答，认真擦洗那张丑脸，尽管她心里觉得很恶心。

刚洗好那张丑脸，水面上又冒出另一颗更加难看的头来。

“替我把头刷一刷。”那个头说。

“好的，我愿意替你刷。”姑娘回答，抱着那颗头，刷起头上的毛来，你可以想象那绝不是什么有趣的活儿。

刚刚刷好第二颗头，水面上又冒出一颗比第二颗更加丑陋的头来。

“亲吻一下我吧！”那头说。

“好的，我就来亲吻你。”姑娘说完，真的亲吻了它，可她心里觉得这是她所做过的最糟糕的事。

这三颗头都非常感谢这个姑娘，于是一起商量怎样报答她。

“她将成为世界上最漂亮的姑娘，皮肤将像白昼一样白。”第一颗头说。

“她每次梳头时，头发里都迸出金子。”第二颗头说。

“她一开口讲话，嘴里就吐金吐银。”第三颗头说。

姑娘回家以后，继母和女儿见她变得美丽无比，充满嫉妒；尤其见她说话时嘴里不断涌出金子就更加恼恨。继母气得发疯一样，把她赶进猪圈，故意让她带着自己的金饰与猪挤在一起，不准跨进房门一步。

没多久，继母叫自己的亲生女儿到河边去取水。当她提着水桶来到河边时，第一颗头冒出河面。

“替我把脸洗一洗。”那头说。

“叫花子才给你洗脸呢！”她回答。

接着，第二颗头冒上来说：“替我把头刷一下！”

“叫花子才替你刷头呢！”她又回答。

那头沉下水底以后，第三颗头跟着冒起。“亲吻我一下！”它说。

“叫花子才会亲吻你呢，你这个驴嘴！”她气鼓鼓地回答。

三颗头颅恼羞成怒，商议了一下怎样惩罚这刻薄的女人，结果一致同意让她的鼻子延长到四阿伦长，她的腮帮膨胀到三阿伦长，让她的头顶上长出一簇杉树枝，她每次讲话，嘴巴都向外面喷灰尘。

当她提着水桶回到家门口时，喊了声：“开门！”

“自己开吧，我的亲女儿！”她母亲答道。

“可我鼻子太长，手够不到门把！”

她母亲听了感到奇怪，就去把门打开，见到女儿的怪样，马上恐慌不已；可无论她们怎样哭天喊地，那长鼻子和大腮帮总不见缩小。

早些时候去皇家马厩当差的那个青年非常想念自己的妹妹，所以每天早晨和晚上都要把他过去给妹妹画的像拿出来挂到墙上，自己跪在像前为妹妹祈祷。其他马夫听到此事，纷纷透过房门上的钥匙孔偷看他祈祷的情景。后来此事越传越广，有人建议国王也亲自去看一看。国王起初不信，后来经不住别人的嘀咕，有一天也蹑手蹑脚走到那青年的房门口偷偷向里看。哦，果然如此！那青年面对挂在墙上的一幅画像双膝跪地，合着双手，嘴里念念有词。

“开门！”国王喊道。

可里面那青年全神贯注地祈祷，没有听见。

国王又嚷了一声，青年还是没有听见。

“我说开门！”国王提高嗓门，“是我要进去！”

唉，这下那青年听见了，赶紧跑过去开门，一时竟忘记把画像藏起来。国王进门看见那张画像后惊呆了，双脚好像被钉住一样。他觉得这幅像实在太美了。

“世上绝不会有这样美貌的女人！”国王感叹地说。

青年告诉他，画像上的姑娘是他的亲妹妹。

“哦？如果她真是这样美的话，我就娶她做王后。”国王说，他让青年赶快回家把妹妹接来，绝不要在路途上耽搁。

青年答应尽量快去快回，稍微收拾了一下行李，他就动身了。

继母及其亲女儿见青年回家接他妹妹去王宫，也缠着要去，青年只好同意。走时，他的妹妹带着一个首饰盒和一只叫小卡文的狗，这些是她母亲留下的全部遗产。

他们走到海边，登上一只小船，青年在船尾掌舵，其他三人坐在船的前部。他们航行了很长时间，才看到海岸。

“你们看，远处那白色的沙滩就是我们将要靠岸的地方。”

“我哥哥说什么啦？”青年的妹妹问继母。

“他说，你应当把首饰盒扔进海里。”继母告诉她。

“好，既然哥哥说这个话，我就这样做。”她说后就扔掉了首饰盒。

继续航行一阵子以后，哥哥指着远方说：“你们看，那就是王宫。”

“我哥哥又说什么啦？”青年的妹妹问继母。

“他刚才说，你应该把狗扔到海里。”继母告诉她。

她听说要把狗扔掉，立即伤心地哭起来，因为长期以来，小卡文是她最亲密的伴侣；但最终，她还是把它扔到船外，并痛苦地说："既然哥哥这样说了，我当然应该这样做；可小卡文呀，上帝可以做证，我这样做是完全违心的。"

又航行一段路程以后，哥哥对亲妹妹说："你看，国王正在那里迎接你。"

"我哥哥说什么啦？"妹妹问继母。

"他刚才说，你应该跳进海里。"继母回答她。

她悲伤地哭起来。但她觉得，既然哥哥说了这个话，她就应该照着做，于是一头栽到水里。

当他们三人到达王宫时，国王见青年带来的新娘脸上长着四阿伦长的鼻子、三阿伦长的腮帮，头顶上长着一簇乱蓬蓬的树丛，奇丑无比，心里立即凉了半截；可这时，婚礼已经准备就绪，啤酒糕点都已摆到桌上，参加婚礼的客人也早就欢聚一堂，国王没有办法，只好忍着气把这丑女人当新娘对待。不用说，他怨恨至极，命令手下把那青年扔进了蛇池。

婚礼后的第一个星期四的夜里，一位美丽的姑娘走进王宫厨房，向睡在里面值班的厨娘借梳子梳头，梳头时头发里不断迸出金子。她随身跟着一条小狗，她曾先后三次对那条狗说："小卡文，出去看看是不是天快亮了。"说第三次时，天即将破晓，她不得不向门外走去，同时嘴里念念有词：

嘿，你这丑恶的树丛新娘，
竟想睡进国王怀抱，登入王宫的殿堂；
而我却沉入泥沙，哥哥遭蛇撕咬，
这是何等的冤枉！

出门时，她还说："我要再来两次，绝不多一次。"

第二天早晨，厨娘把自己的所见所闻报告给国王，国王觉得蹊跷，决定第二个星期四晚上亲自去厨房守候，看是否真有其事。那天夜幕一降临，他就走进厨房；这时丑恶的树丛新娘突然唱起来，国王一听到她的声音就疲倦地合上了眼皮，无论怎样揉也没有用。当那美丽的姑娘来到厨房时，他早已陷入沉睡，打着呼噜。那姑娘像上次一样借梳子梳头，梳头时头发里不时迸出金子。她曾先后三次叫那小狗外出观看天色，天亮前离开厨房，临行也念了上次那几句话：

嘿，你这丑恶的树丛新娘，
竟想睡进国王怀抱，登入王宫的殿堂；
而我却沉入泥沙，哥哥遭蛇撕咬，
这是何等的冤枉！

最后，她还说："我再来一次后就绝不再来。"

第三个星期四的晚上，国王又亲自去厨房守候。这次，他叫手下两个人一人架住他一个胳膊，并吩咐他们，每当他打瞌睡时就摇晃他。他还派两个卫兵去看住树丛新娘。可到了夜间，树丛新娘照样哼唱起来，国王一听见就昏昏欲睡，闭上双眼垂下了头。后来，那美丽的姑娘进厨房借梳子梳头，头发里迸出许多金子，曾先后三次叫小狗出去观察天色。天开始发亮时，她嘴里念道：

> 嘿，你这丑恶的树丛新娘，
> 竟想睡进国王怀抱，登入王宫的殿堂；
> 而我却沉入泥沙，哥哥遭蛇撕咬，
> 这是何等的冤枉！

最后，她还说："今后我再也不来了。"说完，就要离去。

这一切都被架住国王胳膊的那两个侍从看见，他们把一把餐刀的刀把塞进国王手里，然后握紧国王的手，用餐刀割破那姑娘的小指头，这一刀作用很大，那姑娘立刻起死回生了。这时，国王苏醒过来。姑娘把事情的经过从头到尾告诉了国王，还说了继母和她女儿虐待他们兄妹两人的情况。国王了解到真相，下令把姑娘的哥哥从蛇池放出，而把继母和她女儿扔了进去。蛇通人性，它们一点没有伤害姑娘的哥哥，而对这两个恶人则一点也不留情。

国王甩掉那丑恶的树丛新娘，得到像白昼一样圣洁和白皙的美丽王后，心情好得简直无法形容。他和王后举行了名副其实的结婚典礼，这事在所有的王国传为美谈。国王和王后乘车前往教堂时，小卡文也跟随在车子上。婚礼过后，他们回王宫热热闹闹地庆祝了一番。后来的情况怎样，我由于不在场就无可奉告了。

上帝的母亲马利亚

从前，在大森林深处住着一对穷苦夫妇，妻子生下一个漂亮的女儿后，没有钱送她到教堂去洗礼，所以决定为她找一个愿意代付奉献钱的教父。

丈夫外出奔走一整天，找了许多人，都说愿做女孩的教父，却都没有钱为她付奉献钱。晚上，当他一无所获地往家里走时，碰见一位雍容的贵夫人，她衣着华丽，看上去很慈悲。这位夫人主动表示愿给孩子洗礼并且付奉献钱，但有个条件，就是孩子洗礼以后要送给她。那男人做不了主，说得先征求一下妻子的意见。他回家后向妻子说明此事，妻子坚决不同意。

第二天，那男人再次出门为孩子请教父，仍然一无所获，谁也不愿意自己付奉献钱。晚上，他在回家的路上又遇上那高雅而又温厚的夫人，她重复了前一天的意思。那男人回家后再次把这情况告诉了妻子。这次妻子说，既然这位夫人看上去那么和善慈祥，如果第三天还不能为孩子找到教父的话，就把孩子送给她算了。

第三天，那男人还是没有找到恰当的人做教父。晚上在路上碰见那位夫人时，就对那夫人说，如果她肯为孩子洗礼和命名，就把孩子送给她。第二天早晨，那位夫人带着两个男子到他家里，先把女孩接到教堂洗礼，然后就把她抱走了。

女孩一年年长大，养母一直对她很好。当她开始懂事时，有一天，养母要外出办点事，出发前关照她："我不在家时，你可以到处玩耍，只是有三间屋子千万不能进去。"接着，她就把那三间屋子一一指给她看。但女孩毕竟还小，夫人出发以后，她忍不住把其中一间屋子的门打开一条缝朝里瞧。呀！立刻有一颗星星从门缝飞了出去！养母回家以后很生气，要把她赶出门，她痛哭流涕地哀求养母原谅，结果养母原谅了她。

过了些时候，养母又因故外出，出发前明确禁止她去另外两间屋子，她保证自己会听话，可是，她独自玩了一阵子以后感到很无聊，心里琢磨，第二间屋子里放着什么东西呢？想着想着，忍不住把第二间屋子的门拉开一条缝。呀！月亮从门缝里飞了出去！养母回家后见月亮被放走了，心里非常难受，说无论如何也不能留她了。她哭得伤心极了，恳求让她留下，养母终于起了恻隐之心，没有把她撵走。

又过了些时候，养母再次出门，这时女孩已长成一个少女。养母严肃地告诫她千万不要走进第三间屋子，也不要开门朝里望。可是，当养母离开一段时间以后，她又感到百无聊赖，觉得看看第三间屋子一定很有趣，但想起养母临走时的嘱咐，就克制了自己的好奇心。然而，过了些日子，她又想到这间屋子里去，而且再也忍不住了，觉得非看看那屋里情况不可，于是把那门打开一条缝朝里看。呀！太阳从里面飞了出来！养母回家发现太阳被放走了，气得暴跳如雷，一定要把她赶出家门，她哭得死去活来，但养母执意不肯留她。

“我得使你受到惩罚！”养母气冲冲地对她说，“不过，我说出两种惩罚任你挑选一种：你要么变成最美丽的姑娘，但不会说话；要么虽会说话，却变成最丑的人。不管你选择哪一种，都得离开这里。”

姑娘没办法，只好说了自己的选择：“我宁愿变成最漂亮的人……”

于是，她真的变成了最漂亮的姑娘，但同时失去了说话的能力。

她离开继母家，四处飘零，有一天，走进一个森林，竟总也走不到尽头，晚上只好爬上一棵大树，在树干上打瞌睡。

说来很巧，在这棵树旁边有一眼清澈的泉水，不远处有一座王宫。清晨，一个女侍从王宫跑到泉边为国王取水沏茶时，在水面看见一个美丽的脸蛋，便以为是自己的影子，兴奋得不得了，马上扔掉水桶跑回王宫，拍着自己的后脑勺对人们说：“我既然如此漂亮，就不该干担水的活儿。”后来，另一个女侍去取水，也空着手跑回来，说自己太美了，不应该干给国王取水这种下等事。

国王知道这件事以后，觉得事情蹊跷，决定亲自了解一下到底是怎么回事。结果，当他跑到泉水边上时，也看见了一张漂亮姑娘的脸。他抬头向树上看去，发现上面坐着一位美丽的少女。他把她哄下树，带进王宫，提出要娶她做王后。

当时，国王的母亲还活着，她不同意这门婚事。她说：“这姑娘连话都不会说，一个人待在树上，说不准是个妖精。”但国王执意要娶她，终于与她结为伉俪。

他们结婚以后不久，姑娘怀了孕。到快生孩子时，国王为她加强了警卫力量。然而，不知什么原因，警卫们都昏昏欲睡。她的养母来到产房，孩子一生下，她就割破孩子的小指头，把鲜血抹在王后的手指和嘴唇上，然后对她说：“现在你要像我当初星星被放走时一样难受。”说完，把孩子抱走了。士兵们醒来以后，以为孩子是被王后自己吃掉的。老王后听到他们的报告，立即下令把她烧死；可国王竭力为她说情，才没有实行。

当这位年轻的王后再次怀孕时，国王加倍布置了警卫力量。然而，这一次发生了与上次同样的事；只不过养母说的话与上次略微不同。她这次说：“现在你该像我当初月亮被放走时一样悲伤。”王后哭诉着央求她不要抱走孩子，一有养母在场，她就有讲话能力。但养母不答应。

这一次，老王后坚决主张把她烧死；但国王仍然设法说服母亲免去了对她的处罚。

当她第三次怀孕时，国王在她周围布置了三倍的警卫力量；可这次仍与前两次一样，养母一来，警卫们就都昏昏欲睡。养母割破小孩的小指头，把血涂到王后的嘴上，最后说，王后应该像她当初太阳被放走时一样悲伤。

由于连续三个孩子失踪，国王再也没有办法拯救这位年轻的王后了。她必须被烧死，也应该被烧死。

不料，就在她被拉上柴堆时，人们看见一位夫人带着三个孩子来到刑场，手上拉着两个，怀里抱着一个。这位夫人走到她面前，对她说："这些是你的孩子，你可以带他们回家了。我是圣母马利亚。当你放走太阳、月亮和星星时，我心中的痛苦就像你所经受的痛苦一样深。现在你已受到应有的惩罚，所以从此恢复说话的能力。"

不用说，年轻的王后和国王都高兴得难以形容。他们从此生活得很美满。老王后也一改以往的态度，开始喜欢起她来。

磨坊男孩与龙

从前有个人，人们叫他富商彼尔，因为他四处兜售货物，赚了很多钱，成了地地道道的富翁。富商彼尔有个女儿，他非常疼爱她。所有上门来求婚的人，他都看不上眼，都被他一一回绝，后来竟无人再敢上门来。几年一晃而过，女儿青春流逝，彼尔反而为女儿的婚事担心起来。

“我搞不懂，”他对妻子说，“女儿这么富裕，为什么没有人前来求婚？她有很多钱，而且还会得到更多的钱，要说没有人愿意娶她，岂非咄咄怪事！我想应该找星相家占一下，问问女儿应该嫁给谁。我猜测，不会再有人主动上门求婚了。”

“星相家哪能回答这种问题呢？”妻子说。

“嘿，你有所不知，他们能从星移斗转的情况来推测一切。”彼尔回答。

第二天，他带上许多钱去找星相家，请他们观察星相来推测女儿应该嫁给谁。可星相家们仰望星空观察了一会儿以后，回答说，他们看不出什么答案。彼尔恳求他们再仔细观察一下，并答应给他们很多钱。星相家们只好重新观察一番星空，然后告诉他，他女儿应该嫁给刚刚在彼尔家附近的磨坊里出生的磨坊小孩。

彼尔觉得，说他女儿应该嫁给刚生下的婴儿，这是极其荒唐的，何况这个婴儿的出身又非常低贱！不过，他还是给了星相家一百元钱。

回到家里，彼尔把这情况告诉了妻子。“不知道能不能叫他们把那男孩卖给我们。”他对妻子说，“如果卖给我们的话，就可以除掉他。”

“嗯，我想他们会卖的。”妻子说，“他们很穷。”

彼尔走到那个磨坊，问磨面人的妻子能不能把婴儿卖给他；如果肯卖的话，他将付很多钱。那女人立刻拒绝了，说她再也不会把自己的孩子卖掉。“可我弄不明白你为什么不卖。”彼尔追问，“你们穷困潦倒，这孩子也免不了跟你们受穷。”然而，那女人说，她再穷也不肯把亲骨肉卖掉。

当磨面人进屋后，彼尔向他重复了同样问题，并且许诺为孩子付六百元钱。彼尔说，有了这么多钱，他们可以买一个农庄，免得今后再给人磨面，免得到枯水期磨坊没有水时忍饥挨饿。磨面人觉得这主意不错，就说服妻子把男孩交给了彼尔。那女人悲痛欲绝，彼尔安慰她说，男孩将过上好日子，她应该高兴，但他们必须答应不反悔，因为他打算把孩子送到遥远的国家去学习外语。

彼尔把男婴带回家以后，把他放进一个做工很考究的木箱内，用沥青把箱板密封好，再用锁把箱子锁牢，投到一条湍急的河里任水冲走。

彼尔松了一口气，心想，从此不用担心这个小祸害了。

他哪里知道，那木箱漂啊，漂啊，竟漂进一条通向另一个磨坊的水槽中，接着被水冲到磨盘的转轮上，卡住了磨盘。磨坊主爬到磨盘下面去检查故障时，意外地发现那箱子，就把它捞了起来。中午回家他对老婆说："真奇怪，一个木箱漂到转轮上卡住了磨盘。不知箱子里装的是什么。"

把箱子打开时，两人都怔住了。原来里面躺着一个男婴，这男婴比人们所见过的所有男婴都漂亮，他们又惊又喜，决定收养男婴，因为他们已上了年纪，却还没有孩子。

过了一段时间，彼尔期待会有人来向他女儿求婚，但等啊，等啊，总是没有人上门来。彼尔又着急起来，又去求助于星相家们。

"我们已经告诉过你，她应当嫁给下面的磨坊男孩。"星相家们说。

"你们确实这样说过，可那男孩死啦。"彼尔说，"如果你们能告诉我女儿应该嫁给另外某个人，我就付你们二百元钱。"

星相家们再次观察了星空，面带愠色地说："你的女儿依然应当嫁给那个男孩，因为他并没有死，尽管你曾把他扔到河里想害死他。现在他正住在下游很远很远的另一个磨坊主家。"

彼尔很不情愿地为这个预言付了二百元钱，同时又盘算起除掉那男孩的新计划。

他回家以后第一件事就是赶到那个磨坊去。这时，那男孩已长成眉清目秀的小伙子，并已做过按手礼[1]，成了磨坊里不可缺少的劳力。

彼尔问磨坊主："能不能把这男孩卖给我？"

"不，不行。"磨坊主回答，"我是把他当作自己孩子抚养大的。这孩子不错，能帮我们做很多事。我年纪大了，越来越老了。"

"你说的是，不过，我跟你一样。"彼尔说，"所以我想找个人跟我学习经商。你如果把这孩子给我，我就给你六百元钱，你可以用这笔钱买一个农庄。"

磨坊主被这番话打动，就让彼尔把那男孩领走了。

一天，彼尔带那男孩外出卖东西，在大森林边上找家小客栈住下。从这里穿过森林到他家有一条近道，彼尔写了一封信，叫那男孩送回家给妻子，并叫男孩关照妻子尽快按信中的吩咐去做。信中说，她必须点燃一堆大火，把那男孩扔进火里烧死；如果她不这样做，她自己就将被活活烧死。男孩接过信朝家里跑去。傍晚，他在森林深处看到一个房间，就走进去在一张床上躺下。他把信藏在礼帽帽檐里，把帽子盖在脸上。由于疲劳的缘故，没多久他就睡着了。谁知，这房子本是十二个强盗的老窝，他们回来后发现床上睡着一个孩子，不禁觉得奇怪。其中一个强盗发现了那封信，立即把信封拆开念起来。

"哼！原来是富商彼尔！我们得好好整他一下！"他念完信，说，"让他把这么漂亮的男孩害死，实在可惜。"

1　基督教规定，小孩长到十四岁，就应到教堂做按手礼，又称坚信礼。

于是，强盗们重写了一封信，把它塞到男孩的帽檐里。信中以彼尔的口气吩咐他妻子立即让女儿和这个磨坊男孩成婚，并给他们一些马匹、牛羊和工具，让他们到山下一个农庄安家；如果彼尔回到家时这事还没有办好，就非找她算账不可。

第二天，强盗们把那男孩放走了。他一到家就把信交给了彼尔的老婆，并转告她立即按信上的吩咐去做。

彼尔的老婆看过信愣住了。隔了一会儿，她对男孩说：“根据他写的内容可以知道，你这个小伙子一定干得很出色，让他产生了好感；想当初，在你们离家时，他简直把你看成眼中钉，非置你于死地不可。”

她对彼尔的话不敢怠慢，马上照办了。

不久，彼尔回到家中。一进门就问他老婆是不是按照他信中的话做了。

“嗯，我看了信觉得有些奇怪，不过又不敢不办。”他老婆回答。

接着，彼尔问女儿在哪里。

“你应当知道她的去向。”他老婆回答，“她住在他那里——山脚下那个农庄里。就像你在信中所吩咐的那样。”

彼尔觉得不对，马上把信要过来看，天哪，这哪里是他写的信？他气得脸红脖子粗，立即赶往那对年轻夫妇的农庄。

见到磨坊男孩后，彼尔对他说：“好吧，我的孩子，你已得到我的女儿；可如果你打算保住她的话，就得去一趟狄本法特龙那里，替我把它尾巴上的三根毛拔来，因为我听别人说，得到这些尾毛，就会要什么有什么。”

“可我到哪里去找它呢？”这位女婿问。

“那就是你的事啦，我也不知道它在哪里。”彼尔回答。

年轻人没有办法，只好匆匆上路去寻找这条龙。当他经过一个皇家庄园时，心想：为什么不进去打听一下呢？宫廷人员比一般人见多识广，没准能给我指出一条路来。

国王见到他，问他从哪里来，要去干什么事。

“我要去找狄本法特龙，把它的三根尾毛拔下来。”

“干这事可要有运气才行。”国王说，“因为我从未听说谁见了这条龙能安然返回的。不过，你要是真见着它的话，请代我问一下：我那口井里的水为什么总是那么脏？我已挖了无数遍，也得不到干净水。”

“好，我会问的。”青年爽快地答应。

国王款待了他，临行时给了他许多干粮和盘缠。

晚上，青年经过另一个皇家庄园。当他走进厨房时，那里的国王走过去问他从哪里来，有什么事。

“我要找狄本法特龙，把它的三根尾毛拔下来。”他回答。“干这事可要有运气才行啊，年轻人。”国王说，“因为我从未听说谁见了这条龙能安然返回的。不过，你要是真去的话，请代我打听一下，我的女儿现在在什么地方，她已失踪多年，一直没有音信，我在所有的教堂打听她，寻找她，可谁也不知道她的下落。”

“我一定帮你问。”青年回答。

他在王宫受到很好的招待，并得到许多干粮和盘缠。

晚上，他又来到一个皇家庄园。那里的女王在厨房接见他，问他来自何方，为什么出来旅行。

“我要去找狄本法特龙，把它的三根尾毛拔下来。”他回答。

“干这事可需要运气哟，年轻人。”女王说，“因为我还从未听说谁去了那里能安全返回的。不过，你要是找到它的话，请代我问一问，我的一串金钥匙丢到了什么地方。我找了许多天也没有找到。”

“我会去问的。”年轻人答应说。

他继续向前走了一阵子，来到一条宽阔的大河前。正当他考虑着怎样过河，一个驼背老汉走过来，问他要上哪儿去。

“我要找狄本法特龙，不知你能不能告诉我怎么个走法。”他回答。

“我能告诉你。”那人说，“因为我的任务正是把找他的人送到河对岸。他就住在那边，爬上山岗就能见到他的宫殿。你要是有机会与他谈话，请代我问一问他，我在这里送人过河要送到哪一天为止。”

“我会问的。”他答应说。

那老汉把他背到身上，送过河。他过河以后爬上山岗，看见一座宫殿，就奔了过去。

宫殿里只有一个姑娘，她见到这青年立刻惊讶地说：“哎哟，亲爱的朋友，一个基督徒怎么敢到这里来！自从我来了以后，从未见别人来过。你最好赶快离开；否则，那龙回来以后一闻到你的气味就会立即把你吞食掉，我也会因此而遭殃。”

“不！”青年说，“不拔下它的三根尾毛，我绝不离开！”

“你永远拔不到！”姑娘说。

可是青年仍不肯离去，他决心等那条龙回来，拔走龙的三根尾毛，并且要龙回答出别人叫他提问的那四个问题。

“好吧，既然你态度这么坚决，我就想法子帮助你。”姑娘沉思片刻，继续说，“来，试试墙上那把宝剑，看你能不能把它举起来。”

青年跑过去试了试，那剑纹丝不动。

“那么，你来喝一口这瓶里的水。”姑娘说。

他接过瓶子喝了一口，稍坐了一会儿，再去试举那把剑，那剑略微动了一下。

“再来喝一口。”姑娘说，“然后把你来此的目的详细告诉我。”

青年又喝了一口，接着告诉姑娘，一个国王请他向龙打听，从他的井里为什么总提不上干净水来；另一个国王要他问自己失踪多年的女儿现在在哪里；还有一个女王问，她的一串金钥匙掉在什么地方了；最后，驼背人想问一下龙，他在那里送人过河一直要送到哪一天。

说完这些话，他又去试那把宝剑，竟然把它举了起来。

后来，他又喝了第三口，那宝剑在他手上便挥舞自如。

黄昏时分，姑娘对他说，龙就要回来了，他最好爬到床底下隐藏好，不要出一点声音。姑娘还说，她将在床上向龙问那些问题，年轻人要注意听并且牢牢记住龙的回答。当龙睡熟以后，再轻轻地爬出来，把剑拿好。当龙起床时，必须一剑把他的头砍下，并立即揪下那三根尾毛；否则龙会自己把它们拔掉，以防被人拿走。”

年轻人爬到床底下。没多久，龙就回来了。

“哼，这里有基督徒骨头的气味！”龙说。

“噢，今天曾有一只渡鸦衔着一根人骨头飞到屋顶上。”姑娘连忙解释，“你闻到的一定是这根骨头的味道。”

“噢，原来如此。”龙不再追问下去。

姑娘把饭菜端上桌，与龙一起吃了晚饭。吃过，他们就上床睡觉了。

可姑娘没睡多久就动了起来，发出“喔唷”一声尖叫。

“你怎么啦？”龙问她。

“唉！我睡得一点也不踏实！”姑娘回答，“我做了一个怪梦。”

“什么梦？”

“好像有个国王跑来问你，他怎样才能从井里打上干净水来。”

“哦，这很简单，他自己应当知道。”龙说，“他只要把井底下的一根烂木棍挖上来，就能得到干净水。你好好地睡觉吧。”

姑娘静静地躺了一会儿，突然又不安起来，在床上翻来覆去，接着大叫一声：“喔唷！”

“又是什么事啊？”龙问她。

“唉！我睡得太不踏实，又做了一个梦！”

“你的梦真多！什么梦？”

“似乎有一个国王跑来问你，他的女儿现在在什么地方。她已失踪多年。”

“就是你呀！”龙回答，“可他永远也别想见着你。好了，让我夜里安心点吧，别再做梦了；否则，我就敲断你的肋骨。”然而，姑娘没躺多久，又动起来，大叫一声：“喔唷！”

“嗯？怎么又闹了！又怎么啦？”龙在酣睡中被吵醒，几乎要大发雷霆了。

“不要生气嘛！”姑娘说，“我这次做了一个很怪很怪的梦。”

“你的梦没完没了啦！又梦见什么啦？”龙很不耐烦。

“隐约间有个女王来问你，她的一串金钥匙掉在不知什么地方了。”

“哦，应当在她经常躺着打发时间的树丛中找。”龙回答她，接着又说，“不要再打扰我了！”

接下去，他们睡了较长的时间。后来，姑娘再次猛地翻滚了一下，同时惊叫道：“喔唷！”

“看来不打断你的肋骨，你是好不了啦！”龙勃然大怒，头上直冒火星，“这次又梦见了什么？”

“喔唷，不要生我的气，我也是不由自主的呀！”姑娘说，“我又做了一个梦。”

“你老是做梦！”龙说，“这次是什么梦呢？”

“我梦见渡口的那个摆渡人跑来问你，他在那里背人过河，要背多久？”

“笨蛋一个！他轻而易举就能摆脱这种苦差事！”龙回答说，“当有人过河时，他只要把此人扔进河里，并且说：‘从此你在此背人过河，直至寻到替身为止。’好了，别再做梦，别再在床上动来动去了！”

嘿，从此姑娘没有再打搅龙。可当龙呼呼入睡时，那青年悄悄从床底爬出，从墙上取下宝剑。天亮前龙刚起床，双脚还没有落到地上，他就挥起那把宝剑砍下了龙的头，紧接着拔下了龙的三根尾毛。

青年达到了目的，姑娘也得救了。他们带上许多金银财宝，高高兴兴地走上回家的路。

到达渡口时，他们故意与那驼背人东拉西扯地谈论财宝，等他们渡过河，驼背人才想起来。

“噢，对了，我要你问的问题，你是不是问过了？”

“噢，噢，”青年回答，“他说了，当有人过河时，你把他扔在河中间并对他说：‘从此你在此背人过河，直至寻到替身为止。’这样，你就会获得自由。”

“啊呀呀，见鬼！”那驼背人叹息道，“要是早知道的话，就让你代替我啦！”

当他们经过第一个皇家庄园时，女王问他是否问过龙，她的那串金钥匙遗失在什么地方了。

“喂，”青年对女王耳语说，“他告诉我，你应该到你经常躺着打发时间的那片树丛中……”

“噢，别说了！”女王马上制止他，给了他一百元钱。

当他们来到第二个皇家庄园时，国王问他是否打听了他的事情。

“噢，”青年说，“这问题我怎能不问呢？喏，公主就在这里。”

国王见到女儿后欣喜若狂，想把公主嫁给小伙子，并分给他半个王国；可小伙子已经有妻子，国王就给了他二百元钱和许多马匹车辆，还让他带足了金银财宝。

当他来到第三个皇家庄园时，国王亲自出门迎接，问是否问过他的问题。

“噢，”青年回答，“龙说，你应该把井底挖一下，把一根烂木头捞上来，就可以得到干净水了。”

国王给了他三百元钱以做酬谢。

离开第三个王国以后，他直向家乡奔去。他带的金银财宝很多，全身闪着珠宝光芒，富裕程度绝对是富商彼尔所望尘莫及的。

彼尔拿到那三根尾毛以后，没有理由反对磨坊青年与她女儿的婚事了。但他对小伙子的财产垂涎三尺，他问小伙子，这些财富是不是从龙那里带回来的。

“是的，”小伙子回答，“那里的财宝数也数不清，我不可能把它们都带回来，非得有许多马去拉才行。你要是去一趟的话，也足够你拿的。”

彼尔立刻表示要去。于是这位女婿把路线告诉了他，省得他一路上不断打听；最后，还特地补充了一句：“至于马嘛，你最好放在河这一边。河边有个驼背人会背你过河的。”

彼尔喜滋滋地出发了，带去了许多马和干粮。到了那条河边时，他把马都留在河这边，让驼背人背自己过河。那驼背人一走到河中间就突然把他扔到水里，并对他说：“从此你在此背人过河，直至寻到替身为止。”

富商彼尔后来的情况怎样，我不大清楚。如果他还没有找到替身的话，至今应该还在那里背人过河呢！

三位姨娘

从前，有个穷人住在深山老林中的一间破屋里，靠打猎为生。他的妻子早已去世，留下了唯一一个女儿，长得面白如玉，非常漂亮。

姑娘长大以后，有一天她对父亲说，想去闯荡世界，学学自食其力的本领。“好啊，我的女儿。说实在的，我所教你的尽是拔鸟毛烤鸟肉之类的简单活儿，你的确需要去见见大千世界，学会自食其力。”

姑娘离家后，走了一段路，最后在王宫当上了宫女，并且很快赢得了女王的宠爱。其他宫女对她很是嫉妒，想法子要害她。她们知道女王非常喜欢手工艺品，就在她面前造谣说，这个姑娘曾夸口自己是纺纱能手，能在一天内纺出一磅麻线。女王听了这话，就把这个姑娘找去，对她说：“既然你说过这个话，就应该照这个话去做，不过时间长一点也没有关系。”可怜这朴实的孩子不敢在女王面前否认。女王给了她一个房间，在里面放了一台纺车和一些麻料。她坐到纺车前左摆弄、右摆弄，根本不知道怎样使用，急得哭起来了。

这时，一位陌生的老婆婆进屋走到她跟前。

“有什么难事啊，孩子？”老婆婆问她。

“唉！”姑娘叹了一口气说，“我讲给你听也没有用，你帮不了我的忙。”

“这话难说啊！”老婆婆说，“或许我能给你出个什么主意呢！”

姑娘想，不妨告诉她吧。于是就把宫女们如何造谣说她曾夸口能在一天内纺出一磅麻线，女王如何命令她做到这一点，一一说给了老婆婆听。说完，又叹了一口气说：“唉！我太命苦了！这种轴轮纺车我过去见也没见过，怎么能一昼夜纺那么多麻线呢！”

“噢，没关系，孩子。”老婆婆安慰她，“你只要答应我在结婚那天喊我一声姨娘，我就替你纺麻线——你尽管去睡觉好了。”

姑娘满口答应，就去睡觉了。

第二天早晨醒来，她看见一磅粗细均匀、工巧精妙的麻线整整齐齐地放在桌子上。

女王见了麻线很开心，因而更宠爱这个姑娘。

那些宫女却更加嫉妒她。她们又向女王散布谣言说，这姑娘曾夸口自己能在一天内把这些麻线织成麻布。

于是，女王对这姑娘说，她既然说过这话就应该去照此实践，不过，不一定非一天不可，时间长一点也可以。姑娘这次仍不敢说不。她硬着头皮要了一个房间，试着去织。

其实，她见了织布机以后根本不知道从哪里下手，只好坐着哭鼻子。

这时，又进来一位陌生的老婆婆，问她：“你有什么事这样伤心啊，孩子？”

姑娘向老婆婆讲出了自己悲伤的原因。

“噢，”老婆婆安慰她，“没关系！只要你在结婚那天叫我一声姨娘，我就替你把布织好——你可以安心去睡觉。”

姑娘马上答应了，然后头也不回地走出去睡觉了。

当她醒来时，桌子上放着一卷最最精致细密的麻布。她把这卷麻布捧给女王，女王见麻布织得如此漂亮，高兴极了，因而比过去更加宠爱她。

可是，这引起其他宫女更大的嫉妒，她们绞尽脑汁陷害她，竟然对女王编造谣言说，这姑娘曾夸口自己能在一天内把那卷麻布做成衣衫。

与前两次一样，女王又命令这姑娘实现自己的话。这姑娘不敢说个不字。可当她独自钻进一间屋子时，又茫然不知所措地哭了。这时，又进来一位陌生的老婆婆，对她说，只要在结婚那天姑娘叫她一声姨娘，她就代她缝制衣衫。姑娘听了喜出望外，立刻答应了老婆婆的要求。

早晨，当她睡醒后，发现那卷麻布已变成了衣衫，其针脚之细密，缝制之工整，是前所未有的。甚至领子上还缝着衣服的牌号。

女王见到后拍着双手赞赏说：“这样高超的针线活儿，这样漂亮的针脚，我还是第一次看到。”

从此，她对这姑娘如亲生女儿一般疼爱。

“你要是愿意的话，可以与王子结婚。”有一天女王对她说，“你做衣服不需要请人帮忙，因为你纺纱、织布和缝纫样样精通。”

王子对她爱慕已久。

于是，他们决定立即举办婚礼。

当王子与姑娘坐到婚礼桌旁时，突然走进来一个丑陋的长鼻子老婆婆，她的鼻子足有三阿伦长。

新娘马上站起来施礼，说：“你好，姨娘！”

“她是我新娘的姨娘？”王子惊讶地问。

新娘说，她确实是自己的姨娘。

“那好，就请她在桌边就座吧。”王子说。

但实际上，无论王子还是其他宾客，都觉得老婆婆太丑，不配与他们坐在一起。

这个老婆婆刚坐定，突然又走进来一个丑陋的老婆婆，她的肥大屁股差点卡在门框里进不来。新娘见了她，立即起身打招呼：“你好，姨娘！”王子问，她可真是新娘的姨娘？新娘肯定地回答了。王子说，既然如此，就请她也坐到桌子边上来。

可她刚坐下，门口又进来一个丑陋的老婆婆，她的两只眼睛大得像两个盘子，红红的、泪汪汪的，看上去很可怕。新娘见到她，立即站起来喊道：“你好，姨娘！”王子心里埋怨：“鬼知道，我的新娘有些什么样的姨娘！”不过他还是请她到桌边坐下。

隔了一会儿，王子忍不住发问道：“我的新娘如此美貌，她的姨娘们怎么会如此丑陋呢？”

“我不妨告诉你吧。”其中一个姨娘主动回答，“我在新娘这个年龄时也与她一样漂亮；可是由于长期坐着纺纱，长久低着头，鼻子就越拖越长，最后长到了这个地步。”

“我嘛，”第二个姨娘接下去说，“自从年轻时候起就坐在织布机旁，不停地前俯后仰地织布，所以臀部如此肥大。”

接着，第三个姨娘开口说：“我从小时候起就日夜坐着缝制衣服，眼睛老是盯着针和线，熬得通红，所以样子很难看。现在已没有办法治了。”

“哦，原来如此！”王子感慨万千地说，“你们的话对我很有益处。既然纺纱、织布和缝制衣服会使人变得这么丑，那么，我的新娘今后再也不要做这类事了！”

坚果林中的公鸡和母鸡

一只公鸡和一只母鸡在坚果林中找坚果吃。

母鸡不小心被坚果壳卡住了喉咙，疼得她拍打着翅膀在地上挣扎。公鸡急忙去给她找水。

公鸡跑到泉边对泉水说："亲爱的泉水啊，请给我一点水吧，我要赶快把水送给我的母鸡，她正在坚果林中挣扎，危在旦夕了！"

泉水回答："你想要我的水，就得先给我树叶。"

公鸡赶忙跑到椴树跟前，央求道："亲爱的椴树啊，给我树叶吧；我把树叶给泉水，泉水才会给我水；我一得到水，就得赶快送给我的母鸡，因为她正在坚果林中挣扎，危在旦夕了！"

椴树回答："你想要我的树叶，就得先给我金带子。"

公鸡赶忙跑到圣母马利亚那里，央求道："亲爱的圣母马利亚，给我一些金带子吧；我把金带子给椴树，椴树才会给我树叶；我把树叶给泉水，泉水才会给我水；我一得到水，就得赶快送给我的母鸡，因为她正在坚果林中挣扎，危在旦夕了！"

"你想要我的金带子，就得先给我一双鞋。"圣母马利亚回答。

公鸡赶忙跑到鞋匠那里，央求道：“亲爱的鞋匠，给我一双鞋吧；我把鞋子给圣母马利亚，圣母马利亚才会给我金带子；我把金带子给椴树，椴树才给我树叶；我把树叶给泉水，泉水才给我水；我一得到水，就得赶快送给我的母鸡，因为她正在坚果林中挣扎，危在旦夕了！”

“你得先给我猪鬃，我才给你鞋子。”鞋匠回答。

公鸡赶忙跑到母猪面前，央求道：“亲爱的母猪，给我一些鬃毛吧；我把鬃毛送给鞋匠，鞋匠才给我鞋子；我把鞋子给圣母马利亚，圣母马利亚才给我金带子；我把金带子给椴树，椴树才给我树叶；我把树叶给泉水，泉水才给我水；我一得到水，就得赶快送给我的母鸡，因为她正在坚果林中挣扎，危在旦夕了！”

“你想要我的鬃毛，就得先给我谷子。”母猪回答。

公鸡赶忙跑到打谷人那里，央求道：“亲爱的打谷人，给我一些谷子吧；我把谷子给母猪，母猪才给我鬃毛；我把鬃毛给鞋匠，鞋匠才给我鞋子；我把鞋子给圣母马利亚，圣母马利亚才给我金带子；我把金带子给椴树，椴树才给我树叶；我把树叶给泉水，泉水才给我水；我一得到水，就得赶快送给我的母鸡，因为她正在坚果林中挣扎，危在旦夕了！”

“你想要我的谷子，就得先给我薄饼。”打谷人回答。

公鸡赶忙跑到点心师那里，央求道：“亲爱的点心师啊，给我薄饼吧；我把薄饼给打谷人，打谷人才给我谷子；我把谷子给母猪，母猪才给我鬃毛；我把鬃毛给鞋匠，鞋匠才给我鞋子；我把鞋子给圣母马利亚，圣母马利亚才给我金带子；我把金带子给椴树，椴树才给我树叶；我把树叶给泉水，泉水才给我水；我一得到水，就得赶快送给我的母鸡，因为她正在坚果林中挣扎，危在旦夕了！”

“你先给我木柴，我才给你薄饼。”点心师回答。

公鸡赶忙跑到樵夫那里，央求道：“亲爱的樵夫啊，给我一些木柴吧；我把木柴给点心师，点心师才给我薄饼；我把薄饼给打谷人，打谷人才给我谷子；我把谷子给母猪，母猪才给我鬃毛；我把鬃毛给鞋匠，鞋匠才给我鞋子；我把鞋子给圣母马利亚，圣母马利亚才给我金带子；我把金带子给椴树，椴树才给我树叶；我把树叶给泉水，泉水才给我水；我一得到水，就得赶快送给我的母鸡，因为她正在坚果林中挣扎，危在旦夕了！”

“我可以给你木柴，但你得先给我一把斧子。”樵夫回答。公鸡赶忙跑到铁匠那里，央求道：“亲爱的铁匠啊，给我一把斧子吧；我把斧子给樵夫，樵夫才给我木柴；我把木柴给点心师，点心师才给我薄饼；我把薄饼给打谷人，打谷人才给我谷子；我把谷子给母猪，母猪才给我鬃毛；我把鬃毛给鞋匠，鞋匠才给我鞋子；我把鞋子给圣母马利亚，圣母马利亚才给我金带子；我把金带子给椴树，椴树才给我树叶；我把树叶给泉水，泉水才给我水；我一得到水，就得赶快送给我的母鸡，因为她正在坚果林中挣扎，危在旦夕了！”

“你不给我木炭，我就不会给你斧子。”铁匠回答。

公鸡赶忙跑到烧炭人那里，央求道：“亲爱的烧炭人啊，给我一些木炭吧；我把木炭给铁匠，铁匠才给我斧子；我把斧子给樵夫，樵夫才给我木柴；我把木柴给点心师，点心师才给我薄饼；我把薄饼给打谷人，打谷人才给我谷子；我把谷子给母猪，母猪才给我鬃毛；我把鬃毛给鞋匠，鞋匠才给我鞋子；我把鞋子给圣母马利亚，圣母马利亚才给我金带子；我把金带子给椴树，椴树才给我树叶；我把树叶给泉水，泉水才给我水；我一得到水，就得赶快送给我的母鸡，因为她正在坚果林中挣扎，危在旦夕了！”

烧炭人很同情公鸡，就给了他木炭。于是，公鸡赶忙把木炭送给铁匠；再把斧子送给樵夫；再把木柴送给点心师；再把薄饼送给打谷人；再把谷子送给母猪；再把鬃毛送给鞋匠；再把鞋子送给圣母马利亚；再把金带子送给椴树；最后，把树叶送给泉水，公鸡这才得到水。他赶忙把水送到躺在坚果林里、危在旦夕的母鸡那儿，母鸡喝了水，喉咙就通畅了。

公鸡、布谷鸟和雄黑松鸡

公鸡、布谷鸟和雄黑松鸡共同出资购买了一头母牛。由于无法分割这头牛，而他们又不能谈妥由谁付钱，于是一致同意，谁早晨第一个醒来，这头牛就属于谁。

公鸡第一个醒来，啼叫道："牛现在属于我！牛现在属于我！"

公鸡一叫，布谷鸟醒过来。"半头牛！半头牛！"布谷鸟鸣叫道。

布谷鸟一鸣，雄黑松鸡也醒了。"我亲爱的兄弟们，分割一视同仁！一视同仁！"[1]雄黑松鸡大叫起来。

你能告诉我，这头牛应该属于谁吗？

1　这三段对话挪威语的发音分别近似于公鸡、布谷鸟和雄黑松鸡的叫声。

吉卜赛人的故事会

地区拘留所与乡村肮脏的大客堂差不多，犯人都集中在一起，没有小间的拘留室。所不同的是，拘留所的窗户既小又高，犯人除了能见到月亮、星星、雪花和天空中的飞云以外，什么也看不见。而且，窗口钉着铁栏杆，壁炉烟囱里也往往有类似的隔栏。其实，这些装置完全是多余的，因为犯人并没有空闲的时候，经常被地区司法长官派去替他们做农活或者采伐木料。拘留所里没有任何像样的家具。沿一边墙壁有一个木板搭成的阁楼，阁楼分割成两三个睡铺。在另一边的墙根，一条长凳一直延申到壁炉的后面。此外，最多可能还有一张桌子和几个当凳子用的木桩。

居德布兰河谷某处有一个这样的拘留所。在与当地大多数人家一样的壁炉里，一段弯曲的松树根和几块潮湿的桦树枝正在燃烧，发出噼里啪啦的响声。拘留所外面狂风怒吼，大雪飞扬，墙缝里响着风的呼啸声，然而屋里却是暖洋洋的。

壁炉的火光把几个犯人的脸照红了。在一个半明半暗的角落里，一个犯人身上裹着毛皮被，把头搁在肌肉发达的毛茸茸的手臂上。人们凭借摇晃不定的火光可以看出，他脑子里正思索着什么。有时他的眼睛射出一道凶狠逼人的光，连拘留所的看守碰上了也感到不快。但是，到底在想什么，他没有丝毫的吐露。他那蓬乱的炭黑色的头发、瘦削的脸庞和短而硬的黑胡子告诉人们，他是一个到处流浪的吉卜赛人，或者像有些地区的农民所说的“长途的流浪汉”。他那丑陋的相貌给他带来了“黑贝特尔”的绰号。他的职业是阉割马匹，但同时也经常冒充马医，有时竟蒙骗得相当成功。

另一个犯人看上去无忧无虑，但他的低脑门和尖脸蛋仍说明他是吉卜赛人。他的深陷的眼睛同样射出难以形容的磷火般的目光，既显得狡诈，又咄咄逼人。他做铜匠，兼做纽扣，同时又酷爱打鸟和钓鱼，因而人们称他“雅考布·抓鸟人”或“雅考布·纽扣流浪汉”。这两个名字他都能接受；但如果哪个居民叫他“跳河沟的人”——这是人们经常给他们整个部落起的绰号，他就会大发脾气。他坐在床边，时而无忧无虑地看看在黑暗中沉默的同伴们，时而看着自己晃荡的腿上一条早就发黑了的天蓝色裤子。后来，他突然变得兴奋和唠叨起来。他拿出藏在床铺草垫中的酒瓶，把它递给看守，请他喝；看守说自己值班不能喝酒，他就自己喝了一口，然后让每个伙伴都喝了一口。喝过酒，他向看守——长脚乌拉——借了一个烟斗，一边抽烟，一边给乌拉讲小偷和强盗的故事，把那蠢家伙听得几乎飞了魂。烟抽完以后，他唱了一段顺口溜：

你亮得像金子，
我黑得像泥土；
可我渴望自由，

决计走自己的路。
爱上东就上东，
爱上西就上西；
我是自己的主人，
我属于我！

这个顺口溜表达了吉卜赛人对野外生活的喜爱，又反映了这个部落与居民的关系。他唱得抑扬顿挫，洒脱自然。这似乎勾起了黑贝特尔复杂的情感，接着他也唱起一支顺口溜，但他所用的语言是吉卜赛语和带着瑞典腔的挪威语。这个顺口溜的情调与抓鸟人的顺口溜差不多。它诉说在美丽的夏天，当鸟儿在树丛中欢跳，鱼儿在河水里遨游时，犯人却被关在大墙之内的不幸遭遇；赞美自由人的幸福——他即使与全世界格格不入，却能掌握自身的命运。但是，他没有唱完就戛然而止，像是听见了什么。接着其他人也听到了外面的嘈杂声。他们听见一个醉汉的胡言乱语——或者是某个人假装喝醉而胡言乱语，听上去像吉卜赛语。他们还听到地方司法长官的声音，他以一种不伦不类的强盗黑话命令其他人遵守秩序。这种黑话是他参加挪威法律考试时学习的，他那次考得并不好。他说，他们应该保持安静，应该尊重他和他的神圣的拘留所，因为他是司法长官，有国王发的制服。一个流浪汉大声说，既然他的制服那么有意义，就应该回去把它穿起来。一个女人以低三下四的口气讨好长官，说宽宏大量的长官千万不要因为那个男人出言不逊而生气，因为他喝醉了酒——这点长官能看得出；当他清醒时，也像其他人一样，甘心为妻儿辛劳，也一样善良温顺，容易交往。接下去，那女人又叽叽呱呱地痛骂那个男人，说他是吵闹精和酒鬼，一天到晚，好事不做，只会打架酗酒，亵渎主给的日子，还责备他不该对善良的司法长官无礼；而司法长官会为他们提供住宿、伙食和一切的条件。那人任她责骂，没有回她一句，因为他心里明白，她不过是做戏而已。

拘留所的门锁打开了，门被拉到一旁，走进一群人来，他们带来了风雪天的寒气，身上披着雪花，眼睛熬得通红，脸颊上有斗殴扭打的伤痕。

黑贝特尔看到自己同族同帮的人，脸上一度露出过喜悦的表情，但他马上克制住自己，故意不动声色。抓鸟人却不同，他立即钻到那群人中间，像是要去欢迎他们。但对方有个人却向他投去暗示的目光，另一个人对他耳语说："别作声，没看见魔鬼长官就在跟前！"他恍然大悟，马上装傻，以做作的谦卑口气问："长官先生，他们是些什么人，如果我可以问的话。"

"他们是些违法斗殴的人，被我当场抓获。这些人打起架来野蛮之至，踢脚，扔石头，揪头发和撕衣服样样都干，这些都是法律所禁止的。"长官严肃地回答，"我想我不会猜错，正是这些人或他们的同伙，近来在本地区和邻近地区做了一大串坏事。那个老太婆以铅液和装神弄鬼的巫术替人治病，被罗格山·特鲁斯校长检举。至于他们中的另一个人，我猜想是夏天在加德穆恩广场的铁匠铺里用烧得通红的铁棍几乎烫死一个士兵；更严重的是，烧毁了这个士兵身上穿着的国王的军服！竟然这种事也敢干，真是胆大包天！”抓鸟人见司法长官为一件军服而如此愤怒，忍不住笑了起来。长官说：“嘿，你追根刨底地问我，是不是要捉弄我？应该是我问你，因为你是做纽扣的流浪汉。你一定会通过纽扣认出你的一帮人。”司法官停顿了一下，接着以舒缓的口气补充道：“俗话说，物以类聚，人以群分。我看他们讲的话与你喝了烈酒以后的胡言乱语一模一样。”

司法官说完，即走出拘留室，把门重重地带上，重新上了锁，加了门闩。当他离去时，抓鸟人眼睛骨碌骨碌地直转，每个表情都显出他的狡黠。他以怯生生的腔调说：“宽厚睿智的长官先生，不要生我的气。我向你提问并无恶意；只不过我从未见过这些好人。我希望知道与谁同床同桌。祝你下地狱，贴着魔鬼的屁股睡觉！”最后一句话是用吉卜赛语讲的，犯人们听了以后哄堂大笑，而司法官不解其意，他嘟囔了几句便离去了。

拘留所里的几张面孔舒展开来。女人们凑到火堆旁。其中一个高个子女人把原先盖着自己脸和身体的羊毛毯拉开，露出一只闪闪发亮的咖啡壶。此人叫古比尔，是个巫婆。另一个刚才为一个男犯而谦卑地向司法官道歉的女人，比古比尔小十几岁，别人叫她卡琳或者斯泰芬·卡琳。她虽然个子不高，但身体轻盈灵巧，头发乌黑，长着一张典型的吉卜赛人的面孔。她棕黄色皮肤紧裹着颧骨和尖鼻子，这是一种暴烈易怒的人常有的特征，上面有斗殴后留下的伤痕，她刚刚与那个男犯划过架，被男犯划破了脸，她也用指甲和折刀惩罚了那个男犯。那个男犯叫乔恩·波特弗特，外表不像是吉卜赛人。他们中还有一个外表有气无力的人，由于喜欢用“随便”这个词，被同伴叫作“乌拉·随便”。他的模样也不像吉卜赛人。这两个人都有点醉。这帮人中的第五个原名是拜尔·斯文生，可其他人往往叫他“拜尔·阉马师”、“马·拜尔”或者“斯弗克·拜尔”。他的相貌很叫人讨厌，粗浓的眉毛下有一对恐怖的蛇样眼睛，他长得精瘦，动作稳健而轻盈，给人以有力而又灵巧的印象。谁要是惹恼了他，在他牛一样的脑门上和野兽般突出的下巴上，必定会表露出残酷无情的疯狂，使他变得危险异常。他旁若无人地在黑贝特尔床前长凳的一头坐下，拿出一个小烟斗，搓了点烟丝塞在里面，然后叫斯泰芬·卡琳替他点火。这时，几个女人喝上了咖啡——这是吉卜赛人所喜爱的仅次于烈酒的饮料，同时用看守听不懂的吉卜赛语商讨促使黑贝特尔和抓鸟人参与越狱，并到附近一家农庄行窃的计划。这种事绝不能让看守察觉出来。

她们商量好计划时，屋里早已乌烟瘴气。这时，除了受伤的乔恩·波特弗特和角落里的另外两人以外，犯人们都聚到火堆前聊天。话题大部分是关于各人被捕的原因。当谈话出现间歇时，抓鸟人用吉卜赛语说：“听说你出游的地方很广，古比尔。我听人说过你诈骗的事情和你的魔术。”他一边说，一边轻轻地向黑贝特尔方向眨了眨眼睛，暗示是从他那里听到的。“现在你给我们讲讲吧！”

“嘿，我虽然出游过很多地方，但是收获甚微。”古比尔回答，然而这话与她身上华丽的打扮并不相符，因为她身着华服，俨然是一个富裕的农庄女主人。

隔了一会儿，她慢条斯理地讲起她的“智慧术”：哄骗和诡计。为了不让看守听懂，她故意讲得含含糊糊和模棱两可，即使看守耳朵再尖也不知她讲的是什么。有时为了增加隐蔽性，她话中故意夹杂一些吉卜赛语。

在这些故事中，有个关于她怎样用魔法使特维德岸的一位少妇召回自己不忠的情人的故事和她几次用绳结魔术骗到衣服和钱的经过，听起来十分有趣。她对自己的“智慧术”丝毫没有后悔之意，因为每次她讲到居民受骗时，眼睛里总闪烁着得意扬扬的神情。

“‘妖猫’是怎么回事？”抓鸟人又问，“听说你曾用它捞到了不少好处。

那是很久以前的事喽。有一天很晚的时候，我们走到一个农庄，但所有的门都关得紧紧的。第二天，我们又去了那个农庄。我进门后向那家农夫说了声“你好”，他也以“你好”回答了我。“亲爱的农夫，”我说，“你千万不要因为遇上了灾祸而对我生气……”

“你怎么会知道我有灾祸？”农夫问我，眼睛睁得又圆又大。

“我可以从你的脸上和眼睛里看出来。”我说，“不过，你应该感谢上帝——我来了，因为我无所不知，无所不会。”

“奇怪，你怎么会知道我这里发生的事情？”那农夫想不通。

“我问你，摩西怎么会知道法老和他的军队会淹死在红海的？”我反问他。

“这是《旧约》上说的。”那农夫回答。“难道你是预言家不成？”

“不，伟大的安拉给了我一双神奇的眼睛，所以我能看见发生在你身上的事情。”

“哦？”他说。

“你有两头牛由于妖魔作怪，就要死了，一头是黑白杂色的，一头是红白杂色的。”我说。

“你昨晚是躺在哪里的？”农夫对我生疑。

我马上回答：“你问我昨晚躺在哪里吗？我是脸朝上，屁股朝下，躺在床上的。”

说到此，听众们忍不住大笑起来。

古比尔继续说下去：

那农夫完全惊呆了。我对他说：“你的邻居起坏心，放出一只妖猫吸吮你的牛的骨髓和血。我看到那猫了，我可以叫它露出原形，我要帮助你。”

“那我太感谢你了。事成后，我会给你食物和衣服作为回报。”他说。

“走，跟我到牲口棚去，我把那吸骨髓的坏东西抓给你看。”我对农夫说，“把锄头和铲子带上。”他照我的话扛起了锄头和铲子，他的老婆也像小狗一样跟在后头。“我从未到过这里，”我说，“但我闻得出。我能找到隐藏着的东西。到那黑白花牛待的地方去挖！”“这里过去挖过。”农夫说。“再挖一遍！”我说，“必须把隐藏的东西挖出来！”那人照我的话挖了起来。挖着挖着，突然一只猫从牛栏里窜出来，一边跑一边发出难听的叫声。农夫和他的老婆见了，眼睛瞪得像要冒出火花。

这时，古比尔意味深长地点点头，做了一个神秘的表情。然后她继续说：

那农夫吓得晕倒在地，他老婆也慌得团团转，连出口都找不到。我抓到那只猫，放了它的血。“现在我把它带走，拴牢，它再也不能溜到这里来。”我说。说着，我就提着妖猫向门口走去，同时嘴里念念有词：“我们的主和圣·彼得在路上遇见这只妖猫。‘你要上哪儿去？’主问。‘我要去农夫的庄园，叫他的牛血干骨断。’‘回去！我要把你拴在三块巨石上。

不许你断人牛骨，
不许你吸人牛血；
不许你去有人居住的地方，
不许你去有人划船的江河。
你应该拴在海洋底里，
压上巨石永不许动！’”

当时那黑鬼正站在门外——就是黑贝特尔。我对他说：“快把这妖猫扔到树林里，永远不让他们再碰上。”

为此，我得到了咖啡、烟草、毛麻、肥肉和腌制的食品，还得到六只银勺和许多钱。

囚犯们聚精会神地听古比尔讲完这个故事，中间不时爆发出咯咯的笑声。有人曾用吉卜赛语说，对居民就是要这样哄骗。

躺在壁炉旁边长凳上抽烟的看守眼睛半睁半闭地盯着火焰。后来，当抓鸟人讲故事时，他也凑了过去。

现在我也讲一个魔法致病的故事。许多年以前有一个拉普人，人们叫他三腿拉普人……

“他实际上不是拉普人，而是吉卜赛人。”古比尔纠正他。

对，可能是吉卜赛人。有一天，他到北面的塞尔村去，在一个叫罗蒙庄园的地方，看见一个农妇正在揉制黄油。“给我一点黄油。”三腿拉普人对那个农妇说。

“我没有黄油。”农妇回答。

“你要是没有的话，也揉不成黄油。”三腿拉普人说完就走了。

果然，那个农妇揉了一天也揉不成黄油，不仅如此，她的一头牛夜里也突然死去——你可以想象，那是拉普人捣的鬼。农妇看见情况不妙，马上想到三腿拉普人，赶忙派一个雇工去追他，这个雇工名叫克律特·莫。尽管他跑得很快，还是跑到了特隆赫姆以北三里之处才追上那个拉普人。他给了拉普人一些钱，请他去帮助消灾去祸，并且答应事成后给他更多的钱。

“你最好赶快回家。”三腿拉普人说，“因为在牲口棚下面埋着三个小牛的头，不在月亏以前把它们挖出来烧掉，就会出现牲口大批死亡的灾难。”

“我当然会尽快地回去。”克律特·莫说，“可再快也得靠我的两条腿。”

“来，我帮你忙。”那个拉普人说，“因为上天入地我都能掌控。”接着，他变法叫克律特·莫从空中飞回去，路上经过三个刑场，就是多夫勒森林的哈尔坡、如斯滕的尼尔斯坡和赛尔的悬崖。“到悬崖以后，你不要再往前跑，因为它就在罗蒙庄园附近。可要记住，你碰见第一个人时，千万不要和他说话，也不能看他一眼！”

克律特·莫答应了，他将不与任何有基督灵魂的人讲话，也不东张西望，即使碰上英国国王也不看他一眼。他告别了拉普人以后，没用多少时间就翻过了耶姆劳姆山，经过了居德布兰河谷多夫勒森林的哈尔坡，到了那个悬崖，接着直奔罗蒙庄园。当他跑过玛鲁斯塔洼地时，女主人正站在那里，她见他飞奔得像头公羊，吃惊地盯着他看，他忍不住也望了她一眼；这一望不要紧，他的头马上歪到了一边——到现在还是歪着。一个人告诉我，他亲眼见过克律特·莫并亲耳听他说过这一奇遇。

“其实他是吹牛。”斯泰芬·卡琳说，“他的钱都花在喝酒上。有一次喝醉后摔倒在地，把颈椎骨摔断了。于是他胡编了这个故事。”

大家听了这话以后哄堂大笑。古比尔也说，她认识三脚拉普人，他实际上不是拉普人，而是吉卜赛人。她知道他擅长妖术。

看守听了这个故事也觉得很有意思，但他不同意斯泰芬的话。他说，他曾听人说过，确实有空中飞毛腿，他举了女巨人和约翰·布莱斯姆这两个例子。后来他催吉卜赛人再讲一些有趣的故事。可吉卜赛人却反过来叫他讲。“我们当然可以继续讲下去，但你得先讲一个。”他们纷纷嚷起来，一个比一个声音高。连坐在角落里的斯福克·拜尔和黑贝特尔也大声插进来说：“你讲一个！不管是真是假，是妖怪是魔鬼，都行！”

“好吧！我也能讲一点故事……可是见鬼！我讲什么呢？”他想了想，说，“有了！”

他看了看大家，开始讲他的故事：

从前，有个男孩到树林里去砍柴。大概由于踩着了一棵奇怪的野草而迷了路。晚上，他看见一辆马车跑过来，车子大概是蓝颜色。接着，又跑来一辆马车，大概是红颜色。后来又来了许多马车，有的载着金子，有的载着银子，每辆车子前面都有许多马拉着。他从未见过这样的车队。后来，这些马车一下子都消失在树林里。他继续向前走，不知怎的脚踢到一头猪的耳朵，那猪从地上爬起来，叫了一声，这叫声如同钱盒子里的钱币撞击声。正在这时，有人驾着一辆由瘦弱母马拉着的车子向他驶过来。

“我们能追上那些马车吗？”那人问。

“嗯，你明天可以追上。”男孩回答。

他回答后想看看刚才踢到的东西是什么——他想抓住母猪的耳朵，可是母猪早已无影无踪了。你们可知道，要不是与那个驾车人讲话的话，他本来会拿到老爱立克[1]的钱盒子。

“我能搭你的车回家吗？”男孩问那个驾车人，“我迷了路，今晚怕是回不了家了。”

那人同意让他搭车。

他上车后，那车子飞快地奔跑着。很久以后，他们来到一

1　老爱立克：挪威人对魔鬼的称呼。

个驿站。驿站里什么好东西都有，食物很丰盛，饮料喝都喝不完。他们吃饱喝足，不需要花一分钱。要睡觉时，那人问他要睡哪张床，是睡红床，还是睡蓝床。这两张床都极其漂亮，都有绣了花加了缘饰的皮被子。男孩选择了蓝床。他脱掉衣服，把衣服放到一张椅子上，然后祷告了几次耶稣的名字，准备躺到床上；不料，他刚祷告完，那床就变成了一汪蓝色的湖水，那椅子变成了一个突出水面的石头，而那只红床则变成了一团烈火，一些人在火里爬来爬去，发出嘶嘶的燃烧声。男孩见这情景，吓得毛骨悚然。可当他再向四周张望时，月亮已挂到山边，圆而红，而他自己却坐到了他所熟悉的一个小湖边。那驿站和里面的一切全都不知变到哪里去了。

在看守讲故事时，几个听众全神贯注，有的则假装在听。而黑贝特尔和斯福克·拜尔两人却在黑暗的角落里密谈着。古比尔和抓鸟人不时悄悄地向他们瞥一眼。当看守的故事接近尾声时，古比尔悄悄跑到他们那里。斯福克激动的面孔和黑贝特尔脸上不断变化着的表情，反映了他们的机警、傲慢、蔑视、憎恨和愤怒的情感。显然，他们是在谈与居民的关系以及他们所面临的处境。

“你为什么被抓到这里？”斯福克·拜尔问。

“为了一段缰绳。”黑贝特尔回答。

“仅为了一段缰绳？”

“对，对！我说了，只是为了一截缰绳和几根不值半先令的柳条！”黑贝特尔闷着气回答，“当时我从一个农夫家的栏杆上把它们拿下来拴我的马，被他们看见，他们就抓住我，把我关到这里。这是因为我不是居民，而是吉卜赛人。司法官说，我拿了别人的缰绳就应该坐班房。”

“只因为一段缰绳就要坐班房，这是哪家法律！”斯福克·拜尔半真半假地惊叹。接着说：“对了！克里斯蒂·谢尔生被抓进来也是因为他拿了区区一捆草给马擦汗！做梳子的老克里斯蒂的情况更加离奇，他眼睛已几乎要瞎了，可由于没有到教堂做坚信礼而被抓到拘留所。他经常到处奔波，从未在屋梁下连续住八天时间，一天到晚与梳子和织布机齿打交道；而现在，他们把他关在里面，让他像小学生一样学习。这些该死的居民！他们把我们的名字和手艺都做了登记，把我们当牲口一样加以统计。我们稍有反抗，他们就强迫我们坐班房。照这样下去，他们总有一天会禁止我们走路、爬山和钓鱼！”

“确实如此，兄弟！”黑贝特尔两眼冒出了愤怒的火花。

“当我年轻时，情况完全两样。”斯福克·拜尔又说，“那时候，我们到一个居民家，对他说，我们要烈酒、烟和咖啡；我们还需要食物和衣服；我们要远行，必须备足干粮和旅费，他都会给我们，绝对不敢说个不字，因为他知道，我们力量大，如得罪了，我们会伤害他的牲口和庄稼，会抢走他的马。那时是我们吉卜赛人耀武扬威的日子。我记得，长脚乌拉从俄国回来后，曾强迫一个司法官在自己院子里与我的母亲跳舞，他不得不跳！可惜现在世道变了，我们被赶得东逃西窜，在穷乡僻壤流浪，在荒山老林躲藏。尽管如此，他们还要用乞丐监督员、司法官和拘留所来威胁我们。”

“我从未偷过两先令的东西。”黑贝特尔说，“我是靠正当方法赚钱的。我替别人治马病，虽然有时也连哄带骗，但我既没有小偷小摸，也没有行窃，更没有打死过人。他们竟以一段破缰绳为由叫我坐牢，混蛋的居民！我恨不得把他们斩尽杀绝！把他们所有的牲口和他们的一切全部毁掉！”

现在，斯福克已成功地把黑贝特尔激怒了。但他还要继续刺激他。他咒骂居民最近对他们毫无道理地加强了控制；说居民连老人和呆子也不放过，强迫他们念《圣经》，学习基督教教义。他还痛斥了居民的迫害，尤其在发生了司法官所说的一系列盗窃事件以后，他所经历的种种痛苦。有好几次，他们在黑暗的严冬不得不逃进深山躲藏，忍受了难言的、不可想象的苦难。为了避免被提审，他们不敢在有熟人的村子里露面。法官很难对付，搞不好很容易说漏了嘴。他还说，他烫那个士兵是为了给他治疗关节炎。这时他表现出一个马医的神态。他说，那士兵原来是个流浪汉，并不是什么了不起的东西，可是当他们发现烫他的是一个吉卜赛人时，那就……他用手做了个抹脖子的动作。他既不想打架，也不想服从他们，所以，他宁愿到瑞典去，那里比这里太平。不过要去瑞典，就得有盘缠。他要离开同伴和亲属，一定会感到孤单，所以希望黑贝特尔和捉鸟人能与他同行。为此，他们必须想办法逃出去，并且要弄点钱。这一带地方，只有古比尔熟悉，可以找她商量个办法。

她外出多年，最近刚与他们重逢。他们从她那里获悉黑贝特尔和捉鸟人被关在司法官这里。有人提议来看望他们，可是在半路上，波特弗特与他的女人打了起来，因为波特弗特在一个举行婚礼的农庄里曾用手拍了一个农夫的女孩子。几个喝醉了的农夫想来劝架，反被他们一帮人打了一顿。后来，参加婚礼的所有客人都一拥而上，形成一场大混战。要不是司法官到场，还不知要闹到什么时候呢。现在大家都在拘留所会合了，逃跑的一切条件都已具备。他们打算把看守灌醉——他们带着酒；如果这一条不成功，古比尔身上还带有安眠药。他们另有撬棒、铁棍等工具，都藏在铺床之中。但是时间很紧迫，必须当夜行动，因为司法官可能已认出了他们，或者已猜出了他们的身份。另外，为了弄点钱，必须到附近一个农庄去偷窃，这个农庄的人刚好这天夜里在外面参加婚礼。

“你怎么知道那里有钱？”黑贝特尔问。他对斯福克的话越来越感兴趣。

“古比尔曾去过那里。”斯福克·拜尔对古比尔点了点头，“她打听过那人的情况，那人是瓦尔勒斯人，不是本地人。他最近到克雷斯堂和布兰内斯做黄油生意，同时替别人宰牲口，赚了不少钱。古比尔亲眼看见他在仓库里数钱。”

“对。”古比尔在他们谈话快结束时参加了进来——

上星期六我曾去那里面买了一条火腿——他们山里人把火腿保管得比银子还好。他老婆仓库里放满了各种各样的食物。

这个女人倒不错，卖了火腿以后，还特意带我到阁楼上去看她的瓦尔勒斯的地方服装。我上去时，那人正在一个红箱子里数花花绿绿的钞票。他看见我就马上把箱盖关上，可是我已经看见了钱、银子和里面的一切。

“我想要点烟丝。”我说，“你刚从外地回来，一定有吧。”

“滚！到地狱向魔鬼讨去吧！”那个瓦尔勒斯的蠢货回答我说。

“好，好，我只是好言好语地向你买，并不是来乞讨。”我说，“从你的眼睛可以看出，你就要大难临头啦！”

我走了以后，他放狗追我，我转到屋后，在地上扔了毒药，亲眼看见那狗吞了下去……”

“那里有我们所需要的钱。”斯福克打断她的话，“那农庄在东面一个峡谷中，从那里没过多少里，翻过山就到伍斯特谷地，再向前走不远就是瑞典。让拘留所和司法官见鬼去吧！”“好！”黑贝特尔把手捶在皮被上说，“我参加！不管银子和钞票我都要。过去我没有做过这种事，现在也要正正经经地做些事了！”

“这就好了，兄弟！”斯福克·拜尔龇牙咧嘴地笑起来，同时紧握住黑贝特尔伸过来的手摇了几下。接着，他向抓鸟人使了个眼色，抓鸟人不需要他多费口舌，他一听了他们的打算，立即用本行的黑话做了回答：“鸟儿易抓也易溜。”他马上就做好了外逃和偷窃的准备。

当看守的故事快讲完时，他们听见外面有声音，马上就准确地猜出，是司法官来巡查拘留所了。他们马上都围到火堆前，装出乐呵呵的样子，司法官一点看不出他们在筹划什么。从外表上看，他们只是为了打发时间而寻找乐趣。

“这里的日子过得不错嘛！暖洋洋的，又开心，又有烟抽。”司法官咳嗽了几声，敲了敲自己镶银的海泡石烟枪说，“外面大雪纷飞，冷得叫人嘴都不敢张开，烟丝的味道像野草一样；可你们这里却是一片闹声，这房子也要给吵炸了！”

“长官，请行行好。”斯泰芬·卡琳以求饶的口气急切地说，“不要因为我们周末寻点开心而发火。我们关在这里没有什么事做，时间难熬，所以请雅考布·纽扣流浪汉和这位善良的农夫给我们讲古老的童话和故事。可我们绝对服从长官的吩咐，只要长官下命令，我们可以像猫一样安安稳稳地坐在壁炉边。”

“你们坐着，笑或者吹牛，随你们便。”司法官说，“但不要吵得像炸开锅似的，让人听了还以为你们在举行婚礼或者宴会呢，而不是坐班房……唉，怎么回事？”他用鼻子嗅了嗅，继续说，“酒味很浓——这里一定有烈性酒！”

“啊，宽宏大量的长官，不必担心。”斯泰芬·卡琳回答，现在的口气比刚才更加恭顺，“我确实带来了一点儿酒——是为了给他擦伤口的。”她说完，看了看波特弗特。

“他的伤是你自己抠出来的，我想。”司法官说，“你这个女人很会卖乖，先打他一顿接着再摸摸他！我早就听别人说起过你了。可是——”

他把脸掉向看守，问：“你看见他们喝酒了没有？”

“喔，他们好像喝了一点。”看守回答。

“你恐怕也喝了吧！”司法官做了一个不满的表情。

“不，长官，我在任何场合都不喝酒，我已报名参加戒酒协会，做过保证的。”他轻声轻气地回答。

“对，对，确实，你已是戒酒协会的成员，亲爱的乌拉。”司法官语气缓和了。

“可是，在拘留所喝酒是非法的。”他板着脸对吉卜赛人说，“把瓶子拿来！——喔，这一点点酒醉不了任何人。”

他一边对着壁炉摇晃瓶子，一边问：“还有吗？”

斯泰芬回答说没有，其他人也异口同声说没有，看守也说他没看见还有什么瓶子。司法官到各个角落闻了闻，什么也没有发现。因为酒瓶早被古比尔藏好。那些工具，他也没有发现。

尽管如此，他仍引用多处法律条文，严肃地警告他们不得在拘留所里酗酒胡闹。

吉卜赛人说，他们不会酗酒，因为他们根本没有烈性酒——司法官自己已检查过了。他们保证安分守己。

“可是，好心的长官，不知道可不可以卖给我们，或者借给我们一副扑克牌？不管是新的还是旧的，都行，”斯泰芬说，“这样，我们可以有些娱乐活动，又不至于吵闹。”

“呵，我刚才进来时发现，你们在这里并不像是度日如年的样子——你们热闹得很嘛！”司法官说，“再说，把你们关在这里并不是为了叫你们来玩的。不过，你们忍不住的话，可以继续吹牛讲故事，我没有扑克牌出借。”

“由此可知，他自己已把扑克牌玩得连影子也没有了。”当司法官出门时，乌拉·随便在私下嘀咕。

“把这家伙拖到炉边，他身上一定会冒出油来。”斯福克·拜尔也嘀咕。

“好了，我们继续讲故事吧。长官同意了。”看守对乌拉·随便说，“我记得你刚才打算讲关于莱沙的牧师故事的。”

“对，”乌拉·随便说，“这不是什么童话，而是大约一百年前发生的真实的事情。那时候，在莱沙有个牧师，他叫什么名字，鬼知道，我不清楚。他叫什么来着，古比尔？”

“我记不得了。”古比尔回答。

乌拉·随便接下去说：

随便他叫什么吧。有一天，他驾着雪橇向南到博滕去参加一个会议，在冰封的莱沙湖面上碰见一个人，那人手上拎着一个桶，把手举到帽檐向他行了礼。牧师也点头还了礼。

“你好，我的兄弟。”牧师说着，把雪橇停下，“是不是要搭我的雪橇啊？把桶放在座位上。这天气真冷。”

“谢谢，神父。”那人说，他坐到后面座位上。

“你是哪里人？叫什么？”牧师问他。

“我住声尔河谷，叫吐贝格·弗利王。”那人回答。

“打算上哪儿去？有什么事？”

“我要去博滕山的管理人家里去交税，可惜今年交不了多少。”

“你是声尔河谷唯一的纳税人吗？”

“不，声尔河谷的纳税人比整个莱沙地区还多。”那人说，“我现在去替所有纳税人结账。”

“可是，既然纳税人那么多，为什么税款不多呢？”牧师刨根问底地说。

“因为我们的收成不好。今年又是霜冻，又是大风，庄稼长不好。税款的多少是在庄稼收上来以后才决定的。”

牧师觉得这话很奇怪，他怀疑他是鬼，或者也是一个议员，于是决定再明确地试一试。当他们在博滕镇外面分手时，他掏出自己的小刀，把它从桶上方扔过去。那人马上生了气，他对牧师说：“我真傻，太容易上你当了，和你说那些话。你这个穿黑罩衫的！你这样做就免了我所有的税。即使这样有损我的声誉，也随它去了。我每一先令的税，连同利息和利息的利息，都得由你替我付，你这个可恶的公羊！”

牧师捏了捏自己的鼻子，驾雪橇走开了。后来，不知怎的，他变得越来越穷，钱总是留不住。他把钱锁在保险箱里，把保险箱藏在床底下，把保险箱的钥匙挂在脖子上，无论怎样钱都会不翼而飞，一个先令也留不住。那时候，格吕滕地区的牧师与农民不和，这个牧师与他对调；到了格吕滕以后，偷东西的鬼怪照样摸到罗姆河谷偷他的钱箱。这种情况一直延续到第十一年才发生变化；这时，偷他钱的鬼怪——吐贝格·弗利王已连同利息和利息的利息，拿到了全部税款。

“嘿，这是个差劲的牧师——把钱吐了出去。”斯福特说，“现在我来讲一个赚了钱的牧师的故事，他把魔鬼的钱榨得精光。”

在北方一个山谷里有个税务官，他生前无能，不称职，死后还闹鬼，不安分。当他的尸体躺在停尸房时，如果里面没有人，他很安静；一旦有人进去，他就马上坐起来与他握手寒暄。埋葬以前，人们把他的尸体放在教堂下面的地窖里。起初，他安静了一阵子，但不久就动起来了，天天晚上闹鬼，弄得人心惶惶。

有一天，外地的一个鞋匠来到教堂附近的一个农庄。他说，他不怕鬼；如果把棺材搬到教堂里，他就敢整夜坐在棺材旁边的地上做鞋子。当地人不信，就与他打赌。当晚，棺材抬到教堂里以后，这个鞋匠在地上画了一个圆圈，自己坐在中间。深夜，魔鬼飞来，他揭开棺盖，先割掉税务官的头，接着开始剥他的皮。魔鬼专心地用力剥皮，没有注意旁边的鞋匠。魔鬼每剥下一点皮，鞋匠就把皮朝圈里拖一点；魔鬼刚剥完整张皮，鞋匠就把整张皮拖进了圆圈。魔鬼发现后，向鞋匠讨那张皮，鞋匠不肯给；魔鬼想动手抢，却又进不了那个圆圈。魔鬼气疯了，又是吼叫又是咒骂，并威胁说，不讨回税务官的皮，就要杀人放火。

“你是绝对讨不回去的。”鞋匠说。

“你要这坏东西的皮有什么用？”魔鬼问。

“我打算把它加工一下，做成一双鞋。”

“那鞋子你用不着。”

“用得着，我可以穿在脚上。”鞋匠说，“他们非说税务官还会走路，可是当我用他的皮做成鞋子时，我想，他无论如何是走不了了；如果有人走路的话，那就是我，我把税务官踩到了脚下。”

魔鬼照样向他要那张皮，甚至答应给他优厚的报酬。

“给什么报酬？”鞋匠问。

“我在这张人皮里装满钱送给你。”魔鬼回答。

“这话当真？”鞋匠说，“这样吧，你什么时候把钱塞满这张皮，我就什么时候把皮还给你。不过，皮挂在哪里要由我决定。”

魔鬼满口答应。

鞋匠担心与魔鬼纠缠太久会出麻烦，所以第二天把税务官的皮卖给了当地的牧师。这个牧师听了鞋匠与魔鬼之间的协议以后，感到发财的机会来了。他付了好几百块钱给鞋匠，并且答应人皮用过以后仍旧还给他。

牧师在自家仓房的房顶上拆开一个洞，把税务官的皮卷成一个无底的袋子，挂在洞口下面。魔鬼从地狱里搬来一袋袋、一箱箱的金子，朝袋子里倒，倒了很多天也倒不满。最后，他的金银都倒光了，身体也累垮了。他对牧师说，他已成了叫花子。

牧师对他说："再到地狱去翻一翻，肯定还能找到更多的钱。我到目前为止，并没有得到你多少钱。我曾听别人说，你会造币。"

魔鬼仔细想了一会儿，说："哦，想起来了，在一个墙缝里还有一个四先令的钱币！"说着，他就跑开了。

我想，这区区四先令绝对装不满那个没有底的人皮袋子。

"现在我才明白人们所说的那句老话一点也不假，牧师的口袋永远盛不满！"魔鬼说了这句话后，就垂头丧气地回了地狱。

从此这个牧师腰缠万贯，日子过得很富裕。他把人皮还给鞋匠，鞋匠把它加工成了一双鞋。

犯人们开故事会，一直开到深夜，完全给人一种在风雨天里关在门内消遣解闷的感觉。

突然，古比尔说自己肚子疼，必须吃点药，她曾在利勒哈默尔的一家药房里买了一点药带在身边，现在刚好派上用场。说完，就到一个盒子里去找；就在这时，正要讲故事的乌拉·随便也说自己肚子疼，而且疼得很厉害——好像古比尔的病有传染性一样，他马上如同一把折刀蜷缩起身体。他说，虽然他也报名参加了戒酒协会，但因肚子不好，把酒当药喝，所以应另当别论。看守听了以后，说他的肚子也疼起来，疼的原因不清楚，不过自从吃了乌拉·随便的一小块蜂蜜蛋糕，肚子一直不舒服。

“来，喝点药，年轻人。古比尔会替你变出一个‘捅烟囱的人’——使你肚肠通顺。”乌拉·随便对看守说。说完，他自己仰头喝下了古比尔给他的药。

看守经不住吉卜赛人的规劝，接过那个司法官曾说醉不了任何人的酒瓶，喝下里面剩余的酒。

在这以后，他们继续讲故事，但注意力明显减弱，曾出现过好几次冷场。半小时以后，看守觉得自己头重脚轻，不久就倒在地上。

壁炉里的火越来越小，那个树根只剩下一丁点火星，只有烧着松脂时，才会冲出一束火焰，在短暂的时间里把暗红的光线投到狡黠的吉卜赛人的脸上。

又过了一会儿，看守在地上打起了呼噜。他再也不是吉卜赛人越狱的障碍了。

他们马上行动起来，先仔细查看了一下门窗，发现门窗关得紧紧的；砸坏它们，就必定会震动整个庄子。再观察了一下烟囱，发现烟囱上方没有装铁栅栏，身强力壮的人可以爬出去；但对受伤的人和女人来说，爬出去却是不可能的。怎么办呢？他们一时束手无策。最后，让他们高兴的是，他们发现拘留所是一间孤零零的房子，房顶是一整块木头，仅凭自身重量压在木墙上，没有钉死。斯福克·拜尔对其他人使了个眼色，叫他们把一条长凳竖起来，插进房顶与木墙之间的缝隙中，把房顶撬了起来。然后，他们把另一条长凳横架在这条长凳的悬空一头，再把横架长凳的一头压在阁楼架下，用绳子固定在壁炉柱子上。这样，房顶就被顶了起来。乌拉·随便还怕不牢靠，自己再躺到长凳上。其他人你拉我，我托你，一个接一个地从房顶的缝隙中爬到墙外，再跳到雪地上。斯福克·拜尔和乌拉·随便两人最后出去。乌拉从凳子上轻轻爬起来，在斯福克的帮助下先上墙。接着，斯福克独自沿长凳向上爬，爬着爬着，长凳晃起来，同时，一阵强风刮来，吹动房顶，房顶向上掀了一下，引起长凳剧烈摇晃，结果把壁炉上的绳子晃松，房顶“啪”的一声重新盖到墙上，把斯福克卡在长凳和房顶之间，像是一个被夹住的老鼠。看守被响声震醒，大叫起来。雪地上的吉卜赛人听到叫声紧张万分，担心把庄里人吵醒。捉鸟人和黑贝特尔相互望了望，飞速跳上房顶，穿过烟囱跳进屋里，弄得屋里烟灰弥漫。晕头晕脑的看守正在拨火，见两个黑不溜秋的人跳到面前，吓得六神无主，还没有来得及张嘴，也没有来得及弄清楚他们是魔鬼，还是吉卜赛人，他们已把他反手捆牢，用皮被子盖住他的头，并把被子的一角塞进他的嘴里。接着，他们把斯福克从夹缝中拉出来——他被夹得很厉害。

斯泰芬对斯福克说：“刚才屋顶塌下时，我吓死了，担心在这个世界上再也见不到你了。”

“不在这个世界上见面，还有哪里好见面呢！”斯福克消沉地说，“每个人进了地狱以后都要在油锅里受煎熬。”

那个瓦尔勒斯人参加婚礼回家以后，发现仓库已被人撬开，几百块钱、一些银子还有不少衣服和食物，以及放在外廊的几副滑雪板和滑雪鞋全都失踪。

后来很长时间里没有听到这些吉卜赛人的消息，他们好像钻到了地底下。那些不相信他们会隐迹藏身妖术的人都认为，他们一定是在深山荒原的连续数天的暴风雪中冻死了。

直到很久以后，人们才听到了其中某个人的下落。据说，斯福克·拜尔在挪威西部与吉卜赛人的宿敌——西部和南部流浪者——殴斗死亡。黑贝特尔由于盗窃和谋杀而被强制做苦役。抓鸟人几次做坏事被捕后都向警方谎报住址，因而得以在各司法官管辖区之间进行公费旅游。女巫古比尔的踪迹直到去年秋天才被一个猎人发现。当时这个猎人在搜寻一头中弹的野鹿。在伊尔曼山间的一个人迹罕至的谷地里，发现了一堆獾和狐狸咀嚼过的碎骨头，碎骨中有一只装满小铅块的铜制烟壶，还有一排鳐鱼的牙齿和一些贝壳及海螺壳。这些东西，山谷中的人从未见过，不知道它们是什么。它们是吉卜赛人装神弄鬼时使用的道具。此外还有几个小瓶，其中一个小瓶里装着一种棕色的液体，地区医生检验后说那是鸦片。

玻璃山上的公主

从前，一个农夫在山坡上种了一大片牧草，并在草地上盖了一间专门储存草料的仓库。可是我猜想，近几年可供存放的草料并不多，因为每年一到仲夏节，正当牧草长得最盛的时候，就一夜之间不知被什么动物吃得精光，好像来过一大群牲口似的。

这种事发生了一次又一次，农夫对损失牧草很心疼，却又不知道是什么原因。第三年仲夏节前夕，他把三个儿子叫到一起——其中小儿子叫灰小子，对他们说，今年无论如何不能再让牧草像前两年那样莫名其妙地被吃得精光，所以在仲夏节那天，他们中得派一人到仓库过夜，把牧草看好。

大儿子自告奋勇。他保证严密监视草地上的动静，无论是人，是畜，还是魔鬼，都不准碰牧草一下。

夜幕降临的时候，他到仓库里躺下睡觉。夜间，突然天地间轰鸣起来，大地震荡，仓库的墙壁和屋顶嘎吱嘎吱地作响。大儿子慌忙起身，拔腿就往家里跑，连头也不敢回。结果，这一年像前两年一样，牧草被啃个精光。

第二年仲夏节，农夫又担心起牧草来，他叹着气说，不能老这样年复一年地损失牧草，晚上得再派一个儿子去看守草地，而且一定要认真看好。二儿子说愿意去试试。他到仓库后，像哥哥一样躺下睡觉。深夜，大地又震荡起来，天地间响声大作，比上一个仲夏节更加可怕。二儿子听到这声音，吓得不知所措，拔腿就跑，好像赛跑要得奖似的。

又过了一年，轮到灰小子去看守草场。当他准备出发的时候，两个哥哥讥笑说："你除了坐在火塘边烤火以外，什么也不会，你确实是看管牧草的最佳人选！"但灰小子不在乎他们的讥笑。傍晚，他勇敢地来到草地，在仓库里躺下。

过了一会儿，外面传来轰轰的响声，气氛可怖。"哦，这点声音没什么可怕，我完全能挺得住。"灰小子想。不久，又是一阵轰鸣声，大地颤抖，干草在他周围飞扬起来。"哦，如果仅仅是这样，我敢说，我能挺得住，它可以使我得到锻炼。"刚想到这里，又发生第三次轰鸣和地震。小伙子以为墙壁和屋顶要坍塌下来；可轰响声很快过去，外面恢复了往常的宁静，仓库安然无恙。"还会有轰响吗？"他紧张地等待了一会儿，再没有听到什么声音，就重新躺下；可没躺多久，忽然听见紧靠仓库门口的地方，似乎有马咀嚼的声音。他悄悄走到门后，从门缝向外看，果然看见一匹马正在咀嚼牧草，那马很高，长得膘肥体壮，这样的骏马他从来没有见过。那马身上配有马鞍、马勒，还驮着一套骑士的铜盔铜甲，在月光下闪闪发亮。

"嗯，原来是你在吃我们的牧草！"小伙子心里明白了，"看我怎样收拾你。"他迅速拿起自己的打火石向马投去，那马立即被定在原地，任他摆布。他跃上马背，骑到一个无人知晓的地方，把马藏了起来。

他回家后，两个哥哥带着讥笑的神情问他的运气怎样。“你即使去过草场，也肯定没有在仓库躺多长时间。”他们这样断言。

“咳，我躺在仓库里，一直睡到日出，既没有听见什么，也没有看见什么。”灰小子说，“我想象不出那里究竟有什么东西会把你们吓成那样！”

“说得倒漂亮！”两个哥哥说，“我们很快就会知道你是怎样照看牧草的了。”说完，他们就去了草场。可到那里一看，两人都傻了，因为牧草和前天晚上一样的高，一样的茂密。

接下去一年的仲夏节夜晚，情况与这次一样。两个哥哥都不敢到草场去看管牧草，但灰小子敢去。他碰到了与上一年类似的情况：先是一阵隆隆声和地震；隔了一会儿，又是一阵隆隆声和地震；再隔一会儿，还是一阵隆隆声和地震。所不同的只是，这三次地震比上一年强烈得多。周围宁静了一会儿以后，他忽然听见仓库外面有马咀嚼的声音，就蹑手蹑脚地走到门缝前向外看，啊，墙边又站着一匹大马，它正在大吃大嚼呢！这匹马比去年那匹马更高大，更肥壮，马背上有现成的马鞍，马脖子上套好了缰绳，马身上驮着一套骑士装备，全都是银制的，看上去英俊极了。“哈哈！今晚原来是你在吃我们的牧草！”灰小子想。“我得制止你！”他立刻拿起打火石，向那马的鬃毛上方扔去，那马顿时温顺得像小羊羔。他跨上马背，骑到藏另一匹马的地方，把两匹马拴在一起，然后高高兴兴地回到家里。

“大概今天的牧草仍旧很好吧？”哥哥们见到他就问。

“嗯，是这样的！”灰小子回答。

两人不信，去草场查看了一番，看见牧草果然又高又密，与以前一样。可他们并没有因此而对弟弟客气些。

又一个仲夏节到了。两个哥哥仍然不敢到仓库看守牧草。

因为他们永远忘不了过去在仓库受到的惊吓，一提起那种经历就脸色顿变。可灰小子无所畏惧，这次还是他去看守。这次与前两次差不多，先后发生过三次地震，一次比一次剧烈。第三次地震时，他被震得从一个墙根撞到另一边墙根。周围恢复宁静以后，他重新躺下；可刚躺下不久，就听见外面有咀嚼声。他轻手轻脚地走到门缝前向外看，又看见一匹马，这匹马比他过去捉到的那两匹马还要高大和肥壮。它身上既有马勒、马鞍，又有全套的骑士装备，一律是用纯金制作的。“啊哈！这次是你在吃我们的牧草！看我怎样收拾你！”他一边想，一边抓起打火石向那马投去，那马立刻像被钉在地上一样，一动也不动，对灰小子百依百顺。他纵身上马，骑到前两匹马隐蔽的地方，把它们拴在一起，然后转身回家。

他的两个哥哥像上两次一样捉弄他，阴阳怪气地说，他夜里一定又把牧草照看得好好的，因为他的模样好像还在梦游当中。可灰小子不计较这些话，只是叫他们到草场亲眼看一看。后来他们真的去了草场，发现牧草依然长得又高又密，与原来一样。

在他们国家紧挨王宫的地方有一座高耸的玻璃山，表面光滑如冰。国王决定，他的独生女不嫁给别人，只嫁给能骑马登上这座山山顶的人。他将选择一个好日子，让公主坐在山顶上，膝上放三只金苹果，谁能骑马上山，取走这三只苹果，谁就可以娶走公主，并可以分到王国的一半土地。国王叫人把这一决定写成告示贴在全国所有的教堂前，而且还贴到了其他许多王国。公主美丽动人，凡是见过她的人，无一不被她的容貌深深吸引，不由得想去接近她。所以不用说，所有王子和骑士都渴望把她连同半壁江山赢到手。他们个个身着华贵服装，骑着高头大马从世界各地赶来，都下定决心，一定要取得成功。

在国王规定的选拔日那天，玻璃山下汇集了许许多多的王子和骑士，人声鼎沸，场面蔚为壮观。远近凡是能走会爬的人都蜂拥去看热闹。灰小子的两个哥哥也想去，但他们不愿意带上灰小子，因为他们觉得，这个灰小子由于长期在火塘旁拨灰而弄得满面灰尘，难看极了；带着他，只会让别人取笑他们。

“哼，不肯带我也无所谓。”灰小子说，“我可以自己去。”

老大、老二到达玻璃山时，众王子和骑士正在奋力登山。他们的马都累得口吐白沫，大汗淋漓，却不能前进一步，因为那山光滑得像一块玻璃，陡峭得像一堵墙，马蹄一踏上去就打滑，尽管如此，公主和半个王国的吸引力驱使他们继续不断地骑呀，滑呀，骑呀，滑呀……直至他们的马累得几乎不能举步，才不得不放弃登山的念头。国王见这天登山无人成功，便考虑第二天再举行一次，看看是否会有变化。正当他要宣布这一决定时，远处奔来一名骑士。他骑着一匹罕见的骏马，铜盔、铜甲、铜马鞍和铜马勒，在阳光下闪闪发亮。有人向他喊叫，说那山无法攀登，不要白费劲。可他只当没有听见，策马上山，结果是如履平地；登到三分之一高度时却又突然拨转马头，向山下奔去。公主觉得这位骑士比她所见过的所有骑士都英俊潇洒。当他向山上奔来时，公主心里嘀咕着："愿上帝保佑他登到山顶！"当他拨转马头时，公主心里凉了半截，马上拿起一个金苹果向他投去，金苹果刚好滚进他的靴子里。他下山以后，迅即跑离赛场，其速度之快，任何人也看不清他的去向。这天晚上，国王召见所有的王子和骑士，看是谁曾骑到那么高的地方，让他出示公主扔给她的金苹果；但他们一个个依次走过，谁也拿不出苹果来。

晚上，灰小子的两个哥哥回家，绘声绘色地讲述了白天的所见所闻。他们说，起先，许多人骑马登山，谁也登不上，最后来了一位全套铜制装备的骑士，远远看去，光彩夺人。他的骑术很高，一股劲骑到玻璃山三分之一高的地方！他只要愿意，完全可以直达顶峰；可他却在那里掉头下山了。也许他觉得这次登这么高就够了。

"啊，我真想见到他！"灰小子说。这时，他像往常那样，正坐在灰堆里掏灰。

"呵，你也想见他？"两个哥哥挖苦说，"看你这熊样，竟要跻身于显贵之中？你这个丑八怪，还是老老实实地坐在那里吧！”第二天，两个哥哥又要去玻璃山看热闹，灰小子再次要求跟他们一起去，以便一睹骑士们的风采，可他们说什么也不同意，他们认为他太丑，带着他会叫人讨厌的。

“那好，那好。”灰小子说，“你们不带我没关系，我自己也可以去！”

当两个哥哥到达玻璃山时，所有的王子和骑士都已开始攀登。不难想象，这回他们重新给马钉了马掌；然而还是没有用，照样打滑，几乎寸步难行，一个个折腾得人困马乏，不得不垂头丧气地退了回来。国王见此情景，打算宣布第三天举行最后一次选拔；继而又想，没准那个铜盔铜甲的骑士今天还会来，不如再等一会儿。可是后来，国王却等来了一个银盔、银甲、银马鞍的骑士，老远看上去就银光闪闪，比那铜盔铜甲的骑士更加威武雄壮。有人叫他不要登山，因为那将是白费力气。但是那位骑士不加理会，他跃马上山，登到比那铜盔铜甲的骑士更高的地方；可当他登了三分之二路程时，突然拨转马头，冲下山来。公主对这位骑士更加爱慕，衷心祝愿他登上顶峰；见到他拨转马头时，马上向他扔过去第二只苹果，这只苹果正好滚进他的靴子。骑士下山后，立即飞马而去，其速度很快，谁也看不清他的去向。

当晚，所有的王子和骑士都要去拜见国王，公主也在场。他们一个接一个地从国王和公主面前经过，却谁也拿不出金苹果来。

老大和老二回家后，像头一天那样，又饶有兴趣地讲述了他们的所见所闻，说到场的王子和骑士都试过，但谁也上不了山。“后来，来了一个银盔、银甲、银马鞍的人，轻而易举地登上山坡，不过只登到三分之二的地方就回马下山了。他真不愧为一个好小伙子，相貌英俊，举止洒脱。公主把第二个苹果扔给了他。”

“啊，我真想见到这个人！”灰小子说。

“哼，想得倒美！”两个哥哥说，“你是不是以为他的银盔银甲与你总在拨弄的炉灰一样的光亮！你这个黑面郎！”

第三天，像前两天一样，两个哥哥去看登山时，灰小子恳求他们带他去，但又遭到了拒绝。

这天，众王子和众骑士也没有一个人能登上一步。大家都期待着那位银盔银甲骑士的出现，可他始终没有露面。直到很晚很晚的时候，突然远处奔来一位金盔、金甲、金马鞍的骑士，一路上金光闪烁，把所有的王子和骑士都看呆了。他到山脚下准备上山时，没有人劝阻他。他飞马登山，像一羽乘风而上的鸿毛，公主还没来得及向他祝福，他已骑到公主跟前，从公主膝盖上拿起第三只金苹果以后，就掉头下山。在场的人都惊愕不已，大家还没有回过神来，他已溜得无影无踪。

两个哥哥回家以后又兴奋地讲述了这天登山的情景，当说到金盔金甲的骑士时，他们按捺不住对他的钦佩的心情。“好一个了不起的小伙子！全世界找不到第二个这样骑术高超、英姿勃发的骑士了！”他们说。

“啊，我真希望见见这个人。”灰小子说。

“好大的口气！”两个哥哥嘲笑他，“可惜你那煤灰堆烧得还不够旺，远不如他那金甲光亮！”

这天由于登山结束太晚，国王没有召见王子和骑士们。第二天，他让他们全都进王宫，并叫有金苹果的人把金苹果带去。公主也参加接见。王子们先进宫，骑士们跟在后头，排队经过国王和公主的身边，但他们都拿不出金苹果。

“奇怪，怎么都拿不出金苹果呢？”国王觉得不可思议，“我们大家都亲眼看见一个人骑到山顶，拿走了那只苹果！”国王决心把这个人找出来，下命令叫全国所有的人都到王宫去一趟；如果有那金苹果，就一定要带去。人们接到命令，一个个接踵而至，但谁也没有拿过金苹果。

灰小子的两个哥哥去得很迟——他们是最后到王宫的人。他们当然拿不出金苹果。

国王问他们，这个国家里的人是不是还有没来过王宫的。

“哦，有，我们有个弟弟还没有来过。”两人回答，“不过，他肯定没有拿过金苹果。这些天他一刻也没有离开过炉灰堆。”

“嘿，不管怎样叫他来一趟。”国王说，“既然其他人都来过王宫，他当然也不能例外。”

于是，灰小子被哥哥们叫到王宫。

“喂，你拿了金苹果没有？”国王问他。

“嗯，拿了。”灰小子回答，“这是第一只，这是第二

在他们国家紧挨王宫的地方有一座高耸的玻璃山，表面光滑如冰。国王决定，他的独生女不嫁给别人，只嫁给能骑马登上这座山山顶的人。他将选择一个好日子，让公主坐在山顶上，膝上放三只金苹果，谁能骑马上山，取走这三只苹果，谁就可以娶走公主，并可以分到王国的一半土地。

——《玻璃山上的公主》

只，这里还有第三只。”灰小子一边说，一边从口袋里掏出所有金苹果。接着，他脱掉黑黢黢的破衣服，露出金光四射的金甲。

“好！”国王高兴地说，“我将把女儿嫁给你，并分给你一半国土，你完全受之无愧！”

不久，王宫举行了隆重的婚礼，灰小子与公主喜结良缘。不用说，在婚礼酒宴上，宾主狂欢豪饮，尽情尽兴。尽管他们没有本事登上玻璃山，却都会嬉戏作乐，说不准现在还在欢闹着呢。

忠诚与刁滑

从前，有两个兄弟，一个叫忠诚，另一个叫刁滑。忠诚一向为人老实善良，而刁滑却心狠手辣，谎话连篇。他们的母亲是个寡妇，一家人经常缺衣少食。两个儿子长大成人以后，母亲不得不叫他们自己出去谋生。儿子们出发那天，她给每人准备了一小袋干粮。

兄弟俩走了很多路，到晚上时，都饥肠辘辘，就在一根树干上坐下，分别拿出各自的干粮袋。刁滑提出一个建议："我们俩先吃你口袋里的干粮；吃光以后再一起吃我的，好不好？"忠诚脑子没转一转就同意了。他解开自己的干粮袋与刁滑一起吃，刁滑专吃好的，而忠诚只吃一些锅巴和焦饼。第二天早晨，他们仍一起吃忠诚的干粮，中午也是这样。忠诚的干粮很快就被吃光。

晚上，当忠诚要吃刁滑的干粮时，刁滑却不准他吃，竟说袋里的食物连自己都不够吃。

忠诚争辩说："前几顿你吃的都是我的干粮，把我的干粮吃光了。"

"你这个傻瓜愿意把干粮送给别人吃，这是你自找的。"刁滑说，"现在你干粮吃完了，就坐在这里流口水吧。"

"哼！怪不得你名字叫刁滑，你确确实实刁滑，而且一向如此！”忠诚气愤地说。

刁滑听了这话，马上沉下脸，向忠诚跑过去，极其残忍地把忠诚的两只眼睛挖出来，恶狠狠地说：“现在让你看看，到底谁‘忠诚’，谁‘刁滑’，你这个瞎了眼的公羊！”说完，就丢下忠诚，扬长而去。

可怜的忠诚，眼前一片漆黑，他慢慢地摸索前行，不知不觉竟走进了一片茂密的森林。他摸啊摸，摸到一棵粗大的菩提树。他心里想，森林中野兽横行，最好爬到树上过夜；当鸟儿鸣叫时，就说明天亮了，那时，再继续向前摸。于是，他爬上了菩提树。

他在树上坐了一会儿，突然听见树下似乎有一种掌勺烹饪的声响。不久，又传来请安问好的寒暄声。忠诚听得出，说话者是熊、狼、狐狸和兔子。原来，这天是仲夏节，动物们正在此聚会。他们先是痛痛快快地吃了一顿，然后坐在一起聊天。

狐狸先开口说：“我们每人都讲一段趣闻，好不好？”

他的倡议立即得到其他各位的赞同。

熊是他们中最尊贵的一位，所以第一个开讲。

“英国国王的视力极差，连四分之一英尺远的地方都看不清。”公熊说，“其实，他只要早晨爬上这棵树用叶子上的露水揉一揉自己的眼睛，就能恢复视力，眼睛会与过去一样明亮。”

“嗯，”狼接下去说，“英国国王还有一个聋哑女儿。要是他像我这样见多识广的话，很快就能找到给女儿治疗的办法。去年，当这位公主去祭坛时，曾把一块面包吐在地上，面包被一只大蛤蟆吞到嘴里。现在，他们如果挖一挖地板下面的土，就能发现那只蛤蟆。它正趴在祭坛跪垫下方，面包仍卡在它的喉咙里。他们只要划开它的肚皮，取出它喉咙里的面包，把它还给公主，公主就会变得像其他人一样耳聪嘴巧。”

“嗯，嗯，”狐狸说，“要是英国国王知道我的窍门的话，他王宫花园里用水就不会成问题。因为在花园中央的一块大石板下方就有最洁净的泉水，只要在那里挖一下，水就会冒出来。”

“嗯，”兔子说，“英国国王的果园是全王国最美的果园，可惜至今连一个苹果也没有结过，因为在果园周围的地下有一根金链子把它围了三圈。如果把这条链子挖出来，那果园就必定变成全国最丰产的果园。”

“好啦，现在已是深夜，我们该回去休息啦。”狐狸说。

于是，他们各自离去了。

动物们走后，忠诚坐在菩提树上睡着了。第二天早晨，鸟儿的鸣叫声把他叫醒。他用树叶上的露水揉了揉自己的眼睛，马上就看清了一切，视力恢复到了以前的水平。

他跳下树，直奔英国国王的王宫，请王宫里的人给他一份差事做，他立即被收留了。

有一天，国王到花园里散步。当时天气很炎热，他走了一会儿感到口渴，就叫侍从从水池里舀点水来；可侍从舀上来的水浑浊难喝，国王很不开心。

“我想，在我整个王国里，没有一个人家院子里的水质是这么差，尽管这些水还是从远处翻山越岭引来的！”国王发牢骚道。

忠诚走到国王面前说：“你要是派人把花园中央的那块大石板搬开的话，就能挖出取之不尽的甘甜的泉水来。”

国王马上相信了他。忠诚指挥国王的手下搬开那块大石板，仅仅挖了几锹，地下就冒出一股清泉，直冲天空，比全英国任何地方的水都要清甜。

过了一段时间，国王又到花园去玩。突然，一只老鹰凌空而下扑向他的母鸡。其他人见此情景急得拍手叫喊：“老鹰飞下来了！老鹰飞下来了！”国王马上举枪，想射老鹰，却觉得眼前一黑，无从瞄准。他痛苦地对天呼喊：“苍天啊，谁能告诉我一个治好眼睛的办法啊？我很快就要完全失明了！”

忠诚跑过去对国王说：“我告诉你一个办法。”他把自己重见光明的经过告诉了国王。国王当晚就找到那棵菩提树。你可以想见，第二天早晨他用树叶上的露水揉了揉眼睛，就恢复了视力。

从此，国王最最宠爱忠诚，不管在家还是外出，都要把忠诚带在身边。

有一天，他们俩一起来花园散步，国王对忠诚说：“真奇怪，英国没有哪一个人的花园像我的花园这样价值连城，可就是没有一棵果树能结出一个苹果来！”

“有办法，有办法。”忠诚说，“如果你派人把围绕花园三圈的一样东西挖出来送给我的话，花园就会硕果累累。”

国王当场同意。结果，忠诚获得一根很长很长的金链条，从此成为比国王还要富有的人。不过，国王也如愿以偿，他的花园里结出了许许多多的苹果和梨子，把树枝都压到了地面，这些果实比人们吃过的所有水果都更加香甜可口。

又有一天，忠诚与国王边散步边聊天，公主正好从他们身边经过。国王见到公主后伤感万分：“我这样漂亮的女儿竟是个聋哑人，太可惜了！”

“喔，有办法！”忠诚对国王说。

国王听了大喜，答应把公主嫁给他，并奖给他半个王国的土地——如果他能治好公主的聋哑的话。

于是，忠诚带上几个人到教堂，把祭台前跪垫下面的一只蛤蟆挖出来，剖开它的肚子，取出一块面包还给公主，公主立刻能像其他人一样说话了。

国王为公主和忠诚筹备盛大的婚礼，人们奔走相告，全国上下充满了欢乐气氛。

正当婚礼舞会喜气洋洋地举行时，一个衣衫褴褛、贫困潦倒的年轻人来到王宫讨饭。忠诚立刻认出他是自己的兄弟——刁滑。

“你还认识我吗？”忠诚问刁滑。

“哦，我哪里见过像你这样的达官贵人！”刁滑回答。

“你肯定是见过我的。”忠诚说，“在一年前的今天，你曾挖掉一个人的眼睛，对不对？那就是我！你的名字叫刁滑，你的行为也确实刁滑！我过去这样说过，现在仍然这样说；不过，念你是我的兄弟，所以照样给你饭吃。吃过饭，你到我去年曾坐过的那棵菩提树上去。如果能听见什么会使你交好运的话，那是你的造化。”

不用忠诚说第二遍，刁滑早已心潮激荡，心想：“既然忠诚在那棵菩提树上坐了坐，就在一年之内得到这么多好处，成为半个英国的国王，那么我……”他越想越兴奋，立即奔到菩提树下，爬了上去。

刚上树不久，动物们就来了。他们为欢庆仲夏节在菩提树下聚餐宴饮。吃饱喝足以后，狐狸提议大家轮流讲故事。不用说，刁滑坐在树上准备好偷听，耳朵几乎要贴到地上了。

可是公熊听到狐狸的建议后却板起了面孔，他抱怨说：“去年我们所讲的话不知被谁听见后泄露出去了。所以我们宁可把秘密放在肚里不讲出来。”

于是，他们几个互道晚安，分头离去。

刁滑空欢喜了一场，什么有价值的话也没有听到。这都是因为他的名字叫刁滑，而且行为也确确实实刁滑。

伦德家族

几年以前，我曾经去过居德布兰河谷，所走的路线是经哈德兰镇和图滕镇沿米约萨湖西岸向北。我在比里镇的一个叫斯文的客栈里租到一辆马车，车夫是一个爱唠叨的老头。马也懒洋洋的，速度很慢。可我对这些都不计较，因为我并没有什么急事，只不过像往常那样，要去试一试斯文内斯人的好客程度，时间很充足，而且，正值温暖的、山花烂漫的春天，山川风光实在令人陶醉。夕阳洒在米约萨湖的湖面上，现出粼粼波光。天空中彩云朵朵，映照着新生的翠绿树叶。北面的福贝格山脉逐渐变暗，最后在暮霭中朦胧地罩上一层暗绿色或紫红色。但坐落在湖东岸的灵萨克镇依然沐浴在金色的阳光下。

过了克雷门奥登以后，我们的马在一个坡地上停住。正前方是比里教堂，左边再远一点的山包上有一个农庄，农庄后面是一座黑黢黢的小山。我想不起那山的名字，就问了驾车的老头。

“那叫伦德山。”老头回答我，“奇怪，你对这一带这么熟悉，怎么会不知道这座山的名字？你一定听过‘伦德血统’和‘伦德家族’这两种说法吧！这在比里地区简直家喻户晓。”

我茫然地回答说，我对此一无所知，希望他讲给我听。他立刻答应了。

他讲了起来：

伦德山——嘿！这里一直有一些怪人怪事发生——据说常有女妖精出没，她们与一般人的行为完全不同。比里人中所流传的“伦德血统”和“伦德家族”都与女妖精有关。

过去，伦德有个女人，名叫奥瑟·伦德。有一天，她坐月子躺在床上，突然失踪了。失踪后，床上出现了一块旧木头。自从这件事发生以后，这一带的女人只要一发生临产的阵痛，家里人就在所有的房门上都插一把刀，以防妖魔进屋作怪。人们都说，奥瑟是被魔鬼抓走的，魔鬼早就要抓她，当她在利耶尔订婚时，魔鬼就曾把她从宴席上抓到一个水桶里，当时由于许多人正站在台阶上，所以魔鬼没有伤害她，可有人在外棚旁边的坡地上听到一种神秘的声音在说，魔鬼抓她，是由于她手指上没有戴订婚戒指的缘故。所以从那时候起，每个姑娘找到情郎以后都要戴上戒指。

奥瑟的儿子叫达芬，他也是个怪人，贪婪吝啬到了极点。有一天，达芬在厨房外面砍柴时，一个乞丐来讨饭，他对乞丐说：“别进屋，因为那女人很小气，她不会给你东西的。”其实他是说假话，他老婆爱莉本是个好心肠的人。达芬的结局很惨，他最后吊死在屋外的一棵桦树上。那个桦树桩至今还在原地。

达芬留下三个孩子，分别叫奥斯、拜尔和阿明。阿明现在还活着。他们性情乖僻自私，世上没有比他们再坏的人。

奥斯·伦德瘦骨嶙峋，相貌很丑陋，鬼见到她也会吓破胆的。她大部分时间躲在棚屋的粮柜里。马弁知道她的这个习惯，因为有一次，他到棚屋去检查粮食，打开粮柜的盖子时，惊讶地发现奥斯正躲在里面。见盖子被打开，奥斯马上伸出干枯得像鹰爪一样的手，猛地把盖子重新拉上，盖子擦到了马弁的鼻子。

拜尔·伦德纯粹是个怪人，他竟然用锄头在自己的庄稼地里夯出了密密麻麻的小路。为了不让别人和孩子们摘莓子吃，他一见到木莓和草莓就拔。夏天他常到山坡上去看看马，他认识本村所有的马。他自己的马都养得膘肥体壮，但这些马不长到六七岁，他是不去驯养的；马到六七岁后，他把马领到森林里，再砍倒一棵大树套在它们身后拖回家，从此，这些马就会变得训练有素。他卖马或者卖牛有个奇怪的习惯，就是在牲口棚的墙上钻一个洞，把牲口的尾巴打成结拴在洞里，然后拼命抽打牲口，结果牲口把尾巴挣断，在墙上留下了一个结。他这样做是为了不让牲口把庄里的好运带出去。至今在他家屋子的墙上还布满着牛马的尾毛团。

拜尔常去教堂，但只有吃圣果时才进去听讲，当别人专心听上帝的训诲时，他却在拴马场里转悠，与马说话；当人们轮流到圣坛吃圣果时，他却钻入教堂的地下停尸房坐坐；一直等到人们从圣坛走回座位时，他才进去吃圣果；一吃了圣果就又钻回停尸房，等人们都离开了教堂，他才出来。拜尔认为，所有的东西都应该用松木油刷一遍，有时他甚至把松木油刷到自己身上。仓棚里的肥肉，他也要用油刷一遍，并且要用鞋匠的捶鞋棒捶击肥肉，以便让松木油渗透进去。

拜尔死的时候，储藏室里堆满了陈年的羊毛、粗麻、肥肉和黄油等物品，棚里充斥着胆汁一样的苦味。储藏室的门被他钉死了，四周缠绕着犁绳。哼，这个拜尔实在太怪！有一次，当老司法官还活着时，他竟提着一个马掌，当作新鲜食品送给老司法官。不过，他后来死的方式并不像人们所预料的那样突然和离奇。

拜尔死后，农庄落到阿明手中，他现在还活着，在兄妹三人当中，他可算是最正常的一个，因为他与人们有来往，曾参加市拉特的骑兵队。他身材高大魁梧，但脸色苍白，像个死人。现在他也有些失常了。有一次，马弁去查访时，他正步从马弁面前走过，但胳肢窝里不是夹着帽子，而是夹着一捆牧草。他是个酒鬼，据说每天要喝几品脱烈酒。几年前，他曾改喝甜酒，但很快不喝了，他觉得甜酒太酸。现在他每天喝四品脱咖啡。他还有一个怪习惯，就是爱用皮毯裹住身体，躺在蒸汽浴室里。夏天，他身上往往穿很多衣服，说是为了挡住热气，气温越高，他穿的衣服也越多。

我们回过来讲几句老奥瑟的事。她死了很久很久以后，有一天，一个叫汉斯·锡斯塔的人到锡斯塔·莫恩去寻找自己失踪的马，竟鬼使神差地走到一个古代议事场的法柱前，接着又走进一座像王宫一样富丽堂皇的建筑。里面有个女人正在收拾东西，他觉得这女人面熟，可又想不起在哪儿见过她。

“你不认识我了吗？”那女人问他。

“哦，我好像认识你。”他回答。

“我是奥瑟·伦德——那个坐月子时失踪的女人。你小时候，我就认识你。自从失踪以后，我一直住在这里。当时要是他们把教堂的大钟稍微多敲一会儿的话，我就能从这里脱身，因为钟声停止前我的一只腿已经跨过了树篱，谁知他们突然停止敲钟，我只好又退了回来。你是不是在寻找你的马？”她问，“告诉你，我丈夫和他的邻居们一直驾着你的马，这是因为，你的儿子们用过马之后，在放它们自由活动前，爱用马勒抽它们屁股。现在我丈夫就要回来了，他要是撞上你，你就会遭殃的！”

锡斯塔马上离开了那里。后来，他很快就找到了自己的马。

自那以后，谁也没有听到过关于奥瑟·伦德的消息。如果她还没有死的话，那么就仍然住在锡斯塔·莫恩的议事场法柱附近的某个妖精庄园里。

驾车老头讲到这里才停住。这时，太阳照耀下的影子在米约萨湖上越拖越长，晚风在树梢上呼呼作响，天气凉了下来。

最后一段路程没花多少时间。到斯文内斯以后，当地人告诉我，确实有拜尔给老司法官送马掌和每次卖马前把马尾巴拴在马厩墙上的事情，从而证实了那老头讲的故事。

巧姑娘

从前，某个国王有很多儿子，到底有多少我不知道。我只知道他的小儿子在王宫待不住，决意要到世上去闯一闯，国王拗不过他，只好同意了。

王子走了几天以后，在一个巨魔的庄园里当上了帮工。

早晨，巨魔在出门放羊之前向王子布置了当天该干的活儿。他叫王子把马厩里的粪铲掉。

"干了这个活儿，你全天就没事了；要知道，你是在一个好心的庄主家干活儿。"巨魔说，"不过，这活儿你必须干得漂漂亮亮，听见没有？另外，除了你睡觉的那间屋子以外，其他任何房间你都不能私自闯进去；如果闯进去，我就要你的命。"

巨魔出门后，王子自言自语地说："这庄主确实不坏。"他觉得铲马粪这活儿再简单不过了，用不了多少时间就能做好。所以他在房间里优哉游哉，唱唱小曲。后来，他对其他房间产生好奇心，心想：他为什么不让我进那些房间呢？里面肯定有什么特别的东西怕我看见。我不如趁他不在家，进去看一看。

于是，他推门走进一个房间，看见墙上挂着一口锅，锅里有东西在煮，可是锅的下方却没有火。"锅里煮的是什么东西呢？”他低下头把头发伸进去浸了浸，不料头发竟变成了像铜丝一样的颜色。“这汤真怪！谁要是喝了它，还不满嘴生辉！”他一边想，一边闯进第二个房间。那里的墙上也吊着一口锅，锅里沸腾着，可锅的下方也没有火。“让我试试。”他说着，把头发在锅里浸了浸，头发竟变得银光闪闪。“在我父亲的王宫里也没见过这么昂贵的汤。”他自言自语，“只是不知它的味道怎样！”接着，他闯入第三个房间，那里也有一口锅，锅里也在煮东西。他又把头发伸进锅里浸了浸，头发一下子变得金光闪闪。“女人常说：‘越来越糟，越来越糟！’其实应该说‘越来越好’才对。”王子自言自语地说，“原来，这个房间里煮的是金子！下个房间煮的又是什么呢？”他穿过第四个房门向里看，没有看见什么锅，却看见一个人坐在凳子上，她打扮得很像一个公主，漂亮极了，王子从未见过有这样漂亮的女子。她是谁家的女儿呢？

“天哪，你到这里来干什么？”坐在凳子上的那个女子问他。

“我从昨天开始在这里干活儿。”王子回答。

“天知道你来干活儿的是个什么地方！”她说。

“哦，我觉得庄主人很善良。”王子说，“他没有给我派任何重活，只是叫我铲一下马厩的粪。”

“嘿，你哪能做好这件事？”姑娘说，“你如果用通常的方法铲粪的话，每铲出一个马粪蛋，就会再生出十个来。不过，我可以教你一个方法：你先把马粪蛋上下翻一下，然后用铲柄去铲它，这样所有的马粪蛋就会自己跑掉。”

王子把她的话记在心里，但没有马上出去干活儿，他与姑娘一见如故，一整天都待在她屋里。人们不难想象，他一直沉浸在欢愉之中，第一天在巨魔家干活就很轻松，时间过得一点不慢。

快天黑时，公主提醒他最好赶在巨魔回家之前把马厩打扫干净。后来，王子到马厩以后，想试试公主的话对不对，所以先按照他父亲王宫里的马夫铲马厩的方法铲，结果没铲几下就不得不停下来，因为马厩里的粪越铲越多，几乎让他没有立足之地。他不得不改用公主教他的方法，先把马粪蛋翻个身，再用铲柄去铲，马厩很快就变得干干净净。他悠然自得地回到庄主允许他待的那个房间里哼起歌来。

巨魔赶着羊群回家后，问他：“你铲过马厩了吗？”

“嗯，它现在干干净净，主人。”王子回答。

“我要去看看！”巨魔说完，马上去了马厩，见那里果然像王子说的那样干干净净。他对王子说：“你一定与巧姑娘说过话了，因为你自己绝对想不出这个方法。”

“‘巧姑娘’是什么东西啊？”王子故意装得像个笨蛋，“我倒要看看它。”

“哼，别着急，到时候会让你见的。”巨魔说。

第二天早晨，巨魔又要外出放羊，他叫王子把他的马从山坡牵回家，干好这件事就可以休息。“因为你知道，你是在一个好心的庄主家里干活儿。”巨魔说，“但是，如果你闯到我昨天提到的那些房间的话，我就把你的头扭下来。”

“嗯，你确实是个好心的主人。”巨魔赶着羊群离去后，王子自言自语地说，“不过，我仍要进去找巧姑娘谈话，没准她很快就会属于我了。”

王子来到巧姑娘面前，她问王子今天要干什么活儿。

“喔，我想是没什么了不起的事。”王子说，“他只不过叫我把他的马从山坡上牵回来。”

“哦？那你打算怎样做这件事呢？”巧姑娘问。

“把一匹马骑回家算不上什么了不起的本事，”王子回答，“各种烈马我都骑过。”

“可是骑这匹马并不那么容易，”巧姑娘说，“不过我会告诉你该怎么办。它见到你时，会从鼻孔里喷出火焰，向你直冲过来，那火焰像你见过的树脂的火焰一样。你要记住离家去山坡时把门边那个马勒带上，当那马向你冲来时，你把马勒扔到它的嘴上。这样，它就会变得很温驯，即使用一根细线也能驾驭它。”

王子把她的话记在心上，但没有马上去山坡，他在巧姑娘屋里坐了一天，两人天南海北地无所不谈，但始终围绕一个话题，即怎样逃离巨魔的庄园，然后一起创造美好的生活。他们谈得很投机，以至于要不是巧姑娘提醒他天已快黑了，应该在巨魔回家之前把马赶回来的话，王子早已把山坡和那匹马忘得一干二净。

王子带上马勒赶到山坡。那匹马立即张着大嘴向他跑过来，鼻子向外喷射着通红的烈火。王子看准它的嘴，把马勒扔过去，正好套上它的嘴，那马立刻安静下来，温驯得像一只小羊羔。我猜想，后来王子没费一点力气就把马骑回了家。他回家后引吭高歌，显得自由自在。

晚上，巨魔赶着羊群回家后，问王子："你把我的马牵回来了没有？"

"马已牵回来了，主人。那马骑起来很有意思，可我没有在外面溜达，径直把它骑回家，送进了马厩。"王子回答。

"我要去看看！"巨魔说完，就去了马厩，看见那匹马果然像王子所说的那样待在马厩里。

"你一定与我的巧姑娘说过话了，因为你自己是绝对想不出这个办法的。"巨魔说。

"主人，你昨天说到'巧姑娘'，今天又说到'巧姑娘'，上帝保佑庄主，我知道，你是不会让我见到这东西的，可我真想见到它。"王子故作姿态，装成一个大傻瓜。

"哼，该让你见她时，就会让你见的。"巨魔说。

第三天早晨，巨魔又要外出放羊。"你今天给我到地狱装些财宝回来。"他命令王子，"做好这件事，你就可以休息；要知道，你是在一个善良的庄主家里干活儿。"

"嗯，你太善良了，尽让我做这种古怪的事情！"王子自言自语地说，"我要去找巧姑娘商量；你说她是你的，可没准她会告诉我这事该怎么做。"

当巧姑娘问他巨魔今天分配了什么活儿时，他告诉她，他得下地狱去取财宝。

“你打算怎么去取呢？”巧姑娘问。

“唉，这事得听你的主意。”王子回答，“因为我从未去过地狱，即使知道怎么去，也不知道该要多少财宝。”

“喔，我来告诉你。你走到昨天去过的那个山坡下方的一座山前，捡起那里的一个木槌，朝山壁敲几下。”巧姑娘说，“这时，山壁里会走出一个浑身冒金星的人来。你把自己的差事告诉他。他问你要多少财宝，你就回答说能背多少就要多少。”

王子记住巧姑娘的话，但他没有立即动身，而是在巧姑娘屋里坐了一整天，直到傍晚巧姑娘提醒他应在巨魔回家之前去一趟地狱时，他才动身。

他按照巧姑娘的话，走到那山壁前，拿起那里的一个木槌，在山壁上敲了几下，山壁里立即冒出一个火星四射的怪人来。

“你要干什么？”那怪人问他。

“我是奉巨魔之命来取财宝的。”王子回答。

“要多少？”

“能背多少是多少。”

“幸亏你没有带马来驮！”那怪人说，“好吧，跟我进来！”

于是，那怪人把王子带进山壁。山里金银成堆，像山坡上的石头一样多。王子背了一大袋回家。

晚上，当巨魔赶着羊群到家时，王子和前两天晚上一样，正在屋里哼唱着曲子。

“你到地狱取财宝了没有？”巨魔问他。

“嗯，取了，主人。”王子回答。

“财宝在哪里？”

“袋子放在长凳上呢。”

“让我去看看。”巨魔说。他走到长凳子那里，看见上面确有一只袋子。他解开袋子一看，里面真的装着沉甸甸的金子和银子。“你一定和我的巧姑娘说过话了；真是这样的话，我就扭断你的头！”

“‘巧姑娘’？”王子说，“主人昨天说到‘巧姑娘’，今天又说到‘巧姑娘’，前天也说到‘巧姑娘’。我真想见见这东西。”

“行，行，等到明天，我就带你到她那里。”巨魔说。

“谢谢主人！我提这种要求实在太冒昧了。”

第二天，巨魔把王子带到巧姑娘那里，对她说：“你现在把他宰了，放在那口大锅里烧汤；汤烧好以后就把我叫醒。”巨魔对巧姑娘说了这两句话以后，就躺到长凳上睡觉去了，顷刻之间就打起了呼噜，震得地动山摇。

巧姑娘取出一把刀，割破王子的小指头，在凳子上滴了三滴血；接着把所能找到的所有破旧衣服、鞋垫和废物统统扔进那口锅；然后揣满一盒金粉，取下吊在门上的一个水瓶，带在身边；又拿了一块盐块、一个金苹果和两只金鸡，与王子匆匆离开巨魔的庄园。

他们走了一段路，来到大海边，就扬帆渡海。他们的船是从哪儿弄来的，我没有问过。

巨魔睡了很长时间以后，在长凳上伸了伸懒腰。“快煮好了吗？”他问。

“刚刚煮上。”凳子上的一滴血回答他。

巨魔接下去又睡了很久很久才翻动了一下身子。“快煮好了吗？”他又问，但仍像上次一样没有抬头去看，他还没有完全睡醒。

“煮到一半了。”第二滴血回答。巨魔以为回答他的是巧姑娘，于是又呼呼大睡了。

又过了好多时候，他的身子才动起来。“现在该煮好了吧！”他说。

“好啦！”第三滴血回答。

巨魔从长凳子上爬起来，揉了揉眼睛，向四周扫视了一下，不见与他说话的人。他叫巧姑娘的名字，却没有人回答。“嗯，她大概到屋外办事去了。”巨魔想。他想尝尝汤的味道，就拿起一把汤勺在锅里搅了搅，发现里面煮的尽是鞋垫和破布之类的东西，他不知这是什么汤，就仔细向锅里看了一会儿，这才明白发生了什么事，顿时气得像发了疯似的，急匆匆出门去追赶王子和巧姑娘。他一路上跑得如梭似箭，没多久就赶到海边，但海水挡住了他的去路。

“哼，我会有办法的，只要叫来我的汲江妖就行。”巨魔叫来了汲江妖。汲江妖趴到海边，喝起海水，一口、二口、三口……眼看着海平面降了下来。巨魔看见了船上的巧姑娘和王子。

“你现在把盐块扔出去。”巧姑娘说。王子照这话做了，盐块立即变成一座又高又大的山，横卧在大海中央，巨魔无法越过，汲江妖也无法继续汲水。

“哼，我会有办法的！”巨魔说完，叫来了他的钻山妖，叫他在那山上钻一个洞，让汲江妖能继续汲水；可就在钻山妖钻好一个洞，汲江妖打算走过去汲水时，巧姑娘叫王子从瓶子里倒出几滴水，让海水重新上涨，恢复了原状，汲江妖还没来得及再汲进一口水，他们早已登上岸，脱离了险境。

他们打算到国王的王宫去。王子觉得，让巧姑娘徒步去王宫，无论对她还是对自己都极不体面，所以对巧姑娘说：“你在这里稍等一会儿，让我先到父亲马厩把那辆七马大车赶来接你进宫，王宫离这里没有多远，花不了多少时间。我不想我的爱人徒步走进王宫。”

“不，不要那样！”巧姑娘马上阻止他，“我可以预料，你一回到王宫就会把我忘掉。”

“我怎么会忘记你呢？”王子说，“我们一起受过那么多磨难，又是如此相亲相爱。”他坚持要用七马大车来接她，叫她安心等在海岸边。

巧姑娘最后不得不接受王子的安排，不过，她叮嘱说：“你回去后，不要耽搁时间，不要去东看西看的，你应该直奔马厩，牵出那些马，套到马车上，尽快赶到这里来。我猜想，他们见着你时，肯定会把你团团围住，让你脱不了身。所以，你必须装作谁也没有看见。另外，千万注意，什么东西也不要吃；如果你吃了东西，我们就会发生不幸。”

王子答应照她的话去做。可是，当他到达王宫时，刚好碰上他的一个兄弟举行婚礼，新娘和所有的亲戚都已到达王宫。他们见到他以后都蜂拥而上，向他问长问短。他只当没有看见他们，直奔马厩把马牵出，接着就去套车。那些人见无法把他请进屋里，就捧着婚礼上最好的食物饮料跑到他跟前。王子仍然不加理睬，只顾一心套车。最后，新娘的妹妹向他扔过去一只苹果，并且对他说：“既然你不吃别的东西，那么就吃一个苹果吧，你一路上风尘仆仆，一定是又饥又渴了。”王子推辞不过，就接过苹果咬了一口；这一咬不要紧，他立刻把驾车去接巧姑娘的事忘得一干二净。“我现在套马车干什么呢？我是不是脑子坏了？”他怀疑起自己来，然后把马牵回马厩，投入欢宴的人群中。现在，他的心目中另有了那个向他扔苹果的女子。

巧姑娘在海岸边等王子，等了很久很久也不见他归来，只好离开那里。她走了一段路，来到王宫旁边的一个树林里，那里有一间孤零零的小屋。她走进门，问那屋子的主人可不可以让她在屋里住几天。那小屋的主人是个老太婆——一个凶恶的妖怪。她起初不同意，后来巧姑娘苦苦地央求，并答应给她付房钱，她才让巧姑娘住下。那屋子肮脏不堪，简直如同猪圈一般。巧姑娘对老太婆说，她想把屋子装饰一下，使它像其他人家一样整洁漂亮。可那老太婆不但不同意，还气得咬牙切齿。巧姑娘不顾她的反对，拿出金盒子，向炉火上倒了半盒金粉，金粉瞬间喷向小屋各处，小屋里里外外都变得金碧辉煌。那老太婆见金粉四射，吓得慌忙向门外退去，好像有鬼追她一样，以至于退到门口时忘记弯腰，头“砰”的一声撞到门框上。

第二天早晨，一个警官经过这里，见到树林中这间金光闪闪的屋子，感到十分惊奇；更使他惊奇的是，进门后看见里面坐着一位花容玉貌的女子，他立即被吸引住了，要她做他的妻子。

“行，只要你有很多钱，就……”巧姑娘说。

警官说，钱他家里有的是。当天晚上，他就拎来一个相当于半桶[1]大的袋子，放在凳子上。

既然他有这么多钱，巧姑娘就答应嫁给他。但他们刚刚躺到床上，巧姑娘就想要爬起来。“我刚才忘记给壁炉拨火了。”她说。

“哎哟，这事哪能让你做呢？”警官说，“让我去做吧。”说着，就下床三步并作两步地跨到壁炉前。

“喂，你拿到拨火棍时就说一声。”巧姑娘说。

“现在已拿到了。”警官回答。

“那么，你手里拿着拨火棍，拨火棍也粘住你的手，把火红的炉灰朝你身上拨，一直拨到天亮！”

于是，警官就乖乖地在炉前不停地把炉灰朝自己身上拨。

1　桶：古代挪威容量单位。

不管他怎么哭，怎么求饶，拨火棍就是不听使唤。一直到天亮，他才得以甩掉拨火棍。不用说，他赶忙溜走，拼命地跑，如同身后有税务官或者魔鬼在追赶似的。路上的人见他跑得像个疯子，都好奇地盯着他看。他的身子好像被剥了一层皮一样，惨不忍睹。大家都想知道他是在什么地方被弄成这副模样的，可他羞于启齿，对此一言不发。

第二天，法官路过巧姑娘住的地方，看见树林里有一幢金光闪闪的房子，就向那边走去，看是谁住在里面。当他看见那美貌的女子时，马上被她迷住，比警官更加如痴如醉。他迫不及待地向她求婚。巧姑娘像回答警官一样回答了他："只要你有很多钱，就……"法官说，我钱很多，我马上回去拿。当晚，他就背来一个相当于一整桶那么大的袋子，放到长凳上。他欣喜若狂，以为钱拿来就可以娶她了。他们一起躺到床上，可刚躺下，巧姑娘就说她忘记关凉台的门，得爬起来一趟。

"哎——，这事哪能叫你做呢？"法官说，"你躺着好啦，我去关。"他轻轻地下了床，轻得像一粒豌豆，向凉台走去。

"你手握到门闩时就告诉我。"巧姑娘说。

"现在握到了。"法官喊道。

"那么你就一直握住门闩，而门闩也粘住你，在两堵墙之间晃荡，直至天明。"巧姑娘说。

于是，这天夜里法官跳够了"舞蹈"，这种前俯后仰的"舞蹈"动作他从来没有做过，大概今后再也没有兴趣重复它了。一会儿他拉着门闩向前冲，一会儿门闩拖着他向后退，忽儿晃到凉台这边，忽而晃到凉台那边，把他折腾个半死。他先是咒骂，继而哭泣和哀求，但不管怎样做，那房门照样不停地晃动，直到破晓时分才停下来。门一停住，法官就急不可耐地逃走了，好像跑得快有人会付钱给他似的。他生怕那门还跟在后头晃荡，什么钱袋和求婚，都丢到了九霄云外。路上的行人见他狂奔的样子，都惊奇地盯着他看。他的模样比彻夜与公羊顶角后的模样还要糟糕。

第三天，税务官经过那树林时也见到了金屋子，他好奇地进去张望，看是谁住在里面。当他瞧见巧姑娘时，马上垂涎三尺。巧姑娘只不过招呼他一声，他就向她求婚。巧姑娘像回答前两个人一样回答了他，说他只要有钱，就嫁给他。税务官说，钱对他来说不成问题。他立即跑回家，当晚就背来一个比法官的更大的口袋放在长凳上。他以为这样就可以得到巧姑娘了。

可是，他们刚躺到床上，巧姑娘就说，她忘记把小牛牵回牛棚了，所以得出去一趟。税务官说，不，这事不该她去做，该由税务官去做。他身体虽极其臃肿，却像一个小男孩一样轻手轻脚地下了床。

“喂，当你抓住小牛尾巴时，就告诉我。”巧姑娘说。

“现在已抓住了。”税务官喊道。

“那么你就抓住小牛的尾巴，而小牛的尾巴也粘住你，一起满山遍野地奔跑，直至天明！”巧姑娘说。

于是，税务官被小牛拖着奔跑起来，时而经过平坦的草地，时而经过曲折的山道，时而爬上山顶，时而钻进山谷……税务官越是咒骂和喊叫，小牛就跑得越快，跑到黎明时，他的身体几乎散了架。小牛放了他以后，他才得以松口气，至于钱袋等等，他统统都忘光了。他跑步的速度比警官和法官慢，因而行人可以更清楚地看他。只见他筋疲力尽，衣服破烂不堪，好像跳过小牛舞一样。

第四天，王宫又举行盛大婚礼。国王的大儿子和他的新娘，以及那个曾在巨魔家干活的小儿子和新娘的妹妹，双双成亲。可是，正当他们登上马车准备去教堂时，一根车杠突然断裂。他们接连换了三次新车杠，结果根根断裂。无论用什么木头做车杠都没有用，换一根断一根。他们对此一筹莫展。这时，那个警官——他也应邀参加王宫的婚礼——跑出来说："附近的树林里住着一位女子，我想，只要能把她的拨火棍借来做车杠，车子肯定能走。"于是，王宫派人到那树林里，好言好语地向巧姑娘借那根拨火棍，巧姑娘没说一个不字，就借给了他们。果然，用这根拨火棍做的车杠没有断裂。但是，正当他们要开车时，马车底盘却塌了下来。工匠立刻做了一个新的底盘，把它向车身上钉，然而无论他怎么钉，也无论用什么木头做底盘，总也钉不牢，总要往下塌。这样一来，他们比车杠断裂时更加不知所措了。这时，法官跑了出来，因为既然警官受到邀请，他自然也会受到邀请。他说，附近树林里住着一位女子，如果把她家凉台门上的半扇门板借来做车底盘，保证车底盘不会塌。于是，他们又派人到树林里，好言好语请求巧姑娘把法官提到的那块金色的凉台门板借给他们用一下，他们立即借到了手。这样，车队又打算出发。谁知道，这时拉车的马却不行了，六匹马也拉不动那辆车。他们套上八匹马，还是拉不动。后来，又先后套了十四、十二匹……但不管套多少匹，也不管怎样用鞭子抽打马匹，那车仍然寸步难移。天色将晚，新人必须在这一天去教堂，王宫里的人个个心焦如焚。这时，税务官跑出人群说，在附近树林里住着的那位女子有一头小牛，只要借来，“我相信，即使车子重得像一座小山，也能拉得走！”他们觉得用小牛拉车去教堂有失体统，可又没有其他办法，只好派人找那女子去借，巧姑娘这次也没有拒绝，轻易地让他们把牛牵走了。他们把小牛套到车上以后，车子就飞跑起来，时而平地跑，时而腾空飞，忽高忽低，上下颠簸，坐在车上的人几乎透不过气来。到达教堂以后，马车好像卷线车一样不停地绕教堂旋转，他们好不容易才下了车，进教堂举行仪式。后来，在回王宫的路上，车子跑得更快，当他们到达王宫时，车上的人几乎不省人事。

宾主入席后，那个曾在巨魔家干活的王子站起来说，他认为，应该把那位住在树林里的女子请来参加婚宴。“因为如果没有她借的拨火棍、凉台门板和小牛的话，”王子说，“恐怕到现在我们还不能出发。”国王觉得他说得有道理，于是派了五个最得力的手下到那幢金屋子去，他们代表国王向巧姑娘致以诚挚的问候，并请她光临王宫婚宴。

巧姑娘答道："请向国王致意，并转告他，如果他能屈尊亲自来请我，我一定乐意随他进宫。"

国王听到手下们的汇报，亲自登门邀请她，她立即跟国王进了王宫。

国王觉得，她绝非等闲之辈，绝不像她的外表那样平淡无奇，所以特地把她安排在小儿子新娘旁边的贵宾席上。

没坐多久，巧姑娘拿出从巨魔家带来的金公鸡、金母鸡和金苹果，放在前面的桌子上。刚一放下，金公鸡和金母鸡就动了起来，相互争夺那只金苹果。

"瞧，它们为了金苹果而争斗！"小王子说。

"当初我们在山里时，也曾为逃出来而与巨魔争斗过。"巧姑娘说。

这么一说，王子立刻认出了巧姑娘，他那高兴劲儿就别提了。他下命令，先用二十四匹马把那个向他扔苹果的女巫分尸。然后他与巧姑娘举行了婚礼。至于警官、法官和税务官三个人，他们尽管遍体鳞伤，却总算熬过来了。

神奇的乳红马

从前，有一对有钱的夫妇，他们共有十二个儿子。最小的儿子长大以后在家里待不住，一心要到世上去闯一闯。父母对他说，家里要什么有什么，还是留在家里好；可他听不进去，非出去不可。最后，父母只好让他走了。

他走了很长时间，来到一个王宫，在那里找到了一份差事。

当时，这个王国的公主被妖怪抓进了深山，而国王又没有别的孩子，所以国王和全国上下都陷入了悲哀之中。国王向人们许下了诺言：谁要是把公主救回来，就把公主嫁给他，另外还分给他半个王国的土地。然而，没有任何人能做到这一点，尽管试过的人很多。

这个年轻人在王宫干了一年活儿以后，想回家看望父母；可到家以后才知道，父母已经去世，而哥哥们早把家里的财产分光，一点也没有考虑到他。

“难道父母的遗产中没有我的一份吗？”他问哥哥们。

“你到处流浪，分财产时谁知道你是死是活！”哥哥们回答，“不过，山岗上还有十二匹母马没有分掉，你如果想要，就拿去好了。”

年轻人表示满意。向哥哥们致谢以后，他立刻奔向山岗。

那十二匹母马正在草地上悠闲地吃草，每匹母马的身边都带着一匹小马驹。其中有匹小马驹皮色白里透红，浑身油亮，看上去与众不同。

“你长得真俊，我的小马驹！”他说。

“对！不过，如果你把其他马驹都杀了，让我独自吮吸十二匹母马的乳汁的话，一年以后，你再来看我会长得多高多俊吧！”那匹小马驹说。

年轻人就照它的话杀了其他马驹。

第二年，当他再去看那匹马驹和众母马时，那马驹已长得很壮，全身皮色光亮，个头也高了许多，他只能勉强跨到它身上。这时，母马们又生下了小马驹。

“喂，伙计，我让你吸吮所有母马的奶，没有白费了心思。”年轻人对那一岁的小马说，“现在你已长大了，可以跟我走啦。”

“不，我还要在这儿待一年，”小马回答，“把那十二匹小马驹都杀了，让我在这一年里继续吮吸所有母马的奶，来年夏天你再来看吧，我将长得更高大，更俊美！”

年轻人又照它的要求办了。

第三年，当他再去草地时，母马们又有了小马驹，而那两岁的小马已长得高大壮实，皮毛光滑。他想摸它的颈子，试试它有多肥，却连够都够不着。

“去年你已够高大的了，我的小马，今年你变得更加高大俊美了！”年轻人越看越欢喜，“像你这样的马，连王宫里也找不到，现在你该跟我走啦。”

“不，”小马又提出要求，“我得再在这里待一年。把那十二匹小马驹都杀掉吧，让我独自吮吸所有母马的奶，你到夏天再来看我会长成什么样子吧！”

年轻人再次答应了它的要求。

又过了一年，年轻人重返草地。当他见到那匹小马时，简直无法相信自己的眼睛，因为它高大魁伟，只有当它四肢跪地时，他才能摸着它的躯体；即便它躺在地上，他也不容易跨上去。它肌肉结实，皮色油亮得像面镜子。

这一次，那马没有拒绝跟小伙子走。于是小伙子把它骑到家里。他的哥哥们见到这匹马以后都赞叹不已，纷纷在胸口画十字。这样的骏马他们从来没有见过，也从来没有听人说过。

小伙子对他的哥哥说：“如果能把你们最好的马掌、马鞍和马勒送给我的话，我就把那十二匹母马和它们刚生下不久的十二匹小马驹都送给你们。”

哥哥们很乐意做这笔交易。他们给那匹马钉上了上乘的马掌，装上了金马鞍和金马勒。小伙子兴高采烈地跨上它向山坡奔去，地上的石头被马蹄踩得四处飞溅，金马鞍和金马勒在阳光下闪闪发光，远远就能看得见。

“我们现在到王宫去！”乳红马对小伙子说，“但要记住，见到国王以后一定要他给我安排一间最好的马厩，每天给我喂精细的饲料。”

小伙子赞成到王宫去，并且答应一定记住向国王提这些要求。他骑上马，转眼间就到了王宫。

国王当时正站在王宫门口的石阶上。他凝视着骑马的小伙子，嚷道："啊呀呀！这样威武的骑士，这样神速的骏马，我平生第一次见到！"

小伙子向国王讲了自己的来意，说自己愿意在王宫里服务。国王听了高兴得几乎要跳起来，立刻答应收留他。

"喔，不过，一定得给我的马提供最好的马厩和像样的饲料。"小伙子补充说。

国王满口答应。他说，干草和燕麦请乳红马随意吃，马厩让乳红马单独占用，其他骑士的马都牵到别处去。

没多久，这个小伙子就引起王宫其他人的妒忌，他们想方设法要陷害他。后来，他们对国王造谣说，这小伙子曾经扬言，他只要愿意，就能把很久以前被妖怪抓到山里去的公主救出来。国王听了以后马上把小伙子找去，对他说，他既然说了这话，就应当照这话去做。做成了，就把公主嫁给他；做不成，就把他杀掉。

小伙子说，自己并没有说过那话。但国王不听他的辩解。他只好答应去想想办法。

他闷闷不乐地走到马厩。乳红马问他为什么不高兴，他把国王的话说了一遍，并且说自己对此没有一点主意，"因为把公主从妖怪那里救出来是毫无希望的事情。"

"哦——这事能办到，"乳红马说，"我会帮助你的。不过，你得给我打上一副特殊的马掌，为了打这副马掌，得准备二十镑生铁和十二磅钢。还需要两个铁匠，一个负责打马掌，一个负责把马掌装到我的马蹄上。”

青年马上找到国王，向他提出这些要求。国王答应了。

乳红马装上特殊的马掌以后，驮着小伙子跑离王宫，一路上尘土飞扬。

当他们到达公主被关的那座山时，一个陡峭的山壁挡住了他们的去路。这个山壁陡得像堵墙，滑得像块玻璃。小伙子策马向上冲到一定高度时，乳红马由于两只前蹄打滑而摔了下来，摔下时发出了雷鸣般的响声。他们爬起来又向上冲，冲到更高的地方时，乳红马由于一只前蹄打滑而又摔了下来，摔下时的声响好像是山体滑坡似的。到了第三次，乳红马说：“这次我们一定要冲上去！”只见它鼓足劲冲向山壁，把山壁上的石块踩得四处爆裂，终于登上山顶。接着，小伙子一鼓作气骑马冲进山里，把公主抱到马鞍的前面，转身冲下山去。妖怪还没来得及爬起来，乳红马早已奔到了山下。这样，公主就被救了出来。

小伙子回到王宫以后，国王见到公主自然很高兴，很满意。可不知什么原因，大概由于其他人捣鬼的缘故，国王对小伙子却还是气鼓鼓的。

“谢谢你救出了我的女儿。”国王冷冷地对小伙子说，说完就要离去。

小伙子急忙说：“公主是你的女儿，但她也应该成为我的妻子，因为你是一个说话算数的人，对吗？”

“是的，是的，”国王回答他，“你应该得到她，因为我确实允诺过你；但是，在我把她嫁给你以前，你得先让太阳照进王宫来。”原来，王宫处于一座高山的后面，终年照不到太阳。

“你原本并没有说过这个条件。”小伙子反驳说，“不过，我知道再央求你也没有用。为了得到公主，我要想尽办法争取做到。”

他进马厩把国王新提的要求告诉了乳红马。乳红马说，这事有办法，但必须先给它更换马掌，为了打这副马掌得向国王要二十镑生铁和十二磅钢，还要有两个铁匠，一个负责打好马掌，一个负责安装。更换了马掌以后，他们就会有办法让太阳照进王宫。小伙子向国王要铁、钢和铁匠时，国王不好意思拒绝。

当铁匠打好马掌，给乳红马装上以后，乳红马驮上小伙子奔跑起来。它每向前跳跃一步，那座山就向下矮一截，一直跳到那座山化为平地，它才停下来。

小伙子回到王宫，问国王现在是否可以把公主嫁给他了，因为太阳已经照进了王宫。可是，这时又有人在国王面前挑拨，所以国王回答说，小伙子的确有理由娶公主，他对自己的承诺绝不会反悔，但是小伙子为了接新娘应该为公主准备一匹与乳红马一模一样的马。小伙子争辩说，国王原来没有提过这个条件；原来提的条件已经一一满足，不应该再提新条件阻挠他与公主成亲。可是国王坚持要他做到这一点，如果做不到就处死他。

小伙子又去找乳红马，去时当然是满面愁云。他把国王的话讲给乳红马听，最后说："我想，这事一定很难办到，因为世上绝不会有与你一模一样的马。"

"哦，有，有与我一样的马。"乳红马安慰他，"不过，它一直待在地狱，要想把它弄来绝不是轻而易举的事。我们可以去试一试。你现在就去找国王，再向他要二十磅生铁和十二磅钢，替我做一副新的马掌。再向他要两个铁匠，一个做马掌，另一个给我把马掌装上。马掌上的钩钉一定要磨得很锋利。另外，我们要带十二桶裸麦、十二桶大麦和十二头死牛；还要带上十二张牛皮，每张牛皮上钉一千枚铁钉。最后还要有一个柏油桶，桶里装上十二桶柏油。"于是，小伙子找到国王，向国王要了乳红马所提到的所有物品。国王不好意思拒绝，满足了他。

一切准备就绪，他跨上乳红马出发了。

翻越了许多高峰和山岗之后，乳红马突然问小伙子："你听见了什么没有？"

小伙子仔细听了听，回答说："嗯，空中呼呼作响，真可怕。"

"那是森林中所有的野鸟向我们飞来的声音，它们是被派来阻止我们的。"乳红马告诉他，"你在麦袋上剪几个洞，让麦粒漏出去。它们见到麦粒就会去抢，从而把我们忘掉。"

野鸟密密麻麻地向他们扑过来，把太阳都遮住了。小伙子立即在袋子上剪了一些洞，麦粒撒了一地。那些野鸟一见到麦粒就飞下去抢食，互相争斗，乱成一团，把阻止小伙子和乳红马的事忘记了。

小伙子骑马又经过了许多高山和峡谷、丘陵和沙漠。突然，乳红马竖起耳朵，听了一阵子，前面的树林里传来震天吼声，“我真感到害怕。”小伙子说。

“那是森林里所有的野兽发出的叫声。”乳红马告诉他，“它们被派来阻止我们。你准备好，当它们来时，就把十二头死牛扔掉，让它们围着这些死牛去折腾个够；这样它们就会忘记我们。”

没多久，森林里所有的熊、狼、狮子和其他吃人野兽冲到他们跟前。小伙子向它们投过去那十二头死牛，它们立即为抢牛肉而陷入血腥的厮杀之中。小伙子和乳红马乘机跑开。不难想象，乳红马的速度是很快的。他们又翻越了许许多多的大山。突然，乳红马叫了一声，它问小伙子：“听见了什么没有？”

“嗯，似乎听见有一匹小马驹在远处叫唤着。”小伙子回答。

“其实那是一匹成年马，”乳红马告诉他，“听上去声音轻是由于它离我们太远的缘故。”

又过了几座山，乳红马突然又叫了一声，然后问小伙子：“听见了什么没有？”

“嗯，现在我好像听见一匹成年马在叫唤。”小伙子答道。

“喏，你要再仔细听听。”乳红马说，“你可以听出它的说话声。”

又过了几座山以后，乳红马第三次叫了起来，它还没来得及问小伙子什么，远处山岗上就传来了另一匹马的叫声，那叫声很响，以至于小伙子以为山崩地裂了。

“瞧，它已经到了，”乳红马说，“赶快把带钉子的牛皮披到我的身上，把柏油桶扔到地上，然后你立刻爬上那棵大松树。那马冲过来时，鼻孔会喷火，会把柏油点着。注意，如果桶里的火升腾起来，就说明我战胜了它；如果火焰熄灭，就说明我失败了。你现在把我的马勒拿去，一见到我取胜，就把这马勒扔到那马的身上，它就会变得驯服。”

小伙子把带钉的牛皮披到乳红马身上，把柏油桶扔到地上，接着爬上那棵松树。只见一匹马喷着火冲过来，柏油桶立即着了火。乳红马与它扭打起来，互相撕咬、踢撞，斗得飞沙走石，天昏地暗。小伙子坐在树上，时而看两匹马对打，时而看那柏油桶。最后，火焰升腾了起来。因为那匹马不管咬到乳红马什么部位，或踢到它什么部位，都触到尖铁钉，只好认输。小伙子见到这情景，立即跳下树，把马勒扔到那匹马的身上，它顿时变得温驯起来，用一根线似乎也能牵住它。小伙子仔细观察了它一阵子，发现它与乳红马一模一样，叫人无法辨别。

小伙子喜气洋洋地骑着刚捕获的马回王宫，乳红马紧跟在后面。到王宫时，国王正在院子里。

小伙子向国王打过招呼以后，问他："你能说说哪匹马是刚捕获的，哪匹马是原来那匹吗？如果你说不清，你的女儿就是我的了。"

国王在两匹马跟前仔细地对照观察，看了半天也看不出丝毫差异。

"不，我辨认不出来。"国王承认，"既然你给我女儿准备了这么好的新娘坐骑，她就得嫁给你，不过要先经过一次测试，看是不是应该嫁给你。测试的方法是，她先藏起来两次，然后你再藏起来两次。她藏起来以后，如果你两次都能找到她；而你藏起来以后，她一次也找不到你，那就说明应该如此，你就可以娶走她。"

"这一条也不在原来的协议之内，"小伙子说，"不过，既然一定要加这一条，我们就来试一试。"

第一次，公主变成一只鸭子，在王宫旁边的小池塘里戏水。

小伙子只去一趟马厩，就从乳红马那里问出了她的下落。乳红马告诉他："喔，你带一杆枪到水塘边，把枪口对准那里的一只鸭子，她就会恢复原形。"

于是，小伙子提着一杆枪到水塘边，故意说了声："我要打死这只鸭子。"接着，就举枪瞄准。

"不要开枪！不要开枪！亲爱的朋友，是我！"公主大嚷起来，现出了原形。

第二次，公主变作一个长条面包，与厨房桌子上的另外四条面包混在一起。他们样子相同，谁也看不出差别。

小伙子又去请教乳红马。乳红马告诉他："喔，你到厨房里，挑一把面包刀，把它磨快，然后假装要去切桌子上左边第三个面包，她就不得不露出原形。"

于是，小伙子走进厨房，拿起最大的一把面包刀，把它磨锋利，然后把左起第三条面包拿出来，把刀架在上面，说："我要切一段面包。"

"不，不要切！亲爱的朋友，是我！"公主急忙嚷起来。

就这样，小伙子连续两次认出了公主。

接下去该小伙子隐藏起来了。乳红马给他出主意，第一次叫他变成一只马蝇，藏在乳红马的鼻孔里。

公主上上下下寻找他，最后找到乳红马身上。当她顺着缰绳向上摸时，乳红马张嘴踢脚，吓得公主赶忙离开。公主没有办法，只好认输。

"哎呀，我找不到你，你出来吧。"公主嘟囔着说。

小伙子立刻站到马厩的地上。

第二次，乳红马叫小伙子变成一小块泥土，隐藏在乳红马的蹄子和马掌之间的缝隙里。

公主里里外外寻找，最后又找到马厩，沿乳红马的缰绳向上摸。这次乳红马一动也不动，任公主摸找，但它的蹄子始终踩在地上。公主摸遍了马的全身，也没发现小伙子。

公主又一次认输。她嚷道："好了，我找不到你，你自己出来吧。”

小伙子立刻出现在她的身旁。

“哈哈，你现在属于我啦！”小伙子对公主说。接着，他又对国王说：“你已亲眼看见，我该做的事都已做好。”

“哎，既然如此，就这样决定了吧。”国王回答。

没多久，王宫举行了隆重的婚礼。小伙子和公主去教堂时，一人骑着一匹乳白透红的骏马，两匹马一模一样，完完全全是天生的一对。你一定能想象得到，他们骑这两匹马去教堂，路上不需要花多长时间。

破帽子

从前有个国王，和他的王后结婚多年没有生子。王后为此很伤心，经常闷闷不乐，抱怨王宫里太冷清。她说："如果我们有孩子的话，这里就会热闹些。"她走遍全国，不管到哪里，都看见人们儿孙满堂，连最穷的人家也不例外；都听见母亲教育孩子的声音，说他们这事做得好，或那事做得不好。王后觉得他们的生活很有趣，希望自己也能像他们一样。

最后，国王和王后从别人那里领来一个小女孩，让她住在王宫，接受教育，像对待自己孩子一样抚育她。

有一天，当这个小姑娘在王宫前面的花园里玩金苹果时，一个贫苦女人带着另一个小姑娘也来到花园。两个小姑娘没多久就成了好朋友，一起滚金苹果玩耍。王后坐在窗边看见她们一起玩，就敲着窗叫养女回去。但养女进宫时，那穷孩子也跟了进去。她们手拉着手走进王后的房间。

王后马上训斥养女："你不该与一个衣衫褴褛的讨饭孩子混在一起！"接着，就要把那穷孩子撵出去。

这时，那穷孩子说："如果王后知道我母亲有什么本事的话，就绝不会赶我走了。"王后听了，急忙追问她母亲有什么本事。那女孩回答说，她母亲能使王后生孩子。王后不相信，可那女孩坚持说她讲的绝对是真话；如果王后不信，不妨把她母亲请来试试。

王后心想，要是女孩的母亲确实有这种本事的话，她就可以有自己的孩子了，于是让小姑娘出去把她母亲叫进来。

讨饭的女人进屋后，王后问她："你知道你女儿说了些什么吗？"

讨饭的女人摇头说不知道。

"她说，你能使我生孩子，如果你愿意的话。"王后说。

"你身为王后，怎么能轻信一个穷人家孩子的话呢？"那女人说完，就扭头出门了。

王后很生气，又要赶走那小姑娘。可那小姑娘坚持说自己的话一点不假，还说："王后要是用酒招待我母亲，让她高兴起来，她就会帮助你的。"

王后将信将疑，但乐意一试。于是，她再次把那穷女人请回王宫，用葡萄酒和啤酒款待她，任她畅怀痛饮。果然，没过多久，那女人就打开了话匣子。

王后抓住时机，重新提出自己的问题，请她回答。

"我有个小主意，"那穷女人说，"任意一天晚上，你睡觉以前叫人往你房间里搬两盆水。你在两个盆里洗个澡，然后把它们推到床下。第二天早晨起床后，可以看见两个水盆里各长出了一朵花：一朵很美，一朵很丑。王后应该当即把那朵美丽的花吃掉，而不要碰那朵丑花——千万别忘记这句话！"

当天晚上，王后就照这个女人的主意，叫人在她屋里放了两盆水。她在里面洗了澡，然后把它们推到床底下。第二天早晨，两个盆里果然各长出一朵花，一朵丑陋难看，叶子是黑色的；另一朵花鲜艳美丽，王后从未见过这样美艳的花。她当即把这朵花摘下吃了。这花实在美味可口，王后吃了它，胃口大开，禁不住把另一朵丑花也摘下吃了。她想，吃了它不会有什么大碍。

过了几个月，王后怀孕了，后来生下一个女孩。这女孩的模样丑陋无比，她头上戴着一顶破帽子，手上拿着把汤勺，骑在一头公羊身上。她一出世就会呼喊："母亲！"

王后见了她那副怪样子，惊叫了起来："天啊，我怎么会生下你这样的孩子！"

"不要伤心，你很快会再生一个漂亮的孩子。"那个骑在公羊背上的女孩说。

隔了不久，王后又生下一个举世无双的漂亮女孩。不用说，王后见到她高兴得连嘴也合不拢。

先生下来的那个女孩起名为破帽子，她的样子实在太丑，太穷酸，王后根本不想见她。女侍们想把她单独关在一个房间里，可总是关不住；后生下来的那个女孩到哪里，她也要跟到哪里，谁也无法把她俩分开。

这两个女孩长到了十几岁。在一个圣诞夜，王后房间外面的凉台上突然传来嘈杂的敲打声。破帽子问王后，外面为什么闹哄哄的，王后回答说："这事不必过问。"但破帽子却非要问问清楚不可。王后不得不告诉她，今天是圣诞夜，女妖们正在外面游戏。破帽子马上要出去把妖怪们赶走，无论别人怎样劝阻她，她都不听。她拿起自己的汤勺跨出房门，出门前关照王后把所有的门都关牢，不要留一条缝。她一到凉台上就与女妖们打起来，“乒乒乓乓”，“噼里啪啦”，好像顶梁柱就要从墙基石上倒下来一样。

这时，一扇门开了一条缝。原来，破帽子的妹妹想出门看看姐姐的情况，就把头伸了出来。哎呀，这可了不得，一个女妖当即扭下她的头，给她换上了一个小牛的头。小公主回房间以后，立刻“哞哞”地叫起来。破帽子赶走女妖以后，回屋看见妹妹的样子，责备王后没有看好她。过了一会儿，她以坚定的口气说：“无论如何，我要想办法救我的妹妹！”

她向国王要了一条设备完好的帆船，但不要一个水手。她要单独带着妹妹出海，以便恢复妹妹原来的相貌。她再三坚持，国王不得不同意了。

破帽子把船开到女妖们居住的地方，停靠在码头边。她叫妹妹留在船上不要作声，自己骑上公羊直奔女妖的巢穴。到了那里，她看见有个窗户敞开着，妹妹的头正放在窗台上，就马上冲上凉台，抱起那颗头就走。女妖们杀气腾腾地追上来，把她团团围住，想把头抢回去。公羊用坚硬的角顶她们，戳她们；破帽子自己也挥舞汤勺和她们打斗。女妖们不得不退了回去。破帽子回到船上，摘掉妹妹的小牛头，换上她自己的头，妹妹当即恢复了原来的美貌。

后来，破帽子把船开到很远很远的陌生国度。这个国家的王后已去世，国王只和一个儿子一起生活。当他看见这条外国船时，就派人到岸边打听它是从哪里来的，船主是谁。国王的人到岸边以后，看见船上只有一个奇丑无比的人，戴着一顶破帽子，骑在一只公羊背上踱来踱去，却看不见其他人，不禁感到奇怪。他们问破帽子船上还有没有其他人。她回答说，船上还有她的妹妹，但不许他们见她，她还说："国王不亲自来这里，谁也别想见她一面。"说完，继续骑着公羊在甲板上走来走去。

侍从们回到王宫，向国王汇报了他们在船上的所见所闻。国王很是惊奇，决定立即亲自去看个究竟。

国王到船边时，破帽子把妹妹从船舱领到甲板。国王见到她，便被她的美貌吸引住了。他把姐妹俩带回了王宫。后来，他提出要娶破帽子的妹妹为王后，但破帽子说如果他要娶她的妹妹，王子就得娶她本人为妻。可以想象王子见到破帽子后那副憎恶的样子。可是国王和王宫其他人反复劝说要他娶她为妻，他最终只好屈从了。

不久，王宫筹备了盛大的婚礼。筹备就绪以后，两对新人一同去教堂举行仪式。王子心如死灰，这次去教堂是他平生最艰难的路程。国王和他的新娘骑马走在前面，新娘的相貌倾国倾城，人们纷纷向她投去赞美的目光。王子骑着马与破帽子并行，她骑在公羊的背上，手里握着一把汤勺。王子耷拉着脑袋，沉默不语。他那失意的样子，与其说是去参加自己的婚礼，倒不如说像是在给谁送葬。

"你为什么沉默不语呢？"破帽子问他。

“要我说些什么呢？”王子反问。

“你可以问我，为什么骑着这头难看的公羊去教堂。”破帽子告诉他。

于是王子问她：“你为什么骑着这头难看的公羊去教堂？”

“难道这是难看的公羊吗？它是一匹任何新娘也没骑过的最好的骏马！”破帽子答道。话音刚落，那公羊真的变成了一匹骏马，王子平生从未见过这么好的马。

他们继续骑了一段路以后，王子仍旧垂头丧气，一言不发。破帽子问他为什么一言不发。王子回答说自己不知道说什么好。破帽子就提醒他：“你可以问我，为什么骑马时手上要握着这把难看的汤勺。”

于是王子问：“你为什么骑马时要握着这把难看的汤勺？”

“难道这是难看的汤勺吗？这是新娘所用的最精致的银扇子！”破帽子答道。话音刚落，那汤勺果真变成了一把银光闪闪的银扇子。

又骑了一段路，王子还是萎靡不振，不声不响。破帽子又问他为什么不声不响，然后叫他问自己为什么要把一顶难看的灰帽子戴在头上。

于是王子问：“你头上为什么要戴着这顶难看的灰帽子？”

“难道它是顶难看的灰帽子吗？它是任何新娘也没有戴过的光彩夺目的金色皇冠！”破帽子回答。话音刚落，原来那顶灰帽子就不见了，她头上出现了一顶金皇冠。

接下去他们又骑了一段长长的路程。王子依然像先前那样愁眉不展，沉默不语。新娘再次问他为什么沉默不语，然后叫他问问她的脸为什么这样奇丑无比。

于是王子问：“唉！你的脸为什么这样奇丑无比？”

“难道我的脸奇丑无比？你觉得我妹妹漂亮，其实我比她漂亮十倍！”新娘回答。当王子抬头去看她时，她果然变得如花似玉，举世无双。

从此，王子像换了一个人，骑在马上有说有笑，再也不耷拉着脑袋了。

教堂仪式结束后，王宫里灯火辉煌，宾主为庆贺两对新人而通宵达旦地狂欢豪饮。

随后，国王和王子一同带着各自的新娘去见丈人和丈母，在那里继续欢庆痛饮，无休无止。如果你现在到那座王宫去的话，没准也能赶上喝几口啤酒呢！

女人所爱的人不会缺吃少穿

从前，有三个兄弟，不知什么原因，每人都可以有一个愿望得到满足。老大和老二毫不犹豫地选择了金钱。他们希望每次把手伸进衣袋时都能掏出钱来，因为他们认为，当一个人的钱取之不尽、用之不竭时，就能走遍天下而畅通无阻。但老三——灰小子——却有比他们更好的愿望：他希望所有的女人都对他一见钟情。你听了下面的故事，就可以知道，这个愿望要比有钱财更好。

他们各自实现了愿望以后，两个哥哥打算出去周游世界。灰小子请求他们带他一起去，可他们很不情愿。

“我们无论到哪里，都会受到像伯爵和王子一样的接待。”他们说，“而你不过是一个现在一无所有，将来也一无所有的叫花子，谁愿意理睬你呢？”

“可我要求不高，只是跟着你们呀！”灰小子说，“跟着像你们这样的富豪显贵，没准我也能弄点残羹剩饭吃吃。”

灰小子磨破了嘴皮子，两个哥哥才终于同意带着他，但他必须甘心做他们的仆人，否则，就别想跟他们走。灰小子同意了这个条件。

三兄弟出发了，走了大约一天时间，晚上在一家客栈吃饭。两个有钱的哥哥要了大鱼大肉、烈酒和啤酒，而让灰小子在门外替他们看管马车和行李。

客栈老板娘偶然从窗户里看见灰小子，立即被他的英俊美貌吸引住了，越看越觉得这个仆人可爱。

老板责备她说："你老是站在这里看什么？是不是中邪啦？你应当去看好烤猪！你难道不知道我们今天接待的是什么人？"

"哦，我才不把这两个大饭桶当什么了不起的人物呢！"老板娘说，"他们要是不愿意等，就让他们从哪里来回哪里去好了！你来看看院子里的那个人，我从未见过这样的美男子。我要是你的话，就一定请他到屋里来吃点东西，因为他看上去一无所有，怪可怜的。"

"你这个女人又丢掉魂！"老板气得火冒三丈，"赶快替我进厨房去看炉子，不要站在这里死盯着一个陌生人看个没完！"

老板娘没办法，只好进厨房去料理饭菜，既不能盯着灰小子看，更不能招待他什么。但后来，她把烤猪放到炙叉上以后，找个借口溜到院子里，送给灰小子一把神奇的剪刀。他只要用它在空气中剪几下，就能剪出最华丽的衣裳来，丝绸的、法兰绒的，什么好布料都有。"这剪刀送给你。因为你太英俊了。"她对灰小子说。

两个哥哥吃饱喝足以后，坐上马车继续旅行。灰小子作为他们的仆人站在车厢后面的踏脚板上。他们走了很远的路，来到另外一家客栈。老人和老二大摇大摆地跨进大门，却把灰小子甩在门外。他没有钱，只能站在门外替他们看管东西。进门前，他们关照灰小子说："如果有人问你是谁的仆人，你就说是两个外国王子的仆人。"

在这个客栈里发生了与上一个客栈类似的情况。当灰小子在院子里溜达时，客栈老板娘在窗户里看见了他，立即被他的英俊美貌所吸引。她盯着灰小子看呀，看呀，久久不肯离去。她的丈夫捧着两位"王子"所点的菜，快步穿过这个房间时，立刻训斥她："不要像母牛看着牛栏的门一样老站在这里发呆！赶快进厨房去烧鱼！没看见我们今天接待什么人吗！"

"我才不管他们是什么大混蛋呢！"老板娘回答，"他们要是嫌给他们吃的菜不好，就让他们吃自己的干粮好了。不过，你先来看看院子里的那个人。我从未见过世上有这么英俊的人！我要是你的话，一定把他请进来招待一下。他看上去很需要吃点东西，可怜的家伙！他多英俊呀！"

"你这个女人一向缺少心眼，现在怕是魂都飞了！"那男人气呼呼地说，他比前一个老板气得更加厉害，说完，就连推带搡地把老板娘赶进了厨房。"快到厨房去，不要站在这儿偷看外面的小伙子！"

老板娘只好站到锅子旁，由于害怕丈夫而不敢去招待灰小子，但后来却借口到院子里办件事，突然跑到灰小子跟前，送给他一块台布。这块台布很神奇，只要铺开它，上面就会摆满一切上好的美酒佳肴。"这台布送给你，因为你太好看了。"老板娘对灰小子说。

两个哥哥把客栈所有好吃的东西都吃光了，付了许多钱给老板，然后继续上路。灰小子仍是站在马车车尾。当他们走了很远，感到肚子饿时，又走进一家客栈，叫老板拿出最好的饮料和食物来。他们吹牛说自己是两个外出旅行的“国王”，钱多得像青草。老板听他们口气这么大，急忙张罗饭菜，又是烧又是炒，烹饪的香味飘到了左邻右舍。两个“国王”受到了最殷勤的招待，而灰小子却没有人过问一句，他始终站在门外看管马车上的东西。

这次发生了与前两个客栈一样的情况。老板娘从窗户里看见车旁的灰小子以后，立即被他的相貌吸引住了。她目不转睛地瞧着，越瞧越觉得他英俊漂亮。

店老板捧着两个“国王”要的饭菜经过老板娘站着的房间时，发现老板娘正对着窗外出神，马上发起火来。“这么高贵的客人光临我们的饭店，你还有心思在这里呆看什么！替我到厨房去熬奶油粥——立刻去！”

“看一会儿又有什么关系？他们要是没耐心等奶油粥，就让他们走好啦！”老板娘回答，“呵，过来，你看院里的那个人多漂亮呀！这样漂亮的人，我还是第一次见着。我要是你的话，一定请他进来吃点东西，因为他看上去又饥又渴。他实在是太英俊了！”

“你还是这样的轻浮——现在还没有改！”她丈夫简直被气糊涂了，“要是再不去煮粥，别怪我赶你走！”

老板娘只好赶紧跑进厨房，因为她知道丈夫的话绝不是说着玩的。但后来，她利用烧饭的间隙去了一趟院子，送给灰小子一只壶，并且告诉他："你只要拧一下塞子，就可以倒出所需要的最可口的饮料：啤酒、葡萄酒和烈性酒等等，样样都有。你长得这样漂亮，应该得到这个壶。"

老大和老二大吃大喝了一顿以后离开了这家客栈，继续他们的旅程。灰小子仍旧站在马车车尾，做他们的仆人。他们经过长途跋涉来到一个王宫。老大和老二穿着光彩夺目的华丽服装，炫耀自己用之不尽的金钱，冒充成两个皇太子。国王见他们那种架势，简直不知道怎样款待他们才好。他让他们住在了王宫里。

可灰小子由于衣衫褴褛、身无分文，被王宫卫士用船送到一个礁石岛上。这个礁石岛是根据国王的命令专门用来关押违禁到王宫去的乞丐和流浪汉的，目的是不让他们损害王宫威仪高贵的形象。他们每天得到的食物仅够糊口。老大和老二亲眼看着卫士把弟弟送往礁石岛，却不加阻拦；不但不阻拦，还暗自高兴，因为他们觉得，这样就可以把他摆脱掉了。

灰小子上了礁石岛以后，见乞丐们都穿得破破烂烂，就拿出剪刀在空中为他们每人裁出了一套丝绸或法兰绒的衣服，这些服装比国王和王宫所有人的衣服都更加绚丽多彩。接着，他铺出那块台布，让乞丐们都吃上了美味的饭菜，这些饭菜比王宫宴席上的饭菜还要好。"你们一定口渴了吧？"灰小子问大家。接着，他就拿出那只壶来，拧了一下塞子，为乞丐们倒出了足够的啤酒和蜂蜜酒，这样好的酒连国王也没有尝过。

当王宫里的人把冷粥糊和稀牛奶送到礁石岛上时，乞丐们都不屑一顾。王宫送饭的人觉得乞丐很反常，更使他们不解的是，乞丐们个个穿得像皇帝和教皇一样气派。他们起初以为自己走错了地方，但仔细观察四周以后，发现没有错。最后，他们终于明白，这一切都是前一天刚来的那个小伙子带去的。他们驾船回到王宫后，马上绘声绘色地报告了在礁石岛上的所见所闻。其中一个人还报告说，他打听到，那个小伙子有一把神奇的剪刀，能在空中剪出一块块布料和衣服来。

公主听到这消息，急着要见那个小伙子，看看他的剪刀。她想，要是自己拥有那把剪刀就好了，想穿什么就会有什么，要怎么华丽就怎么华丽。她拼命催国王把小伙子从礁石岛上叫来。于是，国王下令召灰小子进宫。灰小子一到，公主马上就问他是不是有一把神奇的剪刀，还问他能不能把这把剪刀卖给她。

灰小子回答说，他的确有一把这样的剪刀，但他不愿意卖掉。接着，他就把剪刀从口袋里掏出来，在空中随手剪了几下，公主身旁立即飘起了一块块丝绸和天鹅绒的衣料，把她看得眼花缭乱。

“喂，你最终会把它卖给我的，”公主说，“不管你出什么价钱，我都要。”

灰小子说，不，他无论如何不会卖，因为它是世界上独一无二的神奇剪刀，卖掉了就再也不会有第二把。

说话间，公主对灰小子产生了好感，她与几个客栈老板娘一样，觉得自己从未见过像他这样英俊的小伙子。

她对灰小子又是劝诱，又是央求，硬缠着要买他的剪刀，即使是几百元的高价，她也肯付。

“不，这剪刀我是绝对不卖的。”灰小子说，“不过，这样吧，如果你让我今天夜里睡在你的闺房里，睡在靠房门的地板上的话，我就把剪刀白白送给你。”他还保证自己不会碰公主一下，如果她害怕，可以在房间里布置两个卫兵。

公主一心想得到那把剪刀，就答应了这个条件。结果，公主如愿以偿，获得了那把剪刀；而灰小子当天夜里在公主的房间里睡了一觉，当时房间里有两个卫兵站岗。这一夜，公主基本上没有睡着，她不时地瞟一眼小伙子，每当瞌睡来了要闭上眼睛时，就又努力睁开。在她心目中，这个小伙子真是帅极了。

第二天早晨，灰小子重新被卫兵送到礁石岛上。这天，王宫送去的剩粥和乳清仍然没有人吃。送饭的人觉得很奇怪。其中一人打听到，那个有剪刀的小伙子还有一块神奇的台布，只要把这块台布铺开，要吃什么，上面就会有什么。他回宫以后，马上做了汇报，还绘声绘色地说，乞丐们吃的肉排和奶粥味道美极了，连王宫也没有这么好的东西。

公主听到这话，立即吵着要国王派人到礁石岛把那个小伙子叫到王宫来。灰小子到了王宫以后，公主向他提出，要买他的台布，不管他出什么价钱都行。灰小子回答，他从未想过要把台布卖掉，无论别人出多高的价钱。“但是，如果公主允许我夜里在她的闺房床凳上睡觉的话，我可以把台布白送给她。”灰小子说，“我不会碰她，如果她不放心，不妨派四个卫兵在屋里站岗。”

公主接受了灰小子的条件，让他在自己的床凳上睡了一夜。这一夜，公主比前一夜睡得更少，基本上没闭过眼睛，她久久地看着灰小子，天亮时竟觉得时间过得太快了。

早晨，灰小子再次被卫兵送到礁石岛上。公主对他依依不舍，但又找不到理由把他留在身边。

这天，当送饭人把冷粥糊和乳清送到礁石岛时，流浪汉们依然没有去碰它们。送饭人对他们不吃这种猪狗食一样的东西倒也理解，但不理解他们为什么不感到口渴。后来，有个人打听到，那个曾有过神奇剪刀和台布的小伙子还有一个壶，只要拧一下这个壶的塞子，里面就会流出各种饮料，啤酒、蜂蜜酒和葡萄酒，等等，应有尽有。这个人回到王宫以后立即向上司汇报了这个情况。他说：“王宫里从未有过那样醇美的啤酒和那样甘甜的蜂蜜酒——比蜂蜜和糖浆还要甜得多。”

公主听到这个消息，顿时对那个壶产生了兴趣，而且她巴不得再见到那个小伙子。所以她要国王再派人把那个小伙子叫来。当国王听说那壶只要拧一下塞子就会流出最棒的啤酒和最好的葡萄酒时，对它也很感兴趣。

当灰小子来到王宫，公主问他是不是有一个神奇的壶，灰小子毫不掩饰地回答说，他的确有一个这样的壶，这壶就放在他背心口袋里。可是，当公主缠着他要把它买下时，灰小子却像前两次一样，一口拒绝。他说，即使拿半个王国来换，他也不干。“不过，这样吧，”灰小子停顿了一会儿，改换口气说，“如果同意我今晚睡在公主的床沿边上，我就把壶送给公主。我决不会碰她一下；如果她害怕，就在房间里布置八个卫兵把守。”

公主随口答应，并且说不需要卫兵把守，因为她已经相当了解他。

于是，这天夜里，灰小子睡在公主的身旁。公主比前两夜更有精神，眼睛一次也没有闭上过，目不转睛地望了他一夜。

早晨，当公主起床时，卫兵又要将灰小子送到那礁石岛上去。公主马上阻止他们，叫他们稍微等一等。她跑到国王面前，要国王同意她与灰小子成亲。她说，她非常喜欢他，如果父王不答应这门婚事，她宁愿去死。

国王见她这样坚决，就说：“好吧，既然你非要这样，就随你吧。他有了这些神奇的宝贝，也是不小的财富。”

这样，灰小子一下子得到了公主和半个王国。另外半个王国以后也将由他继承。

他把一向不顾骨肉情谊、对他使坏的两个哥哥送到礁石岛上，与乞丐和流浪汉为伍。他说：“让他们到那里去体验一下，谁是最不缺吃少穿的人，是口袋里装满钱的人呢，还是深受所有女人钟爱的人。”

我想，他们在礁石岛上无论怎样摇晃口袋里的钱，也是不会幸福的。灰小子不把他们放出来，他们就得永远在那礁石岛上喝冷粥糊和稀牛奶。

妖精家族

拜访了比耶克的朋友以后，主人和他的老母亲在星期天晚上划船回家了。他的女儿玛利亚和几个小孩子不愿坐船，想步行回家，以便观赏沿途的山川风光。经过苦苦哀求，主人同意了。我作为家庭教师，也与他们同行。

星期一的早晨很快就来临了。我们出发时，朋友家热情的女主人和她的儿子坚持要送我们一程。我们先穿过比耶克花园的落叶林，沿山路蜿蜒而上。树林里宁静又美丽。鸟儿的鸣啭不时划破宁静，越发增添了大自然的乐趣。白楷木树顶上的红尾鸟和苍头燕以欢快悠扬的歌声迎接新的一天。翁科食虫鸟在松树间飞来飞去，以清越的叫声参加它们的合唱。隐蔽在树叶深处的歌鸫也从那稠密幽暗的树梢上一展婉转舒扬的歌喉。桦树叶几乎纹丝不动。草地上，三叶草和金合欢卷叠的叶子上的露珠在晨曦中显得晶莹透亮。燕子低空盘旋，寻觅着昆虫。灰雀在紫蓟地里跳跃。我们还不时听到云雀的鸣叫，它立在高耸的树上，背靠着蓝天和白云。

当我们走到国王路的另一边时，风景发生了变化，一条小路向上穿过凉爽的松杉林。这里偶尔听得到云雀的叫声，但更多的却是啄木鸟的声音和青山雀清脆的歌唱。我们翻山越岭，渐渐感到疲劳了，走到牧师沼附近时，就在长着青苔的石头上坐下，一边休息，一边透过杉树间的空隙欣赏厄耶伦湖波光粼粼的水面。

送行的人与我们喝了告别酒离去以后，那几个男孩闲不住，奔到沼泽地里去采黄莓，每采到一只尚未红透的生浆果都要兴高采烈地嚷一阵。后来，我和玛利亚也被他们吸引了过去。这片沼泽地相当开阔，向西一直延伸四分之一英里，周围被松杉环抱着。一簇簇直立的芦苇和长着淡绿色菖蒲的草丛打破了沼泽地的单调。这里或那里，一块块地角插入沼泽。有的地角尖端上搭着小棚屋，看到它，我就想起黑松鸡闹春的情景。沼泽边长满了石南花。沼泽中间长着漂亮的小球果。洼坑里，紫金花开遍。地毯式的苔藓映衬着摇头晃脑的冠蒂禾、黄莓花和蓑衣草，组成一幅色彩斑斓的图画。脚下沼泽地的土壤很松软，我们晃晃悠悠，好像浮在波浪滚滚的大海上，我们摘了一会儿黄莓以后，向高耸茂密的杉树林走去。突然，宽叶香蒲的穗头在我们头顶上剧烈地摇晃起来，接着一阵狂风吹到我们身上。我们抬头看去，天空中黑云滚滚而来，黑云的边沿呈淡灰的水墨色。就要下雨了！我们的身上已经落到几个雨点。我对玛利亚说，在附近有一间战争期间留下的旧石屋，那里可以躲雨。我们赶紧向那边跑去，可是还没跑几步，大雨已经倾盆而下。幸好，我们这时已经踩到坚硬的土地，而且头上有树叶遮挡。又过了几分钟，我们爬上山坡，躲进了石屋。然而，那石屋的屋顶早已坍塌，只留下一个屋角。不知哪个好心的猎人或者砍柴人用两根欧洲刺柏的树枝插进墙缝搭了一个凳子，勉强可以坐下两个人。我和玛利亚就在那里坐下。我们能看见飞鸟从屋顶上匆匆掠过，尽管这座位相当简陋，我却觉得不错。

那几个男孩不顾危险，爬上石屋另一个角落断裂的烟囱，数着矗立在灰蒙蒙的天空下方的教堂，并且争论是九座还是十一座，一直争论到大雨滂沱，连最近的树木也看不清为止。

我们两人单独挤在石屋的角落里，本可以亲切地畅谈，然而实际情况并非如此。我当时很尴尬，不知说什么好。我一会儿透过雨雾遥望远方的厄耶伦湖上淡灰色的水面，一会儿瞅瞅烟囱上的小男孩，一会儿又凝视着自己的小腿出神。我也偶尔偷看身旁的美人，但那不过是短暂的一瞥。当时的情况既有些温情脉脉，又富于喜剧性。我们简直像是两个蹲在枝条上的母鸡。我默默地对自己说："要抓住时机。"在沼泽地时，我也曾默默地说过这句话，当时也有过类似的机会。现在又到了这种关口。小男孩已跑到下面去玩，在紫浆果石南地上叽叽喳喳地闹。我觉得自己有必要鼓起勇气，所以突然用手搂住她。但我很快发现，玛利亚比我更加大胆，她从凳子上跳开，然后冷笑着向我射来带有威胁意味的目光。

"你想干什么？真胆大包天！不知道你这样做的后果吗？"她责问我，"你了解我的家族，应该知道我是女妖的后代，在我的血管里流着女妖的血液！"

我听她这么一吼，头脑才清醒过来。"好心的玛利亚，"我哭丧着脸，不得不应付说，"我不明白……我不知道你有这样的血统关系。”

“奇怪，母亲给你讲过那么多民谣和故事，难道没有把这个情况告诉你？我的曾祖母，或者曾祖母的母亲，是地地道道的女妖。既然你不知道这个情况，我不妨说给你听。你要是不想叫我身上湿透的话，就让我好好地在你身边坐下。”

我赶忙给她让座。她坐下以后，继续说：

我的曾祖父母或者曾祖父母的父母——这一点我知道得不确切——有一年夏天在山中放牧。他们有个儿子，也跟他们去了。秋天，当他们离开那里回家时，儿子却说，他想留在山上，因为他听别人说过，每年秋天，当人们离开山中牧场回家以后，女妖就会赶着牲口到那里。他要亲眼看看这是不是真的。父母劝他与他们一起回家，说那毫无疑问是真事，许多人都亲眼见过，可他就是不听劝说，非留在山上不可。父母拗不过他，只好同意，临走时给他留下一桶奶粥。

有一天，他躺在床上，在遐想中遨游。突然，空地上传来一阵嘈杂声，有铃铛声、牛羊的叫声和说话声，听上去像是一大群牲畜正向屋子走过来。后来，屋外安静了一会儿。不久，几个女人走进屋子，其中年纪最小的一个女人长得非常漂亮。她们稍微整理了一下屋里的东西以后，坐下来吃奶粥。他假装熟睡，在床上一动也不动。女妖们起初没有注意到他。后来，那个年纪最小的女妖突然呜呜地哭起来。

“哭什么？什么事叫你这样伤心啊？”其他女妖问她。

“妈妈，你看这小伙子多漂亮啊！我很想嫁给他，可我知道这事肯定是不会成功的。”

“嘘——一会儿我们与他谈谈嘛！”母亲安慰她，“你先来吃饭。”

这时，小伙子爬起床，主动向她们打招呼。她们请他过去吃奶粥。小伙子表示感谢，反过来又问她们是否愿意尝尝他的奶粥。她们异口同声地说愿意——要知道，奶粥是女妖最喜欢的食物。小伙子与她们边吃边聊天。过了一会儿，那女妖母亲向小伙子提起了婚事。她对小伙子说：“你是个漂亮的小伙子，我女儿很喜欢你，如果你也喜欢她的话，就可以把她带到牧师那里接受洗礼，然后娶她为妻。但是，你必须好好对待她。嫁妆绝不会少你们的，你们将得到经营庄园所需的一切。”

小伙子觉得她女儿长得很可爱，这样的婚事不应该拒绝，所以当场答应了下来。后来，他把她带回家，让她去教堂受了洗，与她结为夫妻。两人的日子过得很美满。

有一次，小伙子白天对小女妖发脾气，夜里院子里就有了吵吵闹闹的声响。第二天早晨，他走上凉台时，看见院子里放满了各种物品，凡经营农庄和日常生活所必需的东西，例如牛马啊、犁啊、锅桶啊，等等，应有尽有。

秋天，当卷心菜长大时，妻子打算宰牲口剁肉，但缺少砧板和盆子。她叫丈夫到沼泽地旁，把通向小屋的小路上的一棵大杉树砍倒，拉回家当木料用。丈夫听了一怔，说：“你简直疯啦，老婆，为了做个砧板就要我把树林里最好的一棵树砍倒！再说，那棵树那么大，什么马也别想拉得动，我怎么把它弄回家？”但妻子仍然叫他去，他不从，妻子就自己拿起斧头，到树林里把那棵树砍倒，背回了家。丈夫见她力气这么大，再也不敢与她顶嘴。两口子从那时候起一直和和睦睦。

“以上讲的是历史。至于现在嘛，你肯定听人说过，我的祖父是多么的强壮和凶猛；我的父亲的情况你更是天天看得见！”她说话的神态，半含威胁，半含戏谑，“因此，你可以猜想得出，你如果真的把我惹恼，会有什么后果！”

这时，小男孩们跑到石屋门口。“玛利亚，你是不是要一直待在这里？”他们嚷道，他们的嘴唇上涂满蓝黑颜色，手上都抱着大把大把的蓝莓，“雨早就停了，是不是该回家啦？”

于是，我们继续向前走。潮湿的墙头上长满苔藓和地衣，它们由于雨水的淋泡而胀开，在阳光照射下显得碧绿澄莹。石屋外面，空气中飘溢着松树和林奈花的清香。树林里，鸟儿重新叽叽喳喳地叫起来。附近每棵树的顶端都立着一只歌鸫鸟，它们似乎在嘲弄着我的痴情。鹪鹩竞相抒发着自己快乐的心情，唯有一只孤独的红喉鸟却藏在茂密的树枝间倾诉着自己的哀怨。

穿过了树林，我们开始下山。山下的景物一览无余。上鲁默里克地区沐浴在阳光中。虽然西边的山顶上仍然挂着灰纱般的雨帘，可北边的天空却露出了明亮的蔚蓝色。天空下方，米斯泰山敞开了翠微的胸怀。纵目四望，一个个山坡、一簇簇树林、一座座教堂和一个个农庄，尽收眼底。小男孩们认出了自家院子红色的马厩后，立即争先恐后地向山下奔去。玛利亚也追上去参加他们的竞赛。我没有他们那种情趣，故意拖在后头，一边走一边摘多汁的紫浆果解渴。最后一段路没花多少时间就走完了，我们中午进了家门。这时，骄阳烤着大地，热得令人难以忍受。玛利亚在一棵老橡树下的草地上坐下。突然，树上传来一阵鸟叫声。她惊喜地抬头向树上看去，似乎想找出树林里所有带翅膀的歌唱家。我熟悉那叫声，那是戴菊莺发出的。这种鸟是我们这一带少见的客人。它兴高采烈，有时叫得激越高亢，像只猎鹰；有时舒扬地轻哼着，像只金丝雀。它给我们引发了云雀的鸣啭、燕子的吱吱叫声、欧椋鸟的歌唱，还有著名的歌鸫鸟以及一切树林歌唱家的一种欢乐与痛苦交织的美妙的交响乐。

“你听见没有？”玛利亚大声问我，她一边问一边从地上爬起来，接着围绕老橡树翩翩起舞，“这些声音唤起了我女妖的本能，我在这里才感到自在；而你则属于城市、书籍、喜剧演出和手摇风琴。”

七匹小马

从前，在树林深处住着一户贫苦的人家。一对老夫妇带着三个儿子，挤在一个破棚屋里，吃了上顿没下顿。最小的儿子叫灰小子，因为他成天在灰堆里拨弄。

一天，大儿子对父母说，他想到外面去挣钱，夫妇俩马上表示同意。

大儿子找工作走了一天，晚上到了一座王宫。国王正站在台阶上，问他要去哪里。

“喔，我想找活儿干，伯伯。”老大回答国王。

“我有七匹马驹，你愿意放养吗？”国王问他，“如果你能替我放一天，晚上回来后告诉我他们白天吃了些什么，喝了些什么，我就把公主许配给你，还分给你一半国土；但是，你如果没做好这件事的话，我就令人在你的背上割开三道口子。”

老大觉得这事不难，他完全能做好。

第二天天亮后，马厩总管把那七匹小马放出来，它们立即奔跑起来，老大赶紧追上去。他们越过高山和峡谷，穿过灌木林和乔木林，跑得老大汗流浃背，越来越感到力不从心。经过一个山口时，一个坐在那里用手纺锤捻纱线的老太婆对他大声喊道：“过来，过来，我的俊小伙儿，我来替你捉虱子！”老大这时疲惫不堪，老太婆的话对他很有吸引力。他马上走到老太婆面前坐下，懒洋洋地把头靠在她的膝上，让她替自己捉虱子。

快到晚上时，老大想离开。他对老太婆说："我现在不能回王宫，回王宫不好交代，不如直接回家算了。"

"不要急，"老太婆阻止他，"天黑以后，那些小马还要经过这里，到时候你可以与他们一起回王宫。谁也不知道你白天待在这里，没有去放马。"

他听老太婆的话，没有立即回家。晚上，当那些马再次路过山口时，老太婆交给他一罐水和一团苔藓，叫他带回去给国王看，就说那些小马吃的喝的就是这些东西。

后来，老大随马群回到王宫以后，国王问他："你是不是真的全天都在放马？"

"是的。"老大回答。

"那么你说说，我那七匹小马吃了些什么，喝了些什么？"

老大立即拿出水罐和苔藓，回答说："喏，这是他们的食物，这是他们的饮料。"

国王听了这话，立刻明白他是怎样放马的了，因而大发雷霆，叫手下人把他赶走；赶走前先在他背上割开三道口子，并在伤口上抹了盐。

你可以想象，老大回家时是怎样的一副狼狈相。他对别人说，他第一次出门找活儿干就尝够了苦头，今后再也不出去了。

第二天，老二说自己想到外面去闯一闯，父母立即反对，并提醒他看看哥哥背上的伤。可这个年轻人脾气很倔，非要出去不可，最后父母只好让他走了。

他走了一天，晚上也来到那座王宫，看见国王站在台阶上。国王问他要到哪里去，老二回答说想找工作，国王说，如果他愿意的话，可以在自己的王宫干活儿，放牧七匹小马。接着，国王又宣布了对老大一样的奖惩规定。老二毫不犹豫地接受了这些规定。

第二天黎明，马厩总管把那七匹小马放出来，小马们立即飞驰而去，逢山过山，遇水涉水。老二在后面拼命追赶。时间一长，他的脚越来越不听使唤。路过那个山口时，那个捻线的老太婆还坐在那里。她对老二大声喊道：“喂，我的俊小伙儿，过来，我替你捉虱子！”老二心想，再不休息就要跑断腿了，所以丢下小马，在老太婆面前坐下，让她替自己捉虱子。

晚上，那些小马返回山口时，他从老太婆那里得到一团苔藓和一罐水，带回去见国王。国王问他：“你说说，今天那些马吃了些什么，喝了些什么？”他立刻拿出苔藓和水罐，对国王说：“喏，你看，这是他们吃的东西，这是他们喝的饮料。”国王听了勃然大怒，下令在他的背上割开三道口子，在伤口上撒上盐，然后把他赶走了。老二回家后，对自己这一天的经历很懊悔，说再也不出去乱闯了。

第三天，灰小子说，他有兴趣去放牧那七匹小马。

他的两个哥哥讥笑道：“连我们都胜任不了，被搞得这样狼狈，你倒行？看你这熊样，除了坐在灰堆里扒灰以外，你还做过什么呢？”

“我一定要去，”灰小子说，“这个决心我下定了！”他不顾两个哥哥的讥笑和父母的劝阻，毅然离开了家。

傍晚，他到达王宫。国王仍站在台阶上，问他要上哪儿去。

“我是出来找活儿干的。”灰小子回答。

“你是从哪儿来的？”国王接受前两天的教训，决定雇用任何人之前都先盘问一下对方的情况。

灰小子说了自己的住处，还告诉国王，他是前两天给国王放马的那两个人的弟弟，并问国王，能不能让他试试去放那些马。

“呸！”国王一想起他的两个哥哥，就怒气冲天。他说：“你既然是那两个人的弟弟，就肯定没有什么大本事，这种情况我已经见多了！”

“可我既然已经来了，就让我试一试嘛！”

“那好，既然你不怕，我也不反对你试一试。”

“我一心想把公主娶到手。”灰小子说。

拂晓，马厩总管打开马厩，那七匹小马立即一溜烟地奔出去，沿途翻高山，过沟渠，灰小子在他们后面紧追不舍。经过那个山口时，那老太婆仍然坐在原地捻纱线。她对灰小子喊道：“来，来，我的俊小伙儿，我替你捉虱子！”灰小子毫不客气地回答她：“你只配吻我的屁股！”

他拉着一匹马的尾巴跑过山口，最小的一匹马对他说："你跨到我的背上吧，我们还要跑很远很远的路呢！"于是，他骑到那匹小马的背上。

跑了一段路以后，那匹小马问他："你看见了什么没有？""没有看见什么。"灰小子回答。

又跑了一段路，那马又问他："现在看见了吗？"

"没有。"

隔了一段时间，那马第三次问他："现在你看见了吧！"

"嗯，前面好像有一个白色的东西。"灰小子回答，"噢——是一个巨大的桦树墩。"

"对，我们就是要到那里去。"小马说。

到了树墩跟前，最大的小马把树墩推到旁边，下面露出一道门来。门里是一个小房间，小房间里有一个小壁炉和几只凳子。门后面挂着一把生了锈的长剑和一个小罐子。

"你舞得动那把剑吗？"小马问灰小子。

灰小子走过去试了试，一点拿不动它。小马叫他喝几口那罐子里的东西。他先喝了一口，接着又喝了第二口、第三口，这时，他再去拿那把剑就一点不费力气了。

"嘿，你现在得把这把剑带着，"那匹小马说，"在你结婚那天用这把剑把我们的头砍下，我们就会恢复王子的模样。你回王宫把我们吃喝了什么告诉国王以后，就可以娶公主为妻。我们本来都是她的兄弟，由于一个可怕的妖怪对我们施了魔法，才变成了马驹。你把我们的头砍下以后，把各个头分别安到马尾巴旁，那样，魔法就对我们失灵了。”

灰小子答应一定照他的话去做。然后，他们继续向前跑。跑了很多路以后，小马问灰小子：“你看见了什么没有？”

“没有。”灰小子回答。

又跑了很长时间，小马又问：“现在呢？该看见了吧？”

“还是没看见。”

他们继续翻山越岭，跑了很多路。

“现在看见了吗？”小马问，“难道还没有看见？”

“哦——很远的地方似乎有一条蓝色的带子。”

“那是一条大河，我们要越过它。”

后来，他们从一条巍峨的大桥上过了河。过了一段时间，小马再次问灰小子看见了什么。灰小子说，他似乎看见一座教堂塔楼的黑影。小马说那正是他们最终的目的地。

不久，他们来到教堂跟前。小马们一踏进院子，顿时恢复了人的模样，个个身上穿着华贵的服装，一看就有王子的风采。他们在教堂里接受了牧师的面包和葡萄酒。牧师还把手放在他们头顶上为他们祈祷。祈祷完毕，他们就走出教堂，重新变成小马驹。灰小子与他们一起进去，也随他们一起出来，出来时带了一瓶酒和一个贡品面包。他跨上那匹小马，与他们踏上归程。回来时，他们跑得比去时更加快，一会儿工夫就越过了桥，经过了桦树墩，到达那个山口。那捻线的老太婆对他直嚷嚷，他看得出老太婆是在发泄自己的不满，但由于马跑的速度很快而听不清楚。

天黑前，他们回到了王宫。国王正在院子里等他们。

国王问灰小子："你真的一天都在放马吗？"

"对，我尽了最大力。"灰小子回答。

"那么，我的七个小马驹吃了什么，喝了什么呢？"

灰小子拿出酒瓶和面包给国王看。"喏，这是吃的，这是喝的。"

"好，你确实放了一天马，"国王说，"你可以得到公主和王国的一半土地。"

国王下令立即为灰小子和公主筹备婚事。他说，婚礼一定要办得隆重、热闹，让天下人都知道。

婚礼那天，灰小子陪公主在桌边没坐多久，就借口丢了东西而去了一趟马厩。他按照小马的话，依大小顺序先后把七匹马的马头砍下，接着把每只头安到相应的马的尾巴旁，那七匹马立刻重新变成七个王子。灰小子把他们带到宴席上，国王见到王子高兴极了，对灰小子又是拍肩膀，又是亲吻。新娘也从此更加爱他。

国王当着大家的面对灰小子说："我先把王国的一半土地分给你，另一半在我死后也由你来继承，因为我的儿子们现在又成了王子，他们可以自己开拓疆土，建立新的王国。"

婚礼自始至终洋溢着欢乐愉快的气氛。

我当时也在场，可是谁也没有注意我。我只得到一块抹了黄油的薄饼。我把它放在炉子上，结果，薄饼烧焦了，黄油融化了。还剩下了什么呢？一点都没有了。

熊与狐狸

一、熊的尾巴为什么是秃的

有一次，狐狸偷了一串鱼，鬼鬼祟祟地向前走时，被熊碰上了。

“你这鱼是哪儿来的？”熊问。

“呵，原来是熊先生！这鱼是我从河里钓来的。”狐狸回答。熊见狐狸钓了这么多鱼，很是羡慕，也想学习钓鱼的本领，于是，就请狐狸告诉他怎么个钓法。

“这对你来说再简单不过了，你很快就能学会，”狐狸回答说，“你只要在冰冻的河面上凿个洞，把你的尾巴伸进去，一动不动地等一段时间就行了。如果尾巴有点疼痛，一定要忍住，这是由于鱼正在咬的缘故。你等的时间越长，尾巴上的鱼也就越多。到那时候你猛地把尾巴从洞里拉上来就成功了。”

熊马上按照狐狸说的方法，把尾巴伸进一个冰窟窿，一动不动地等了很久很久。慢慢地，冰窟窿里面的水结成了冰，把他的尾巴牢牢地冻在里面。结果，他猛地向上一拉尾巴，只听“吧”的一声，尾巴被拉断了。

所以，熊至今一直是秃尾巴。

二、狐狸抢吃熊的圣诞食物

有一次，熊与狐狸共同买了一桶黄油，打算留到圣诞节吃。他们把桶抬到一棵枝叶繁茂的树下藏起来，然后一起到向阳的山坡上睡觉。狐狸躺了一会儿后，突然爬起来，叫了一声“就来啦！”随即溜到黄油桶那里，偷偷地吃了三分之一黄油。当他回到山坡上时，熊见他嘴边油光光的，就问他刚才去了哪里，他回答说：“有个朋友的妻子生孩子，刚才来请我去吃喜酒了，你不相信吗？”

“噢。那孩子叫什么名字？”熊问。

“拿取。”狐狸回答。

后来，他们接着睡觉。没多久，狐狸又突然跳起来，叫了声“就来啦！”马上又钻到黄油桶那里，偷吃了不少黄油。当他回到山坡上时，熊问他到哪里去过，他回答说：“喔，我不是又被人请去吃满月酒了吗？你难道不相信？”

“这个孩子叫什么名字呢？”熊问。

“吃一半！”狐狸回答。

熊觉得这名字起得很怪，但对此没有多想什么，就打了个哈欠，重新入睡。可他还没有睡多久，狐狸又像前两次一样，突然跳起来，喊了声“就来啦！”立刻再次直奔黄油桶，把黄油吃得精光。他回到山坡以后，照样吹牛说自己出去吃满月酒了。当熊问他孩子的名字时，他回答说：“舔底！”

熊没有追问下去，又很快睡着了。狐狸这时已经吃饱喝足，也倒地而睡。他们睡了很久才醒。两人一起去看黄油桶。熊发现黄油桶空空如也，怀疑黄油是被狐狸偷吃了，因为当他睡觉时，狐狸曾几次离开他，一定是去了黄油桶那里。可是，狐狸却指责熊偷吃了黄油。

“好吧，好吧，”狐狸说，“很快就能搞清楚我们俩到底是谁偷了黄油。现在我们都回到山坡上去睡觉，谁醒来后屁股上最油光发亮，谁就是小偷。”

熊同意用这个办法来判定。他自己一点也没尝过那黄油的滋味，所以心不慌，睡得很香。而狐狸趁他呼呼大睡的时候，悄悄地溜到黄油桶那里，从黄油桶的一个缝隙中刮出一点点黄油，把它带回山坡，抹在熊的屁股上。然后若无其事地睡起来。

后来，当熊和狐狸都苏醒时，熊屁股上的黄油已经被太阳晒化，熊屁股油光发亮。于是，熊有口难辩，反而成了偷吃黄油的小偷。

熊马上按照狐狸说的方法，把尾巴伸进一个冰窟窿，一动不动地等了很久很久。慢慢地，冰窟窿里面的水结成了冰，把他的尾巴牢牢地冻在里面。结果，他猛地向上一拉尾巴，只听“吧”的一声，尾巴被拉断了。

——《熊与狐狸》

白国三公主

从前，有个渔夫住在王宫旁边，专为国王打鱼。有一天，他从早忙到晚却一无所获。他一次次装饵，垂钓，装饵，垂钓，可是没有一条鱼上钩。正当他打算回家时，水面上突然冒出一颗人头来。那颗头对他说："如果你肯把你妻子腰带下装着的东西送给我，我就给你很多很多鱼。"渔夫心想，他妻子身上并没有任何昂贵的东西，就一口答应了。结果，那颗头给了他很多鱼，渔夫满载而归。

他回到家，兴奋地把自己的奇遇告诉了妻子。妻子听了反而哭起来，一边哭，一边祈求上帝帮助她摆脱丈夫向那颗头许下的诺言。原来，她肚子里已经怀有身孕，而渔夫却不知道。

国王听到这件事以后，对他们说，不要急，孩子生下可以送到王宫抚养，由他来保护。

不久，渔夫的妻子生下一个胖胖的男孩。国王把这男孩接去，像对自己儿子一样抚养他、教育他。后来他长成一个漂亮的小伙子。

有一天，小伙子要国王同意他随自己父亲出去。国王怕他出事，本来不想同意。但他一再央求，最后国王还是同意了。这一天，父子俩白天打鱼很顺利。晚上，他们背着很多鱼回家。可是，没走几步，小伙子突然想起自己把手帕忘在船上，忙掉头去找。谁知，这下就出事了。他一踏上船，船就自动离岸，向远方漂去，无论小伙子怎样拼命用桨向回划，也无法使它停住。这船漂了整整一夜，在一个很远很远的白沙滩旁靠岸。他登上岸，想找路回家。走了一段路以后，见迎面过来一个留着长长白胡子的老头。

“请问老伯伯，这是什么地方？”小伙子问白胡子老头。

“这里是白国。”老头回答。接着，他问小伙子从哪里来，要到哪里去。小伙子也回答了他。

“喔，”老人说，“你沿着岸边向前走，可以见到三位公主埋在土里，只有头露在地面上。这些头会向你呼救。第一个向你呼救的是大公主。她会苦苦哀求你把她从土里挖出来。第二个头是二公主，她也会提同样的要求。但你千万不要接近她们两人；你应该假装既没看见她们，也没听见什么，快步离去。但是，当第三个头呼喊你时，你倒应该走过去，并且按照她的话去做，你将因此而得到幸福。”

后来，当小伙子经过第一个公主时，公主很有礼地、反复地呼喊他，他却视而不见，听而不闻，只顾自己朝前走；同样，经过第二个公主时，他也不理睬。但是，当第三个公主叫他时，他马上走了过去。

三公主对他说：“你如果愿意按照我的话去做，就可以娶我们三人中的任何一个。”

小伙子说他愿意。于是，公主告诉他，她们三人是被三个妖怪埋在土里的。森林里有一座宫殿是她们的家，已被妖怪们占领。公主恳求他说："你现在到那座宫殿去，如果能挺得住三夜抽打，我们就会得救。"

小伙子回答说，他愿意去试一试。

公主又说："你到宫殿时，会在门口碰上两头狮子，不要慌张，只管从它们当中穿过去，它们不会伤害你。进了宫殿以后，你直接走进一间幽暗的小屋子躺下。不久就会进来一个妖怪抽打你。它住手以后，你马上把挂在墙上的一个小瓶子取下来，从里面倒出一些药水涂在伤口处，伤口就会愈合，使你恢复原来的模样。这时，你立刻抓起挂在瓶子旁边的一把宝剑，把那妖怪的头砍下。"

小伙子按照公主的指引找到那座宫殿。门口果然蹲着两只狮子。他若无其事地从它们中间穿过，直奔那间小屋，进去后就躺到地上准备挨打。

这一夜来打他的是一个三头妖怪，那妖怪握着三根木棍，狠命地朝他身上抽，他硬挺了过来。抽打停止以后，他用那瓶子里的药水涂抹自己的伤口，接着举起那把宝剑砍下了妖怪的头。

第二天早晨，他从宫殿出来以后，看见三个公主的上身已经升到地面上。

第二天晚上，小伙子又到那个小屋去挨打。这次打他的是一个六头妖怪，这妖怪手里握着六根木棍抽打他，抽打得比前一个妖怪重得多，但小伙子还是挺了过来……当他早晨离开宫殿时，公主们大部分身体已升到地面上，只有小腿还埋在土里。

第三个晚上进屋抽打他的是一个拿着九根木棍的九头妖怪。小伙子被这个妖怪打昏了过去，又被妖怪拉起来向墙壁上摔。凑巧的是，那个药瓶被他碰翻在地上，瓶里的药水流到他身上，他立刻康复了。他马上抓起那把宝剑，砍下了妖怪的九个头。

从此，小伙子成了这个王国的国王。他娶三公主做王后，与她一起过上了幸福生活。

后来，他想回家看望父母，王后舍不得他离去，但他思乡心切，坚持要走，王后见无法阻止他，就对他说：“你要是回去的话，必须答应我一个条件：回去以后对父亲的话句句照办，而对母亲的话一句也不听。”小伙子答应了这个条件。临走时，王后给了他一只戒指，并且告诉他，戴上了这只戒指，就可以任意实现两个愿望，希望他慎重选择。

他衣锦还乡，回到了故国。父母见了他，又高兴，又惊奇。几天以后，母亲叫他到王宫去一趟，让国王看看他如今的模样。父亲阻止说：“不要去，我们多日未见，还是一家人多团聚团聚好。”可母亲觉得他应该去，一直到他去了王宫，才停止唠叨。

他到王宫后，养父见他穿戴得比自己还要华丽，心里不痛快，就炫耀自己王后的美貌。他说：“你看，我的王后是多么漂亮！我没见过你的王后，我想你绝不会有这样漂亮的王后。”

“要是我的王后在这里的话，你就会知道她有多么美了！”年轻的国王说。话音刚落，王后就已站到了他的面前。

王后满脸愁容，埋怨他：“你为什么不按照我的要求，听你父亲的话呢？我现在就得回家。你已用完了两个愿望。”王后离开前把一只刻着她名字的戒指拴到年轻国王的头发上。

这位年轻的国王不免后悔起来，感到无限的悲哀。他日日夜夜地思念王后，想着怎样回到王后身边。最后，他决定去寻找她。

他走了很远的路，爬到一座山上，在那里遇见森林里动物的主管，就向他打听白国的位置。

“喔唷，我可不知道。”那人回答，“让我问问我的动物吧。”说完，就举起一个号角吹了几声，所有的动物立即跑到他的身旁。他问动物们，谁知道白国的位置，他们都回答说不知道。

后来，那人拿出一副滑雪板，对小伙子说：“你现在站到滑雪板上，它会把你送到一百英里以外我的兄弟那里，他是空中所有鸟儿的主管，你不妨去问问他。你到达以后，就把滑雪板的头掉向我这里，它们会自己飞回来。”

年轻的国王站到滑雪板上，“呼——”的一下就飞到了目的地。他按照动物主管的吩咐，把滑雪板掉过头，让它飞了回去。然后他找到鸟的主管，问他白国在什么地方，那人马上吹响号角，把所有鸟儿唤来，问他们是不是知道。但他们都回答不上来。一只上了年纪的老鹰来得很迟，她已在外面飞了整整十年，可是，她也不知道白国的位置。

"这样吧，"鸟的主管说："可以借你一双滑雪板，飞到一百英里以外我的兄弟那里。他是所有海鱼的主管，你再去问问他，但到了那里以后不要忘记把滑雪板掉过头来。"

年轻的国王谢过了他，随后就登上滑雪板飞到海鱼主管那里。他先把滑雪板掉过头，让它回到森林里，接着向那人打听白国的位置。那人用号角把所有海鱼召来，问他们这个问题，但他们都说从没听说过这个国家的名字。正在这时，一条很老很老的狗鱼很不情愿地蹒跚而来。当主管问起白国的位置时，她回答说："哦，这地方我熟悉，我已在那里做了十年厨师。明天我还要回到那里，因为那里的国王出走，王后明天将与另一个人成亲。"

海鱼主管掉头对国王说："既然情况这样紧急，我告诉你一个办法。沼泽地里站着三个兄弟，他们为了一顶帽子、一件斗篷和一双皮靴而争斗，已经斗了一百年。这三件东西很宝贵，谁得到，谁就可以匿迹隐身，想干什么就干什么。你到他们跟前，哄骗他们说，你想先试试这三样东西，然后再为他们做个裁决。"

年轻的国王一听，精神顿时振作起来。他谢过了海鱼主管，赶到那片沼泽地。他问那三个兄弟："你们老争个什么？让我来试试这三样东西，然后给你们裁决一下吧！"

那三个人早已打得精疲力竭，所以都同意国王的建议。国王把帽子、斗篷和皮靴拿到手以后，对他们说："下次再见面时，我就宣布裁决的结果。”说完，就隐身而去，飞到空中，追上了北风。

“你要到什么地方去？”北风问他。

“我要到白国去。”国王回答，接着又对它讲了自己的遭遇。

北风很同情他，决定助他一臂之力：“你飞得比我快。到王宫后你先等在门边的台阶上。我要吹遍一切角落，然后‘呼呼’地向那座宫殿扑去，吹得它摇摇欲坠。那个要娶王后的王子一定会出门察看情况。当他走上台阶时，你抓住他的脖子，把他扔到门外，然后由我把他吹走。”

国王觉得这个主意不错，飞到宫殿以后，就在台阶上站好。北风很快吹来，把宫殿吹得左右摇晃。那个要娶王后的王子慌忙跑到外面察看情况。国王一把抓住他的脖子，把他扔到宫殿外面，北风把他接过去，带到一个不知名的地方。

国王兴冲冲地跑进宫殿，去见王后。王后刚见到他，一时没有认出来，因为他由于忧愁烦恼和旅途劳顿而变得面黄肌瘦。但是当国王把王后送给她的戒指拿出来，王后马上心花怒放。他们从此又过上了团圆幸福的生活。

后来，那人拿出一副滑雪板，对小伙子说：“你现在站到滑雪板上，它会把你送到一百英里以外我的兄弟那里，他是空中所有鸟儿的主管，你不妨去问问他。你到达以后，就把滑雪板的头掉向我这里，它们会自己飞回来。”

——《白国三公主》

干净的四先令

从前，有个贫穷的女人带着一个男孩住在远离村庄的一间破屋子里，经常缺柴少粮。寒冷晚秋的一天，这个女人叫男孩到森林里去拾柴。小男孩身上穿得很单薄，双手冻得像橘子一样红。为了暖和一下身子，他不住地跑跳，当拾到树枝树根放进柴担后，他都习惯地用双手拍打几次自己的脊背。

他拾满一担柴向家走去，经过一片刚砍伐不久的荒地。荒地上有一块形状不规则的白色石头。

“喔，可怜的老石头，你这么苍白，一定冻坏了！”小男孩对石头说。他马上脱下自己的外衣，盖到那块石头上。

回到家后，母亲问他为什么在这样的天气里只穿一件衬衫。他告诉母亲，刚才他见到一块石头被冻白了，所以就把自己的外衣脱下，给它穿上了。

“你胡诌什么！”母亲说，“石头怎么会怕冷呢！即使它真的冷得发抖，你也不应该把自己的衣服脱给它呀！谁不是先顾自己呢！你要是把衣服都挂到石头上的话，我得花多少钱替你做衣服！”

男孩在母亲的催促下跑回荒地去拿衣服。这时，那块石头已经换了个方向，下面有个角换到了地面上方。“这大概是由于你穿上了衣服的缘故吧，可怜的家伙！”男孩说。可当他仔细去看时，却发现换到地面上的那一角下面有一个钱盒子，盒子里装着满满的银币。“这一定是谁偷的赃款藏在这里了。”他想，“谁也不会把通过诚实劳动挣来的钱放在森林里的一块石头下。”于是，他把那个钱盒子捡起来，扔进一个小湖里。钱盒子沉到了水底，可一个四先令的银币却漂到了水面上。男孩见了，自言自语地说：“嗯，它一定是干净的钱，因为干净的钱是不会下沉的。”于是，他把这个银币连同衣服一起带回了家。

回家后，他把自己所见到的情况讲给母亲听，告诉她，在石头下面出现一个银币盒子，他认为那一定是谁偷来的赃款，所以把盒子扔进了一个小湖。“可是，这个四先令的银币却漂到水面，我把它捡了回来。因为我想，它一定是干净钱。”

“真是个傻瓜！”母亲气得骂他，“如果只有那漂在水面的钱才是干净的，而其他钱都脏的话，那么世界上也就没有任何干净的东西了。即便那些钱被人反复偷窃了十次，你捡到后也可以拿回家来。谁都先为自己着想。有了那些钱，我们就可以一辈子过上舒舒服服的日子。唉！你太蠢了！永远也教不好！今后我不想再为你操心了，你自己出去谋生吧！”

小男孩只好一个人到外面闯荡。他走了很久很久，想找点活儿干，可人们都认为他个子小，身材不结实，做不了什么事情。最后，他好不容易才受雇于一个商人，在他家协助厨师担柴挑水。

男孩在商人家待了很长的时间。有一天，那个商人要到外国去做生意。出发前，他问所有的用人需要他在国外代买些什么东西。其他用人讲了以后，轮到男孩讲，可他只掏出了一个四先令的银币。

“嗨，这点钱能买到什么呢？”商人说，“不可能买到什么大东西！”

“能买什么就买什么吧，我知道它是干净的钱。”男孩说。雇主想了想，决定把他的四先令带去，争取替他买件东西。这个商人在外国港口装卸完货物以后，为他的用人们一一买好东西，回船准备开航。突然，他想起厨房那个男孩曾给了他四先令，让他买东西。“值得为这四先令回一次城吗？”他想，“这点钱恐怕什么也买不到。”

这时，恰巧有个女人背着一个袋子经过船边。

“太太，你袋子里装的是什么东西？”商人问那女人。

“喏，一只猫。我养不起它，所以打算扔到海里。”那女人回答。

商人想，那男孩叫我用四先令买一样东西回去，不如问问那女人肯不肯把那猫四先令卖给自己。于是，就向她说了这个想法。

那女人听后，毫不迟疑地答应了。船长付给她四先令，同时把猫抱上了船。

商人航行一段路以后，海上突然刮起暴风，他的船被吹到了一个不知名的国家。

商人在那里上岸，到城里一家饭店去吃饭。这家饭店在每个客人面前放一束枝条。商人觉得奇怪，不知道这是为什么。他想，到时候看别人用枝条做什么，自己也照着做罢了。后来，当饭菜送到桌上时，他才明白枝条的用途。原来，数不清的老鼠跳上桌子与客人争食，客人们不得不挥舞枝条撵它们。一时间，餐厅里枝条拍打老鼠的啪啪声此起彼伏。有时客人们难免互相打着，只能乘打老鼠的空隙说声："对不起！"

"在这个国家吃饭太费劲了。"商人说，"人们为什么不在这里养一些猫呢？"

"什么？猫？"当地人听到猫的名字，不知它是什么。

于是，商人从船上把他替男孩买的那只猫带回餐厅。那猫一上桌子，老鼠都吓得钻进了地洞。当地人感到很新奇，他们自从记事以来，吃饭从没有太平过，可是这一次，他们平平安安地吃了一顿饭。

他们要买商人的猫，商人犹豫了半天才答应，但出价高达一百塔勒。当地人一点没有还价，并且再三感谢他。

商人回船后下令开船。谁知，船开到外海时，他发现那只猫竟蹲在主桅杆上。这时，风暴突起，比上一次风暴更加厉害，天气坏到了极点。他的船被吹到另一个从未去过的地方。

商人上岸进一家餐馆吃饭，发现那里的桌子上也放着一束束枝条，比上一家餐馆的枝条还要大，还要长。原来，那里的老鼠更多，而且个头比上一家餐馆的大一倍，所以桌子上必须放特别大、特别长的枝条。

后来，他又把那只猫卖给了当地人，得到二百塔勒。当地人付钱很爽快。

风暴过后，商人继续航行。航行了一段路以后，他突然又在桅杆上发现了那只猫。这时天气骤变，狂风怒号，把他的船刮到了第三个不知名的国家。

他到港口一家餐馆吃饭，看见那里的餐桌上也放着枝条，每束足有一阿伦半长。枝条扎得很密，活像是长柄扫帚。当地人告诉他，坐下来吃饭是他们最头疼的事情，因为那里有成千上万只可怕的老鼠，每次吃饭时都得不停地用枝条赶它们，只有找空当才能吃口饭。于是，商人从船上把那只猫带到餐厅，使人们安静地吃了一顿饭。人们见那只猫这么有用，恳请商人卖给他们。商人口口声声加以拒绝，但最后还是答应了他们的要求，向他们讨了三百塔勒。他们喜滋滋地付了钱，并且对他又是感谢，又是祝福。

商船出海以后，商人盘算：男孩的四先令已经变到了六百塔勒，这钱不能全部给他，都是由于我为他买了那只猫才赚到的。每个人都总是先顾自己。可是他刚这样想，海上就狂风大作，恶浪滔天，他的船摇摇晃晃，时而被抛到高高的浪头，时而被埋入深深的波谷里，他和所有的水手都极度恐惧。商人猜测，出现这种危险一定与他自私的想法有关，那六百塔勒非得全数交给男孩不可，否则自己就在劫难逃。所以他急忙对天发誓，自己一定不扣下一分钱。他刚发了誓，天气就变好了，海面平静下来。后来他一帆风顺，很快回到了家。回家后，他把六百塔勒全部给了男孩，还把女儿嫁给了他，因为这时，这个厨房杂务工已经与商人一样富裕了。从此，男孩过上了优裕甜蜜的生活。但他没有忘记贫困的母亲，他把母亲接到城里，恭恭敬敬地奉养她。他说：“我不相信‘每个人总是先顾自己’这个说法。”

一个求婚者的故事

从前，有一个小伙子外出求婚，曾经去过一户农家。这户人家一贫如洗，可当小伙子去拜访这家人时，他们却千方百计地装出富裕的样子。

这家男人特意在衣服上缝了一截新袖子。当小伙子进门时，他马上招呼："请坐！喔唷，屋里到处是灰！"说着，他就用那只新袖子在凳子上和桌子上擦擦抹抹，而把另一个手藏在背后。

他的妻子穿上了一只新鞋。她故意用这只鞋乱踢东西，凳子、椅子被她一一踢倒。"这里的东西没有整理好，走路磕磕绊绊的！"她解释说。

接着，他们一起喊女儿过来整理前屋的东西。这时，女儿已戴上了一顶新帽子。她站在里屋，只把头伸进门，先频频地朝各个方向点了一阵子头，然后说道："我正在里屋做事情呢！一个人不可能分身做所有的事！"

啊，这个求婚者真找到了一个富裕的人家！

吉斯克

从前有个鳏夫，家里雇了个女用人，她的名字叫吉斯克。这个女人一心想嫁给主人，所以时时刻刻纠缠他，使他越来越感到厌烦。后来，鳏夫决定要摆脱女用人。

在割牧草和收粮食这两个时节之间，大麻成熟了。有一天，他们一起下地去砍麻秆。一向自视美丽、聪明和能干的吉斯克为了表现自己而不停地砍，结果被大麻刺鼻的气味熏得头昏眼花，倒在地里。那个鳏夫乘机把她身上的裙子剪短，接着用牛脂和烟斗里的灰油把她的脸涂黑，让她的样子比鬼还难看。

当吉斯克苏醒过来看到自己的怪样子时，竟认不出自己来。“这难道是我吗？”她自言自语地说，“不，这不是我，我绝不会这样丑，这一定是魔鬼！”

她想调查一下这一切是怎么回事，所以走到庄主家的门口，打开一条门缝，向门里问道：“老爷，你的吉斯克在家里吗？”

“我的吉斯克一直在家里！”鳏夫回答。

“噢，那么我肯定不是他的吉斯克。”她心里想。然后她晃晃荡荡地走开了。鳏夫见摆脱了她，心里很高兴。

吉斯克漫无目标地走了一阵子，走进一个大森林，在那里碰见两个小偷。“我跟着他们算了。”她想，“既然我是魔鬼，与小偷为伍当然是合适的。

但那两个小偷与吉斯克想的不一样。他们见她跑过来，以为是魔鬼来抓他们，吓得拔腿就跑。可吉斯克紧追不放。她腿长脚快，没几步就追上了他们。

“你们如果想去偷东西，我愿意帮助你们。”吉斯克说，“我对附近这个村庄很熟悉。”

两个小偷听她这么一说，胆子大了起来，觉得她是一个用得着的人。

两个小偷对吉斯克说，他们想偷一只绵羊，却苦于不知道上哪儿去偷。

“喔，这事不难！”吉斯克说，“树林里住着一个农夫，我曾长期在他家做用人。即使在漆黑的夜里，我也能摸到他的羊棚。”

两个小偷一听，觉得好极了，商定当晚就到那个农夫家去，由吉斯克钻进羊棚，把羊牵出来交给他们。

羊棚紧挨着农夫的卧室，所以吉斯克进去时蹑手蹑脚，非常小心，可是进去以后却向屋外大声叫嚷起来：“你们要公羊还是要母羊啊？这里羊很多！”

“嘘——只要是肥羊，都行！”小偷回答。

“噢，你们是要公羊还是要母羊啊？你们是要公羊还是要母羊啊？这里羊很多！”

“嘘，嘘。”小偷想阻止她喊叫，“不管公的母的，只要身上的肉肥就行啦。”

“喂，你们是要公羊还是要母羊？是要公羊还是要母羊？这里羊很多！”吉斯克照旧大声嚷嚷。

“不要叫了！只要是肥羊都行——不管是公羊还是母羊！”

那个农夫被叫声吵醒，不知发生了什么事情，急忙披上衣衫出门去看。小偷见到他，立刻逃走了，吉斯克见他们跑了，赶忙去追，正好把农夫撞倒在地上。“等一等！你们等一等！”吉斯克一边追赶，一边叫喊。农夫看见一个黑色怪物从羊棚里蹿出来，以为是魔鬼降临，吓得久久不敢从地上爬起来。后来，他进屋把家里所有的人唤醒，叫他们一起诵经，因为他曾听别人说过，念经可以驱赶魔鬼。

第二天晚上，小偷叫吉斯克带路去偷一只肥鹅。他们走到鹅棚时，叫吉斯克单独进去把鹅抱出来，因为她熟悉环境。

吉斯克进了鹅棚以后，向外面喊道：“你们要公鹅还是母鹅啊？这里鹅很多！”

“嘘，随便抱一只重的就行。”小偷轻声回答。

“喂，你们是要公鹅还是母鹅啊？是要公鹅还是母鹅啊？这里有很多鹅！”

“嘘，嘘，公鹅、母鹅都一样，只要重的就行。闭上你的嘴！”

正当吉斯克和小偷你来我去地说话时，一只母鹅惊叫起来，接着另一只母鹅也跟着惊叫起来，最后所有的鹅都惊叫不已。鹅棚的主人跑出来察看动静，小偷立即溜走了。吉斯克急忙追了上去。农夫看见她那一副怪样子——腿那么长，裙子盖不住大腿，把她当成了黑魔，吓得浑身直哆嗦。

“你们等一等！”吉斯克边跑边喊，“母鹅公鹅任你们拿，为什么不拿就跑啦？”

可是，小偷只顾逃命，哪有时间等她。而农夫也慌忙地把一家老少都召集起来，虔诚地诵经，因为他们肯定魔鬼曾去过鹅棚。

第三天傍晚，小偷和吉斯克都饥肠辘辘，不知到哪里去弄吃的好，经过商量，他们决定到树林边一个富农的粮仓里去偷吃的。小偷不敢进去，叫吉斯克进去把吃的运出来给他们。

吉斯克钻进粮储仓，看见里面放着满满的食物，有肉，有黄油，有香肠，还有豌豆面包等等，高兴得不得了。小偷对她嘘了一声，提醒她记住前两个晚上的教训，不要吵吵嚷嚷，只要把食物扔出来就行。可后来，吉斯克还是大声地问他们：“你们要吃什么，是肉，还是香肠，还是黄油，还是豌豆面包？这里的食物足够拿的，要什么有什么，足够拿的！”

那个富农被吵醒，急匆匆跑出来看，小偷马上落荒而逃，吉斯克见了也撒腿追上去，同时嚷道：“你们等一等！你们要什么有什么，足够拿的！”那个富农已听人说过村子里前两个晚上发生的怪事情，现在又撞见一个丑陋的怪物，以为真是魔鬼到他家来骚扰，慌忙念起经，以求上帝保佑。后来，全村所有人家都念起经来。

星期六晚上，小偷们决定出去偷一只肥公羊回来，以便在星期日饱餐一顿。他们已经饿了许多天，非常需要补一补身体，但是这一次，他们无论如何不肯把吉斯克带着，因为她总是唠唠叨叨的，一次次地把事情弄糟。

星期天早晨，吉斯克肚子饿极了，她等不及小偷回来，独自跑到一个萝卜地拔萝卜吃。正好，萝卜地主人这天起床后心绪不宁，想出去转转。当他走到萝卜地下方的沼泽时，看见地里有个弯曲的黑影向下一躬一躬地动着，他以为那是魔鬼来临，立刻丧魂落魄地跑回家。家里人听了他的话也惊恐不已，觉得应当马上把牧师请来，以便捉鬼驱邪。

“不行，”他的女人说，“今天是找不到牧师的。今天是星期天，他要准备布道的材料。”

“喔，没问题，我只要送给他一条肥墩墩的小牛排，他就会来。”农夫说完，就跑到牧师家里。这时，牧师还没有起床。他的女用人请农夫等一下，自己上楼去叫牧师。牧师听说有这样大方的农夫在下面等他，赶紧套上裤子和拖鞋跑下楼，连头上的睡帽都忘记脱掉了。

农夫说了自己来找他的事由，说魔鬼正在他的萝卜地里作怪。如果牧师肯去捉鬼，他一定送给他一条肥墩墩的小牛排。

这种好事，牧师不想推掉。他一边穿衣服，一边叫用人替他把马鞍装到马背上。

“喔，神父，不能耽误时间，”农夫说，“因为魔鬼不会在那里待多久。如果这次让它逃走，今后就不知道上哪儿去捉了。所以，你最好马上跟我跑步到那里。”

牧师来不及穿衣服，就跟农夫出了门。沼泽地泥泞不堪，牧师穿着拖鞋无法通过。农夫就背上他，踏着树桩和土块小心翼翼地向前走。当他们到达沼泽地中央时，吉斯克看见他们，以为是小偷背着公羊回来了。

“它肥吗？它肥吗？它肥吗？”她激动地大声问，说话声在树林中回响。

“啊，魔鬼！我不知道他是肥是瘦。”农夫慌忙回答，“你自己来看吧！”说完，他就把牧师丢在烂泥地里，自己拔腿逃走了。也许牧师现在还没有爬起来，还躺在沼泽地里呢。

彼尔、保尔和艾斯本

从前有个人，他有三个儿子——彼尔、保尔和艾斯本。可除了儿子以外，他一贫如洗。他经常对儿子们说，与其一起待在家里挨饿，倒不如出门去闯一闯。

离他们家不远有一座王宫。王宫大院里有两件事让国王发愁。一是国王屋子的窗户外面长出一棵大橡树，遮住了院子里的阳光。国王曾悬赏叫人把这棵树砍掉，可是这棵树很怪，如果谁在树干上砍下一块橡木，它就立即长出两块来。二是院子里连一口井也没有，用水很不方便。国王觉得这是一个耻辱。他曾出高价请人为他挖井，然而谁也没挖成，因为王宫大院坐落在一个高坡上，向下没挖几锹，就挖到坚硬的岩石了。国王决心解决这两个难题。他叫人到所有的教堂广场上广贴布告，宣布说：谁要是能把那棵大橡树砍倒，并且给他挖一口常年清水不断的井，他就把公主许配给他，还把王国的一半国土分给他。

不用说，自愿去试的人很多很多，但他们花了九牛二虎之力也砍不倒那棵树，挖不出一口井。王宫的地面没有松陷一丝一毫。那橡树随着砍伐次数的增加反而变得越来越粗壮。

三兄弟见了国王的布告以后也跃跃欲试。父亲对他们这种态度很满意，因为他想，凭这种闯劲，他们即使得不到公主和半个王国，也可以在某个有钱人家，找到事做。让儿子们走上谋生的道路是他唯一的心愿。

兄弟三人告别了父亲，向王宫进发。他们走进山腰的一片树林里，听见上方陡峭的坡上有砍伐树木的声音。

“奇怪，不知道坡上谁在砍树？”艾斯本说。

“你什么事都感到好奇。”彼尔和保尔说，“坡上有个砍柴工在砰砰地砍树，也值得大惊小怪吗？”

“嘿，我倒想上去看看到底是谁在砍树。”艾斯本说着，就登上了山坡。

“嘿，你竟然是这样一个没有见识的孩子，还是学着跟我们走路吧。”

但艾斯本不加理睬，大步朝那砍树声方向跑去。到了跟前，竟发现是一把斧子独自砍着一棵杉树。

“你好！”艾斯本向斧子打招呼，“原来是你在这里砍树？”

“对。我已砍了很长时间，一直在等你来。”斧子回答。

“喔，喔，我现在不是来了吗？”艾斯本拿起那把斧子，把斧头从斧柄上卸下，一起放进自己的包。

回到哥哥跟前时，哥哥们取笑他说：“你在坡上看见什么怪事啦？”

“呵，不过是一把斧子砍树的声音。”

过了一会儿，他们走到一个山壁前，山壁上传来挖土刨地的声音。

“不知道谁在山壁上面挖土刨地？”艾斯本问。

“你好奇心太重了！”彼尔和保尔又感到好笑，“你难道从未听到过鸟儿啄树干的声音吗？”

“嘿，我仍是想去看个究竟。”艾斯本不顾哥哥们的挖苦，登上了山壁。到跟前一看，原来是一把鹤嘴锄正在独自挖土刨地。

“你好！”他向鹤嘴锄打招呼，“你独自在这里挖土刨地吗？”

“嗯，是的。”鹤嘴锄回答，“我在这里挖刨了很长时间，一直等着你呢。”

“喔，喔，现在我不是来了吗？”他拿起那把锄，把锄头从锄把上取下，藏进自己包里，然后爬下山壁，回到哥哥跟前。

“你在山壁上一定发现了非常奇怪的事情吧？”彼尔和保尔问他。

“呵，没什么，我们刚才所听到的只不过是一个鹤嘴锄的声音。”他回答。

他们又走了一段长路，来到一个小溪边。经过长途跋涉，三人都渴极了，就趴到小溪边喝水。

“不知这水是从什么地方流来的？”艾斯本问。

“你的脑子迟早会由于好奇心太重而出毛病！溪水从哪儿来的你也不知道？难道你从来没见过水是从地下泉眼里流出来的吗？”两个哥哥说。

“嘿，不管怎样，我想看看这条小溪是从哪儿流来的。”说完，他向小溪的上游走去。

他越走地势越高，小溪也变得越来越窄。最后，他看见小溪的尽头是一只胡桃，水是从胡桃中流出来的。

“你好！”他向胡桃打招呼，“你独自在这里吗？”

“嗯，是的。”胡桃回答说，“我已在这里待了很久很久，一直等着你。”

“喔，喔，我现在不是来了吗？”他说完，挖了一撮青苔，用它塞住胡桃的洞口，使水流不出来，然后把胡桃放进自己的包，下山回到他哥哥那里。

“这下你可看见水是从哪儿流出的了吧？一定很奇怪吧？”彼尔和保尔嘲讽说。

“呵，不过是从一个洞里流出的罢了。”他回答。两个哥哥马上哄笑起来，讥讽了他几句。可他并不在乎：“我看见它觉得很有趣。”

他们又走了一段路，终于到达了王宫。

这时，国王以公主和半个王国的奖赏招募天下人为他砍树挖井的消息传遍了全国，许多人都已试过自己的运气，可他们不仅没有把事情办好，反而使那橡树长得比当初高了一倍，树干也粗了一倍。国王见状，觉得有必要补充一条处罚的规定。这个规定是：凡主动来试而又不能砍倒那棵橡树的人，一律砍掉两只耳朵，并流放到一个小岛上去。

兄弟三人见了这条规定以后，都没有被吓倒。他们认为自己有能力砍倒那棵树。

老大彼尔先上场。可是，他的情况与所有试过的人一样，每砍下一块，那树就增一截。国王命令士兵割下他的耳朵，把他流放到小岛上。

接着，保尔去砍树。他只砍了两三下，王宫的人就看见橡树向上长了，马上把他绑起来朝那个小岛上出发。他的耳朵被割得更加彻底，因为士兵们想让他接受深刻的教训，以便以后做事谨慎些。

最后轮到艾斯本。国王气鼓鼓地说："你如果真的愿意做一头烙了印记的绵羊的话，那我们可以现在就把你的耳朵割掉，省得你白费力气。"

"我倒希望先试一试再说。"艾斯本说。国王只好同意。

艾斯本从包里拿出自己的斧头，装到斧柄上，然后对斧子说了声："自己去砍！"那斧子马上对着橡树砍起来，一下接一下，砍得木屑飞扬，没多长时间，橡树就倒在了地上。

后来，他又取出自己的鹤嘴锄，把它装到一个锄柄上，对鹤嘴锄说了声："自己去锄！"鹤嘴锄一下接一下地在地面上挖起来，挖得土石翻滚，结果很快挖出一口井来。当井到一定大小和深度时，他把那个大胡桃放在井底的角落里，把堵塞胡桃洞口的青苔拿掉，说了声："流水！"胡桃洞口马上冒出水来，不久就灌满了那口井。

这样，艾斯本既砍倒了遮住国王窗户的橡树，又为王宫大院挖出了一口井，根据国王先前的许诺，他理所当然地得到了公主和半个王国。

彼尔和保尔幸好失去了耳朵，不然他们会时时听到人们说：艾斯本的好奇心产生了好结果，他的脑子一点也不坏。

小矮子

从前，有一对穷苦的夫妇，他们的房子很破，经常缺米少柴，家里没有一样好东西。可是上帝恩赐给他们的孩子却很多，他家每年都要增添人口。现在，又一个孩子即将问世，丈夫心烦意乱，不时唉声叹气地说："上帝的礼物实在太多啦！"当妻子临产时，他故意上山去砍柴。他不想见到新出生的小鬼，这个小鬼今后吵着要吃的日子长着呢！

妻子生下了一个漂亮的男孩。这男孩很神奇，一出世就环顾一下四周，说起话来。

"呵，亲爱的妈妈，"男孩说，"给我几件哥哥们的旧衣服和几天的干粮，让我自己到外面去闯吧。我知道你的孩子够多的了。"

孩子的母亲惊奇万分。她说："天哪！我的儿子这么小怎么能出去闯呢！"

可那男孩坚持要出去。最后，母亲只好给了他几件旧衣服和一小包干粮。他斗志昂扬地离开了家。

他前脚刚走，那女人又生下一个儿子，这个儿子也是一出世就四处张望，同时说："喔，亲爱的妈妈，给我几件哥哥的旧衣服和几天的干粮，让我到外面去闯吧！我要去找我的双胞胎哥哥。你的孩子已经够多了。"

“天哪，可怜的小东西，你这么小，不能出去！”那女人说。

但那男孩一定要出去，不住地向母亲央求，母亲只好给他找了几件旧衣服，并给了他一包干粮。

他穿上衣服，背起干粮，与母亲告别，兴冲冲离开了家。走了不久，就看见哥哥正在前面走着。

“等一等！”他向前面的哥哥叫喊，“你为什么急急忙忙地赶路，连你弟弟也不看一眼？”

哥哥停下脚步，回头去看，看见一个与自己长得一模一样的男孩追了上来。

弟弟向哥哥讲了自己的情况，兄弟相认了。

他们经过一条流经草地的小溪，弟弟说：“我们离家太匆忙，还没起过名字，现在我们互相起个名字吧！”

“你想叫什么呢？”哥哥问。

“我想叫小矮子。”弟弟回答，“你呢？”

“我就叫拉弗林国王吧！”

他们走到一个岔路口时，决定就此分手，各走一条路。可是没走多远，他们竟又走到一起；于是再次分手，又再次相见。第三次又是如此。于是，他们商定，一个笔直向东走，一个笔直向西走。

拉弗林国王向西走。临走前，他对小矮子说：“当你陷入绝境，万不得已时，只要喊我三声，我就会去帮助你的。”

“这样我们就不可能很快见面喽！”小矮子说。

分手后，小矮子在路上遇见一个驼背的老太婆，她只有一只眼睛。小矮子趁她不备，把她的独眼抢到手。

“啊哟！啊哟！我的眼睛到哪里去啦？”老太婆惊叫起来。

“我把眼睛还给你的话，你给我什么？”小矮子问她。

“我给你一把利剑，用这把利剑可以战胜任何强大的力量。”

“好吧，现在就给我。”

老太婆交给小矮子一把利剑，同时从小矮子那里讨回了眼睛。

过了一会儿，小矮子又遇到另一个驼背独眼的老太婆。小矮子神不知、鬼不觉地偷走了她的那只独眼。

“啊哟！啊哟！我的眼睛到哪里去啦？”老太婆大声叫嚷。

“我还给你眼睛的话，你给我什么？”小矮子问。

“我给你一条船，它既能在江河里航行，又能在大海里航行，还可以飞越高山和深谷。”

“好，给我吧。”

老太婆交给他一条小船，那船小得可以放在口袋里。小矮子也把眼睛还给了老太婆。

又过了一些时候，小矮子碰见第三个驼背独眼的老太婆，又偷了她的眼睛。当那老太婆哀号着寻找眼睛时，小矮子问她：“我给你眼睛的话，你给我什么呢？”老太婆回答说：

“我把一次能发一百拉斯特[1]麦芽的酿制啤酒的技术教给你。”老太婆把这技术教给他以后，他还给了她眼睛。

小矮子走了一段路，想试试那只船的性能。他把船从口袋里掏出来放到地上，先踏上一只脚，那船随即放大很多倍；接着踏上第二只脚，那船马上变成一艘巨大的远洋轮船。他嘴里念道：“小船小船听我话，越过大江和海洋，跨过高山和深谷，不到王宫不停住！”话音刚落，那船就腾空而起，像矫捷的鸟儿在空中飞翔，飞到离王宫不远的地方停下。王宫里的人从窗户里看见小矮子驾船从天而降，好奇地奔出来看。可当他们奔到停船的地方时，小矮子已经下船，把船收进了自己的口袋。原来，这船很特别，小矮子脚一离开，它就会缩小到像当初老太婆给他时那样子。所以，他们到岸边后只看见一个衣衫褴褛的小男孩。国王问他是从哪里来的，他回答说不知道；问他是怎么来的，他也回答说不知道。但他却要求国王给他一份差事做做；如果没有什么好差事的话，让他给厨娘挑柴担水也可以。国王答应了。

小矮子走进王宫以后，看见宫殿的里里外外都披着黑纱。他感到奇怪，就问厨娘这是什么原因。

“嗯，我告诉你吧。”厨娘说，“公主很早以前就被许配给三个妖怪。下星期四晚上，一个妖怪要来接她。有个叫红骑士的人说自己有能力救她，但是谁知道他的话是真是假呢？所以王宫里充满着悲哀的气氛。”

1　拉斯特：挪威古代重量单位。

到了星期四晚上，红骑士跟随公主走到海岸边，这里是公主与妖怪相会的地方。红骑士本是为了保护公主；可是公主刚在岸边坐下，他就爬上了一棵大树，藏进了树枝中间。公主哭着央求红骑士陪着她，可红骑士却说："与其两人都死，不如只死你一个人好。"

这时，小矮子请求厨娘让他到岸边去一趟。

厨娘问他去那里干什么。

"喔，亲爱的朋友，让我去吧。"小矮子恳求说，"我想与其他小孩玩一会儿。"

"好，好，去吧。"厨娘说，"不过，你不要回来太迟，一定要按时把晚饭锅吊起来，把肉排放到炙叉上，回来时还得抱一大捆木柴。"

小矮子满口答应着离开了厨房。

他刚跑到公主那里，妖怪的船就到了。妖怪呜呜地奔到众人面前。只见它又高又大，长着五个头，样子很可怕。

"滚开！"妖怪呵斥小矮子。

"滚开！"小矮子也呵斥妖怪。

"你会格斗吗？"

"我即使不会，也可以学嘛！"

妖怪一听大怒，挥起一根又长又粗的铁棍向小矮子劈头打去，小矮子向旁边一闪，铁棍打到地上，土块石子溅了五阿伦高。

"哼！"小矮子说，"这也算是本事！看我怎么砍你的头！”说时迟，那时快，小矮子抽出驼背老太婆送给他的利剑，一剑砍下了妖怪的五个头。

公主很感激小矮子救了自己，心疼地对他说：“你打得累了，在我膝上睡一会儿吧。”小矮子睡着以后，公主把一件饰金的衣裳穿到他的身上。

那个躲在树上的红骑士见危险已过，立即跳到地上。他强迫公主回王宫以后对人撒谎，说是他救了公主；如果公主不答应，他就杀死公主。公主只好答应了。红骑士把妖怪的肺和舌头割下来包在自己的手帕里，领着公主回到王宫。国王对他又感激，又佩服，不知怎样奖赏他才好，每次聚会总叫他坐在自己的右边。

再说小矮子登上妖怪的船，拿了许多金桶箍、银桶箍和其他金银财宝带回厨房。厨娘见了很吃惊，怀疑这些东西来路不正。她问道：“亲爱的朋友，这一切是从哪里来的？”“喔，”小矮子回答，“我回了一趟家，看见这些桶箍从牛奶桶上掉下来，就捡来送给你。”厨娘一听是送给她的，就不再追问，事情就这样过去了。

第二个星期四晚上，同样的情况又发生了。所有的人都悲悲切切。可红骑士担保说，他既然能从一个妖怪手里救出公主，就一定能从另一个妖怪手里再次把她救出来。他装模作样地陪公主到海边，但当妖怪来到时，他早已爬到树上。上树前，他留下与上次同样的话：“与其两人都死，不如只死你一个人好。”

这天，小矮子也要求去一趟海边。

厨娘问："你怎么又要去那里？"

"喔，亲爱的，让我去吧。"小矮子央求说，"我很想与其他小孩一起玩儿。"

厨娘同意了，但叫他保证及时赶回来翻转牛排，并且要给厨房带一大捆木柴来。

小矮子急忙跑向海边。刚到那里，一个妖怪已经呼呼地奔过来。这个妖怪比上一个妖怪大一倍，有十个头。

"滚开！"妖怪呵斥小矮子。

"滚开！"小矮子也呵斥妖怪。

"你会格斗吗？"

"我即使不会，也可以学嘛！"

那妖怪挥舞起一根更长更粗的铁棍扑向小矮子，小矮子身子一闪，它扑了个空，铁棒打到地上，土块石子迸起有十阿伦高。

"哼！"小矮子轻蔑地说，"你这算什么本领！吃我一剑！"一剑砍下，那妖怪的十个头统统落地，滚到沙滩上。

公主欣喜若狂。高兴之余，她也很心疼小矮子，所以对他说："来，到我膝上来睡一会儿。"小矮子睡着以后，公主把一件饰银的衣裳穿到了他的身上。

红骑士见危险已过，立即爬下树。他要公主答应他，回王宫以后假称他是救命恩人。接着，他割下妖怪的肺和舌头，卷在自己的手帕里，带回王宫。

不用说，王宫再次充满欢腾的气氛。国王对红骑士的奖赏高得惊人。

小矮子又从妖怪的船上取下金箍和银箍带回厨房。厨娘见了惊喜地拍起双手，问他从哪儿弄来这么多财宝。小矮子回答说，他刚才在家里待了片刻，看见牛奶桶上掉下这些桶箍，就捡了起来，带给厨娘。

到了第三个星期四，整个王宫又像以前一样遍挂黑纱，人人表情忧伤，只有红骑士例外。他说，没有什么值得担心的，他既然能从两个妖怪手里救出公主，当然也能从第三个妖怪手中把她救出来。后来，他陪公主走到海岸边，可是当妖怪快要到时，他却又爬上树躲起来了。公主又是哭，又是哀求，叫他不要上树，可是他仍坚持自己原来那句话："与其两人都死，不如只死你一个人好。"

这天晚上，小矮子又要求到海边去一趟。厨娘起初不同意，耐不住他一再恳求，就同意了，但要求他必须保证及时回来翻动牛排。

小矮子刚跑到海边，一个妖怪已伴随着隆隆巨响出现在他们面前。这个妖怪比前两个妖怪大得多，它有十五只头。

"滚开！"妖怪呵斥小矮子。

"滚开！"小矮子也呵斥妖怪。

"你会格斗吗？"妖怪大声问。

"我即使不会也可以学嘛！"

"我来教你！"妖怪说着，就挥舞他的铁棍向小矮子砸过来，铁棍没有砸中他，却把地面上的土块和石子砸飞到十五阿伦高的空中。

“哼，这也算是本领！”小矮子说，“现在吃我一剑！”说着，手起剑落，妖怪的十五只头都滚到沙滩上。

公主得救了。她对小矮子又是感谢，又是祝福。“来，在我的膝上睡一会儿。”公主对他说。当他躺下后，公主给他身上穿了一件饰铜的衣裳。

“你才真正是我的救命恩人，可我怎样公布这一事实呢？”

“我告诉你一个办法。”小矮子说，“你知道，一会儿红骑士把你带回家以后，一定会千方百计地炫耀，说他是你的救命恩人。他的目的是娶你为妻，同时占有半个王国。在结婚那天，当人们问你，你要谁替你斟酒时，你回答：‘我要那个在厨房帮厨娘担柴挑水的小男孩给我斟酒。’当我替你斟酒时，我故意泼一滴酒到他的盘子里。他肯定会恼羞成怒动手打我。我们这样连做三次。做第三次时，你对红骑士说：‘无耻之徒！为什么打我的心上人！是他救了我，我要嫁给他！’”

小矮子与公主商量好以后，到妖怪的船上拿了许多金银财宝带回王宫，分给厨娘一大捆金桶箍和银桶箍。

再说红骑士见危险已过，就爬下树，逼迫公主回王宫以后把他说成救命恩人。这次他更是出尽了风头。国王说，既然他救了公主，公主自然应该嫁给他，不仅如此，还应该把王国的一半土地分给他。

这天，王宫举行盛大的婚礼。宴会当中，公主提出要小矮子给她斟酒。红骑士问她："他穿得像个叫花子，我们结婚，喊他来干什么？"可公主说她只要他来斟酒，不要别人。小矮子进了宴会厅以后，按照与公主先前的约定，在给公主斟酒时，先后三次故意把酒泼到红骑士的盘子里，每次都引起红骑士发怒而动手打他。第一次打他时，他从厨房穿来的破衣服掉到地上；第二次打他时，他身上的铜制衣裳脱落下来；第三次打他时，银制衣裳松开，露出金灿灿的金制衣服。

这时，公主指着红骑士的鼻子说："无耻之徒！为什么打我的心上人！是他救了我，我要嫁给他！"

红骑士信誓旦旦地对大家说，救公主的是他，而不是任何别的人。

国王说："你们到底是谁救了公主，应该拿出证据来。"红骑士马上取来了妖怪的肺和舌头，而小矮子则拿出从妖怪的船上带回的金银财宝。国王说："有这样昂贵的金银财宝的人，一定是杀死妖怪的英雄，因为其他地方不会有这些东西。"于是，红骑士被扔进了蛇池，而小矮子将娶公主为妻，还可以分到半个王国。

有一次，小矮子与国王一起散步时，问国王是不是还有别的孩子。这一问，勾起了国王心酸的回忆。"有，"国王回答他，"我还有一个女儿，可她被妖怪抓走了，我们没办法把她救出来，"国王停顿了一会儿，继续说："现在你将娶我的一个女儿，假如你能救出我另一个仍被妖怪蹂躏的女儿的话，也可以娶她，同时获得另一半国土。”

“行，我要去试一试。”小矮子说，“不过，为了救她，我需要一条五百阿伦长的铁链子，五百名水手和维持十五星期的食物，因为我们必须航行到海上很远的地方去。”

国王说，他一定尽力满足这些条件，但是他担心自己无力提供相应的大船。

“船，我自己有。”小矮子说着就从口袋里掏出老太婆送给他的那条船来。

国王看了那条船，大笑不已，说他是在开玩笑。小矮子说：“你只管准备水手、铁链子和食物就行；船的问题你到时候瞧着就知道了。”

铁链准备好了，五百人也到齐了。小矮子叫他们先把铁链拖到船上，可他们举不动铁链，而且微型小船根本容不下那么多人！于是，小矮子自己提起铁链的一头，把前面几节放到那船上，那船立刻变大；随着他把铁链向船上拖，那船越变越大，最后变成一艘巨轮，铁链、五百水手以及十五星期的食物都有足够的地方放。小矮子嘴里念道：“小船小船听我话，越过大江和海洋，跨过高山和深谷，不找到公主不停住！”那船立即飞速向前，遇水航行，遇山飞越，船的四周风声呼呼，水声哗哗，航行了很久很久，最后在大海之中停住了。

“嗯，我们已到了目的地。”小矮子说，“下一步是设法找到公主。”他用铁链的一头拴住自己的腰，对水手们说：“我现在潜到海底，你们在船上等我的信号。当我用劲拉铁链时，你们就用力向上提拉，否则我们就可能没命——你们和我风险一样大。”说完，他就跳进海里，水中泛起一团团黄色气泡。他越潜越深，最后到达海底。他看见海底有座山，山边有个门，就走了进去，一进去就看见了公主正坐在那里缝制衣服。当公主发现小矮子时，吃惊地拍着双手嚷起来：“喔唷，我的天哪！我自从到这里以来还从未见过任何人！”

“我是特地来接你回家的。”小矮子说。

“哦，你是接不回去的，简直想也不要想。”公主说，“要是让妖怪看见，他就会把你杀了。”

“嘿，正好说到他，”小矮子说，“他现在到什么地方去啦？我倒有兴趣见见他。”

公主告诉小矮子，妖怪出去寻找一个能一次酿一百拉斯特麦芽的酿酒师。因为他想举行宴会，酒酿少了不够客人喝。

“这事我会做的。”小矮子说。

“那好。等妖怪心情好的时候，我向他提起。”公主说，“他脾气一向很暴烈，我怕他进门后一见到你，就要把你撕碎。我给你想个办法，嗯，你先藏到小房间去再说。”

小矮子刚走进小房间，妖怪就回来了。

“啊！这里有陌生人的血味！”妖怪说。

“噢，一只鸟衔着一块人骨从屋顶飞过时，把骨头丢进了烟囱。”公主回答，“我很快把它捡起来扔了。但难免会留下一点气味。”

“喔，原来如此。”妖怪说。

接着，公主问他是不是找到了能一次酿一百拉斯特麦芽的人。

“没有，谁都做不到这一点。”妖怪回答。

“刚才有个人进来说，他能做到。”

“你一向很聪明，这次为什么没把他留住？”妖怪说，“你明明知道我急需这样的人。”

“嘿，我哪里会放他走啊！”公主说，“可我怕你脾气暴躁，所以先叫他藏在小房间里。要是你还没有找到其他人的话，就用他好了。”

“快让他过来！”妖怪说。

小矮子从小房间走出来。妖怪问他是不是真的能一次酿一百拉斯特麦芽的啤酒。

“当然能啦！”小矮子回答。

“有你就好了！”妖怪很高兴地说。“现在就去酿吧——但是要注意，酒不要太烈。”

“那好办，你们可以事先尝尝嘛。”小矮子说，“但你得给我一些妖怪做助手，替我搬酒桶。原来那些酿酒的人不够用。”后来妖怪又给了他许多助手。

麦芽出汁以后，小矮子让每个妖怪都品尝一下味道。老妖领头，其他妖怪跟着。由于麦芽汁酒性很烈，他们尝了以后就像没头苍蝇一样纷纷地倒下，最后只剩下一个烧炉子的老妖婆。

“哦，真可怜，就你一个人没有品尝过麦芽汁。”小矮子说。

“你也可以尝尝。”他用小木桶从酒糟里刮了一些麦芽汁递给老太婆……这样，小矮子把妖怪们一网打尽了。

现在该回王宫了。小矮子环视四周，发现一个大箱子，里面装着满满的金子和银子。他用铁链把公主、自己和箱子绑好，然后用力拉铁链。船上的水手们得到信号，立即一起向上拉，把他们拉上了船。

小矮子上了船以后，嘴里念道：“小船小船听我话，越过大江和海洋，跨过高山和深谷，不到王宫不停住。”这条船立即启动，船尾掀起黄色的波浪。

王宫里的人看见那条船回来了，立即载歌载舞，上前迎接。当然，最开心的莫过于国王，因为他的大女儿也回到了他身边。

可也有人心事重重，这就是小矮子，因为两个公主都爱上了他，而他想娶先救出来的那个小公主。他苦思冥想，想找出一个两全的办法，既娶小公主为妻，又不伤大公主的心。有一天，他突然想起了自己的双胞胎兄弟——拉弗林国王，他俩长得一模一样，无人能分辨出来。他想，自己有半个王国也足够了，不如把大公主和另外半个王国给自己兄弟。想到这里，他一扫愁云，立即跑到屋外呼喊拉弗林国王的名字。喊了第一声，拉弗林国王没有来；喊了第二声，这声音更大一点，拉弗林国王没有来；于是他鼓足了劲喊了第三声，他的哥哥立即出现在他的面前。

“我过去曾经对你说过，不到万不得已的情况，不要叫我。”拉弗林国王责备他，“这里连蚊子也没有，显然没有必要叫我来。”说完，就对小矮子拳打脚踢，把他打翻在地，滚到土坡下。

“你真不知好歹！”小矮子感到很委屈，“你还没有听我说明情况，为什么就动手打我？”

拉弗林国王问他有什么事，小矮子说：“我先赢到一个公主和王国的一半土地，后来又赢到另一个公主和王国的另一半土地。我想叫你来，与我各娶一个公主，各拿一半土地。你却不分青红皂白地打人，有道理吗？”

拉弗林国王听他这么一说，马上请求小矮子原谅。两人立即恢复了情谊。

“哥哥，”小矮子说，“我们长得一模一样，无人能分辨出来。你换上我的衣服进王宫，公主们见到你，一定会把你当成我。我们现在说定：谁先与你接吻，你就娶谁；而我娶另一个。”小矮子猜得出，大公主比小公主力气大，一定会抢先上前接吻。

拉弗林国王马上表示同意。他当即换上弟弟的衣服先进王宫。当他走到公主们的房间时，公主们以为是小矮子来了，都向他跑过去。大公主把妹妹推到一旁，紧紧搂住拉弗林的脖子一遍遍地亲吻。于是，拉弗林决定娶她，而小公主归小矮子了。

后来，王宫举行了盛大的婚礼。双胞胎兄弟与两个公主成亲的消息传遍了各地。

掘墓工的故事

到埃兹沃尔休假的人是闲不住的。我到那里后，第二天就去找一个叫拜尔·掘墓工[1]的人。他住在河南面的大芬斯塔。那里棚屋连片，密密麻麻，我好不容易才找到他的家。可是很不巧，他当时已经外出，只有一个老太婆坐在昏暗的屋子里纺纱。我打听拜尔的去向，她却不停地用目光上下打量我，我问了她第二遍、第三遍，她也仅仅回答："嗯？"最后，当我问第四遍时，她才开口："哦，得走四分之一英里，才能到格拉文那里。"

"不，我是要找拜尔·掘墓工。"我大声说。

"哦，格拉文在东边，得经过一个山沟。"

后来我才明白，邻近的一个农庄叫格拉文。

"祖母耳朵不灵。"待在墙角的一个小姑娘说，她手上抱着一个小妹妹。

"能告诉我拜尔·掘墓工到哪里去了吗？"我问。

"他不在家。"

"上哪儿去了呢？"

"一定是到斯蒂利的姨妈家去了。"

"斯蒂利在哪里？"

1　在挪威语里，"掘墓工"与"格拉文"读音相近。

"东边。"

"远吗？"

"不知道。"

"家里没有别人吗？"

"没有，他们都去参加婚礼了。"

"那边房子里也没有人吗？"

"不知道。"

后来，我在另一所房子里问清了斯蒂利的位置。我不得不赶快向那里奔去。

到斯蒂利以后，我在凉台上找到那个姨妈——一个身材很高，面部干瘪的上了年纪的女人。她头发花白，戴着一顶黑帽子。

"请进屋！"她热情地招呼我。

我小心翼翼地问她，拜尔·掘墓工是不是来她这里了。

她却反问我："是不是要替谁挖坟？"

"不，不是为了这事。"我回答，"听说他很会讲故事，我特地慕名而来。"

"喔，原来是这个事！要是老尼克还在的话就好了！他是拜尔的父亲，很会讲故事，每次只要开口，总是讲个没完。"

"能把老尼克请来吗？"

"喔唷！他两年前就死啦！不过，拜尔也会讲故事。只是他这个人脾气有些怪，不大肯讲。唉，老尼克真会讲！他往往不要别人问就主动开口。可惜，到米克尔弥撒节那天他就去世两周年了。”

“他帮不上忙啦。”我不耐烦地打断她的话，“拜尔不在这儿吗？”

“他曾来过这里，后来去教堂执事那里了。我想你能在那里见到他。他要是不在那里的话，就一定在教堂，或者在牧师家里。要么就是在教堂墓地上挖墓穴。最近，一个叫哈巴斯塔的老太太死了。”

我耐着性子听她啰唆。看来，要找到拜尔并且撬开他的嘴巴，没有特别的耐心是不行的。

我决定马上去找拜尔，可这时，那老太婆却从柜子里拿出一个灰蒙蒙的杯子，在里面倒了点酒，托在盘子里端给我，盘子里还有一块麦芽糖。她嘴里仍然唠叨着老尼克。

我表示了谢意，马上与她告别。

“拜尔肯定是在执事那里；不在的话，就在教堂；要么就是在牧师那里——要是不在墓地的话。”我走出栅栏门以后，她还在我身后大声地唠叨，听上去真像是在嘲弄我，因为这些地方我来时都已经去过了。

我向着她所说的最后一个地方奔去，因为那是她认为拜尔去的可能性最小的地方。我穿过牧师花园黑乎乎的树荫向墓地走去。虽是夏季，却凉飕飕的，刚下过雨，风一刮来，树叶上就纷纷落下水滴。树顶上雾气蒙蒙。一座座坟墓和墓碑笼罩在惨淡的天色之中。这里没有一声鸟叫，唯有嘘嘘的风声。秋天的迹象正逼近这个偏僻宁静的地方。只有教堂直刺天空的塔楼和尖顶能给人一些安慰。

我从坟场最里面的一个角落里听见了铲土声。掘墓工正在那里挖一个坟。教堂执事的一头健壮的山羊就立在旁边的土堆上，它仰着头，炫耀着羊角和胡子。

我走近以后，一声不响地站着望他。他已经老了，很难说相貌怎么样。年纪并没有使他的脾气变得稍微温和些，他目光冷漠而凶狠。这种表情我似曾相识……它使我想起自己曾骑过的一匹马。他停下来休息时，目光才偶然地落到我的身上。

“晚上好，掘墓工。”我主动打招呼。

他从头到脚打量了我一番，然后在手心吐了口唾沫，继续挖他的土。

“天气潮湿，挖起来很费力吧！”我不放弃与他说话的努力。“就是太阳下干这活也不会轻松。”他做了一个鬼脸，然后又干起活来。

“你是在给谁挖坟？”我接着追问，希望能与他攀谈下去。

“给魔鬼和教会。”他回答。

我请他解释这话的意思。

“魔鬼将得到灵魂，教会则得到钱。”

“不，我是问谁将躺在这坑里。”

“一个死了的女人。”

话不投机半句多。通话的桥梁这时又断了。我对他生硬的态度感到恼火，对雨又滴滴答答地下起来感到烦躁。于是，我直截了当地对他说，我是特地来请他讲故事的，为找他已去过了好几个地方，他不应该采取不理不睬的态度，他应该为自己所讲的故事有忠诚的听众而感到高兴。

掘墓工在我讲话时，曾几次向我投来马一样的目光。在我讲完后，他说："我不在乎。别人是否相信我讲的话，都无所谓。我所听到的和我所知道的，都装在我自己的肚子里。我不会像东拉西扯的老太婆一样，喋喋不休地向别人唠叨，使别人心烦，即使国王来找我，我也是这个态度。"

听他这么一说，气得想走；正要走时，他把帽子拉到头的一边，盖住一只耳朵，然后摸摸这个衣袋，再摸摸那个衣袋，像是要找什么东西。反复摸过几遍以后，脸上露出失望的表情。

我猜他是想找香烟，这就重新给了我一个机会，因为我刚好在盒子里放着一卷梯德曼烟厂生产的四分之一卷嚼烟。我假装在口袋里翻东西，故意把烟掉在他面前，然后低头去捡；这时，我发现他的脸上阴转多云，好似出现了一丝明朗的阳光。我一边卷烟，一边动着脑筋。后来我用烟草引诱站在土堆上的那个带角的朋友，并给了它一小块。

"请问，到滕奥克尔有多远？"我重新打起精神问他。

他嘴里嘟嘟囔囔的，说把烟草给山羊吃是浪费上帝的恩赐，但说话的态度比先前好多了。他说，到滕奥克尔要渡过海峡，然后再走大约四分之一英里路程。

"到古尔瓦克呢？"

"一英里。"掘墓工回答，然后又突然问我："可你是从哪儿来的呢？”

“上一站是大芬斯塔。我在那儿打听到了你的下落。”我又向公羊嘴里塞了一块烟草，然后把烟卷放回盒子。

拜尔用劲挖土，一锹一锹地把土块石子和烂木块、骨头向上甩。一个女人的骷髅头滚到我的脚下。这是一个完整的头骨，要是勒秋斯先生看见的话，一定会把它当作典型的斯堪的纳维亚人头骨标本保存起来。

我捡起了它，仔细看了看。

“这不是老太婆的头骨。”掘墓工主动说。

“我看得出。”

“她是一个女庄园主，出身高贵，很有些名望。”他继续说，态度显然不像刚才那样顽固了。这大概是由于一卷烟丝，或者说对烟丝的嗜好，起了神奇的作用。

“不过，外面光，里面脏。”他补充说。

我没有搭腔。

“你铅皮盒里的烟卷看上去不错。”

“这家伙也这样认为。”我说着，又掏出烟卷引诱公羊。

“嗨，要是老尼克——我的父亲还活着就好了。”掘墓工急急地说，这表明，他又向我靠拢了一步。“他能给你讲许多故事，而我却讲不了多少。”

“我想，你是不是要来一截烟丝，拜尔·掘墓工？”我说。“看，那里还有一些烟丝。如果你早说的话，我就把烟丝全都给你了。但你该给我讲故事了吧！”

“好吧，我知道你是个正经人，不是什么滑头的人。”他收拾一下工具，从坑里爬了上来。“畜生！”他怒冲冲地把公羊赶开。“这种公羊最讨厌，有多少该杀多少！”

等他平静以后，就在一块墓碑上坐下，开始讲故事：

你不是第一个听我讲故事的人，信不信全由你。过去，这个村里有个农夫，他听别人说，每逢周末教堂里都要闹鬼。他不相信，决定亲自去看看。复活节那天晚上，他单独睡到教堂凉台上的一个棺材上面。夜里，不知从哪儿来了一支长长的队伍，领头的是一条黑狗。当他们走到教堂门口时，那条狗身体盘坐在后腿，用前爪挠门，那门立即自动打开，尽管它本来是锁好的。

“你看见了吗？”走在狗后面的一个女巫对另一个女巫说。说话人就是她。（掘墓工指了指那个骷髅头。）

“不，我还是不相信。”另一个女巫说。她也是村里一个顶呱呱的女人。

队伍里的人很多，这个农夫数也数不过来，但他个个都熟悉。他没想到过仅仅埃兹沃尔地区的女巫就有整个罗马帝国的百姓那么多。她们成群结队，踩着供台和牧师的座位蹦跳，做尽了亵渎神灵的动作。后来，她们想不出更好的花样，竟把一头牛变到塔楼里，让它四肢朝天，从楼梯上滑下来。农夫对这头牛很熟悉——它是牧师家的。当女妖们闹够了，教堂恢复宁静，他跑到牧师家，发现那头牛浑身抽搐，大汗淋漓，嘴里直吐白沫。

过了很久，有个人家举行婚礼，请来了不少客人。这个农夫到这家人家帮助烧饭。复活节晚上领头大闹教堂的那个女人也受到了邀请。吃饭时，大家请她先上桌——因为她名望高，可她却很腼腆，不肯先坐上去，弄得其他客人都不敢上桌。这时农夫走上前，在她耳边说：“你先上桌吧。我想，你向来很大方——上次复活节晚上我见你与老艾里克在供台和牧师座位上跳得很欢，一点也不腼腆……”他话没说完，那女人已“扑通”一声晕倒在地上。自那以后，她的身体再也没有好过。

掘墓工讲完这个故事以后，脸上又露出沮丧的样子，我好言好语地说，他所讲的女妖的故事很有趣，请他无论如何再讲下去。他略微看了我一下，答应了我的要求。他说：

过去，有几个猎人，在复活节晚上去看众鸟闹春。天刚亮时，天空突然传来忽忽的响声。他们原以为是一群大鸟向沼泽地飞来，可是天知道，当他们翻过山岗一看，哪里是什么鸟儿，明明是一群女妖在做复活节游戏。她们骑着扫帚、水桶、粪耙、公羊、母羊以及各种难以想象的东西从天而降。当她们走近时，有个猎人认出其中一个女人是他的邻居。

“玛伦·米拉！”那个猎人大喊了一声，那女人立即从空中摔了下来，她先摔在一棵松树上，接着摔到地上，摔断了一条大腿骨。因为你知道，女巫一被人认出，就会晕头转向，无论在多高的地方都会摔下来。他们把她抓住，送交给司法官。

司法官决定把她烧死。但在点火之前，她要求他们把蒙着她眼睛的手帕略微放下来一会儿。他们满足了她这个最后的愿望，但不许她看庄稼地和草场，只让她看远处的小山丘。结果，那山丘上的树木都被烧得一片焦黑。

这个女巫有个女儿，他们把她送到居德布兰河谷的一个牧师家中。当时她才九岁，却会女巫的一切伎俩。有一次，牧师叫她从院子里搬一些木柴到厨房来。

“嘿，我不用费力就能叫它们自己飞到厨房去。”

“哦？”牧师说，“做给我看看！”

只见她变出一股阴风，把木柴吹进了厨房。

后来，牧师问她会不会挤奶，她说会，但她不愿意挤，因为她怕伤了牲口。牧师坚持要她做，劝说了很长时间，她只好答应。她先把一把小刀插入墙壁，再把奶桶放在刀的下面，然后用手去握那把刀，手一摸上去，刀里就立刻哗哗地流出了牛奶。

过了一会儿，她想停下来，可牧师叫她不要停。

又过了一会儿，她说：“现在非停不可了；再挤下去，流出来的就不是奶，而是血了。”

“尽管挤吧，我的孩子。”牧师说，“不管挤出的是奶还是血。”

她仍不肯挤，可牧师非要她挤不可。她没有办法，只好继续挤。刀里流出了鲜红的血。

“好了，我再不放手，牛就要死了——一头最好的牛！”

她挤了好多血以后这样说。

“挤！孩子，你不要管后果会怎样！”牧师命令她。他要看看她到底有多大能耐。

没多久，小姑娘紧张地说：“现在那头牛倒下了，快到牛棚去看！”牧师到了牛棚，发现最好的一头牛果然已经倒在了地上。

后来，他们决定把这个小姑娘像她妈妈一样烧死……

前面讲了一个坏女巫的故事，还有一个更坏的女巫的故事，因为她竟然在复活节夜里把自己丈夫从床上拉起，骑在他的背上从居德布兰河谷飞到卑尔根教堂。到那里以后，她和其他女巫一起与老艾里克在塔楼里戏闹，而让她丈夫赤裸裸地躺在教堂外面挨冻。当时，天上正下着鹅毛大雪，他几乎被冻得要死过去。天快亮时，他勉强撑起身体，浑身直抖，牙齿不住地打战。

这时有个人从他身边经过。他问那个人：“天哪，请问我现在是在什么地方？”

“这里是卑尔根教堂。”那人告诉他。那人看见他身上套着马勒，立刻明白是怎么回事，因为那时候，每逢圣诞节和复活节，女巫们都要到卑尔根教堂来胡闹。那人给他出了个主意：“过会儿，当骑你来的那个女巫走出教堂以后，你就用马勒对她背后猛抽一下，这样，你就可以骑着她回家了。要不然，你的身体会累垮的。”

后来，他照这个人的主意做了，结果他魔术般地骑着老婆飞回了家，而且速度很快……

“她身上没有带魔水角瓶吗？”我问他。

“她自然不会忘记这一点，离家以前曾用魔水涂过身体。”掘墓工说，“你说起魔水角瓶，倒使我想起了很久很久以前发生的另一桩事。”

“那就讲讲这桩事吧。”我说。

在灵布的一个农庄里，有一个很坏很坏的女巫，只有一个人知道她的底细。一个周末的晚上，这个人到女巫家借宿，得到了她的同意。

“我睡觉一向睁着眼睛，你不必害怕。”他对女巫说，“这是我的怪习惯，没办法改变的。”

“没关系。”她说，“我不会害怕。”

他睡着以后，鼾声如雷，但眼睛却没有闭。那女巫从壁炉的一块石头下取出一个牛角瓶，从里面倒出一些魔水，涂抹在了扫帚上。

“从这儿到滕奥斯来回。”女巫说完，就穿过烟囱飞走了。滕奥斯是一个大规模的山中挤奶场。

他听到了她离开前所说的话，想跟在后面看她去干什么，然而他却“滕奥斯”听成了栋梁木。他从壁炉的那块石头下取出牛角，用里面的魔水在滑板上抹了抹。“从这儿到栋梁木来回。”说完，他就在烟囱和栋梁木之间来来回回地飞了一夜，被折腾得半死。这就是听错话的代价。

后来，他留在女巫家干活儿。一年以后的这天晚上，他修理雪橇时感到疲乏，就躺在长凳上睡着了，但眼睛睁得大大的。那女人取出魔水抹了一下扫帚，然后穿过烟囱离开了这幢房子。女巫走后，他用魔水抹了一下雪橇，但没有说任何话，雪橇呼地飞了出去。从此人们再也没有见到过他和那个雪橇。发生这事的农庄叫谢斯塔。至今人们还经常提起“谢斯塔之角”这个说法。

再说一个女人的故事，她也是个女巫，住在多夫勒的一个农庄里。在一个圣诞之夜，她叫女佣为她清洗酿啤酒的桶。女佣洗桶时，女巫取出一个羊角，从里面倒出一些魔水把扫帚抹了一下，那扫帚立即托着她穿过烟囱飞走了。女佣心想，这真是了不起的本领，所以也用魔水抹了一下酒桶，结果那酒捅把她托起与主人一起飞到布劳考尔才停下。那里有许多女巫，准备听老艾里克说法。老艾里克开讲前先点名检查女巫是否到齐，于是发现了这个坐在酒桶里的女佣。他不认识这个用人，因为这个用人从未在他那里登记过。他问女佣的主人，女佣是不是需要登记。女主人回答说，她相信女佣有这个愿望。于是老艾里克把登记簿递给女佣，叫她在上面写上自己的名字。可是她拿过簿子后，却在上面写了乡村学生们练字时所常写的那句话：上帝以耶稣的名义维系我的生命。这样，老艾里克就不能再收回这个登记簿了。女巫们都慌张起来，吵吵闹闹的，像是翻了天，纷纷用鞭子抽打各自所乘的东西，腾空而起，乘风而去。这个女佣也拿鞭子抽打酒桶，去追她们。她们在一个山头上休息了一会儿。山下是一个湖，另一边是一座高山。女巫们休息好以后，飞向湖对岸。女佣也跟着飞过去，飞得很平稳。她很兴奋，说了一句话："见鬼，这酒桶飞得真棒！"这话刚说完，那个登记簿就不翼而飞了，她自己也从空中摔到地上。这是因为她没有在魔鬼老艾里克那里报过名却喊了魔鬼的名字，因而从此不能像其他女巫一样飞了。她只能在雪地中跋涉，走了很远很远的路才回到家里……

他讲完这个故事以后，我说："与女巫们一起坐扫帚把和酿酒桶之类的东西旅行当然有趣，但也有不舒服的一面，就是在空中飞来飞去时，北风呼啸，寒气逼人，而且不小心会摔断颈骨。所以相比之下，观看女巫在教堂塔楼里的聚会，可能更方便些——只要割一块草皮，坐在上面就行。对不对，拜尔？"

不，不是坐在草皮上，而是每只手悬空拿着一块草皮。割草皮时，走刀的方向必须迎着太阳，同时胸前要放一本赞美诗集，嘴里含三颗大麦粒。第一粒代表主，第二粒代表耶稣，第三粒代表圣灵。谁照这办法做了，老艾里克和女巫们就拿他没办法。听说有个人没有照这个办法做，结果差点被魔鬼抓走。这个人听别人说，周末晚上女巫总要到教堂塔楼里戏耍娱乐，他想亲眼看看，所以，他一个人在圣诞节晚上到塔楼，坐在一个角落里。当时他身上带着草皮。可惜他的方法大概不对，所以遇到了麻烦。那天夜里，女巫们一个接一个地穿过天窗飞进塔楼，有的坐在扫帚上，有的坐在铲子上，有的骑着公羊，有的骑着母羊，各人骑的东西都很怪。其中一个女巫是他的邻居。那女巫一发现他，马上冲上前，用小拇指勾住他的鼻子——像我们勾着鳕鱼的鱼鳃一样，把他拎到窗外的半空中。

“你必须答应决不把在这里看到我的事告诉任何人，不然我就松手，把你摔下去。”那女巫说。

“不，我绝不答应。”这人脾气很犟，“来吧，魔鬼，把我抓走吧！”

那女巫见他不答应自己的要求，就松了手。他大叫一声，向地面摔去。这时，魔鬼乘着一辆窄雪橇及时赶到，把他接住，所以他连膝盖皮都没有擦破。接着，魔鬼送他回家。他就在雪橇上不住地挥拳踢脚，大吵大闹，使雪橇摇晃不已。快到农庄时，雪橇撞到一个水槽上，他和魔鬼都被撞翻在地，各自撞到水槽的一边。他要不是这样做的话，肯定逃不出魔爪。现在，魔鬼已对他无可奈何。

“混蛋！”魔鬼说，“我如果知道你骗我的话，才不会从那么远的地方赶来接住你这条贱命！你喊我的时候，我正在特隆赫姆以北二十英里的一个地方，扶着一个正在拧自己孩子脖子的女人的肩膀。”

说到这里，拜尔·掘墓工关于女巫的故事讲完了。我趁他情绪正好，请他再讲几个关于鬼的故事。

行。我曾听姨妈讲过一个鬼故事。她做姑娘时，曾在莫多姆地区的一个牧师家里当用人，记得牧师叫泰尔曼。泰尔曼种了很多庄稼。有一年春天，他要向地里运粪，从各处请了一些人来帮忙。为此，他要招待他们吃饭。某家的一个长工小伙子一贯哪里有吃就要朝哪里钻。当他的主人叫他第二天清晨驾马车去牧师家帮忙时，他高兴极了，一夜没有睡好觉。由于没有钟表，他不知道时间，大约午夜时分就到了牧师的家。当时，牧师家的人都还没有起床，其他运粪人也还没到，他只好在附近闲逛，以消磨时间。后来，他感到困了，就走进灌木林的一个小沟旁洗脸。当时天气比较暖和，沟里有水。他洗过脸以后，眼睛变得特别明亮，而脑子却变得特别迟钝了，行为也有些疯疯癫癫，因而被人叫作疯子。

过了一段时间，这个长工不知什么原因离开了主人家。村里哪家请客或有其他什么事，他总是主动去帮着驱鬼。

有一次，一个叫泼来斯特鲁的农夫举行婚礼，同一天，克姆派鲁德农庄的主人也举办宴会。到底是去哪一家呢？他一时拿不定主意，最后还是决定去泼来斯特鲁农庄。

他在泼来斯特鲁家待了一会儿以后，突然对厨师说：“你得看好食品和饮料。难道没看见魔鬼正在那个墙角喝啤酒桶里的啤酒吗？桶里的酒越来越少啦！婚礼中让我站在这里，我能把它们赶走。”

“好，你可以待在这里。可你用什么办法赶他们走呢？”厨师问。

“你到时候再看吧。”他回答，然后就把酒桶搬到地板中央，用粉笔在它周围画了一个圆圈。接着他对厨师说：“拿一个木槌来。我向你摇手时，你就对圆圈中心抡槌，不管我站在什么位置。”

后来，他前前后后跑来跑去，做出各种动作，似乎是在把什么东西向圆圈里赶。厨师见了笑个不停。在场的其他人也认为他在发疯。然而，他们不久就明白，他并没有疯，因为当他向厨师摇手，厨师用木槌向圆圈里抡的时候，他们听到房子里到处响着鬼哭狼嚎的声音。一批从克姆派鲁德附近来参加婚礼的客人说，他们曾听见空中簌簌作响，好像一大群人互相交头接耳地说：“去克姆派鲁德！到那个宴会上去！去克姆派鲁德！到那个宴会上去！”

拜尔·掘墓工的故事讲到这里结束了。他说，他这天晚上再也想不出更多的故事了，说完，他就赶着执事的公羊离开了墓地。

多夫勒的雌猫

从前，有个人在芬马克郡抓到了一只白熊。他打算把白熊进贡给丹麦国王，于是牵着它向南方走去。

除夕那天晚上，他走到多夫勒山区，想在那里找个人家过夜。后来，他走进一个叫哈尔瓦的人家里，请求哈尔瓦让他和白熊在屋里住一个晚上。

“唉，真难办啊！”房主哈尔瓦说，“今天我们根本没有空房子给别人，因为每个除夕之夜，都会有许许多多的妖怪到我家里来胡闹，把整幢房子挤得满满的，连我们自己家里的人也没有地方睡觉，只好待在外面挨冻。”

“嘿，我们要求不高。”那人说，“我的熊可以待在你的炉子下面，而我只要在小仓房里待一夜就行。”

他再三恳求，哈尔瓦只好同意了。

这一天，哈尔瓦为妖怪们准备了丰盛的食物，有奶油粥、鳕鱼、香肠和其他许多好吃的东西，简直像是要举办一个宴会。

晚上，各种妖怪们纷纷前来，大妖怪、小妖怪，有尾巴的、没有尾巴的，一个个奇形怪状。他们一跨进哈尔瓦家里就大吃大喝，闹哄哄的，把整幢房子闹得乌烟瘴气，阴森可怖。

后来一个小妖怪突然发现了炉子下面的白熊，以为是一只白猫，就用叉子叉了一截香肠，把它支在炉火上烤，当香肠烤得冒油时，就突然塞进白熊的鼻孔。“雌猫，你想吃香肠吧！”他一边塞，一边说。白熊被烫得哇哇乱叫，马上从炉子下面蹿出来，怒吼着冲向妖怪，把他们全都赶出了屋子。

第二年除夕的下午，哈尔瓦准备妖怪们晚上再上门来，所以特地到树林里去砍柴、烧饭。

忽然，树林深处传来喊他的声音：“哈尔瓦！哈尔瓦！”

“哎——”哈尔瓦高声答应。

“你的大雌猫还在家里吗？”

“在，她正躺在炉子下面呢。”哈尔瓦回答，“她已生下了七个猫仔，这些猫仔个个比她还大，比她还凶！”

“那我们就永远不去你家啦！”

自从那时候起，确实再也没有妖怪到他家来过。

金山羊

从前，在哈灵河谷的苏尔里姆，有个十分吝啬的女庄园主。她经常让雇工和牲口饿肚皮，连自己的孩子也时时挨饿。孩子们都长得面黄肌瘦，每当他们偷偷地在储藏室或者在别人家里吃东西时，总是狼吞虎咽，好像八天八夜没有吃过饭一样。可他们从来不敢在自己母亲面前表示不满，更不敢当她的面哭泣，因为她家屋檐下插着一束桦树枝，谁敢哭的话，就免不了一顿痛打。

在格利斯特场这个地方住着一家雇农，雇农的妻子拉格希尔的心肠很好。女庄园主的孩子有时到她面前哭诉自己饥饿的苦处。拉格希尔虽然家境贫寒，时常揭不开锅，但每当女庄园主的孩子来时，只要家里有一点食物，她总是让他们与自己的孩子一起分享。她家仅有一头母牛，丈夫把这头牛照料得很好，给它喂好的饲料，从不让它饿着。冬天，当饲料缺乏时，天气再冷，他们也要乘雪橇上山去采集地衣。所以这头牛长得极棒，奶水特别多，足以供应全家。可是，女庄园主的牲口冬天只有树皮和马粪吃，偶然吃到点地衣的话，那简直就像过节一样好。所以，它们的奶水很稀很稀，没有一点油。到了春天，它们只剩下皮包骨头，弱不禁风，走路歪歪斜斜的，像喝醉了酒一样。

拉格希尔曾劝说女庄园主不要对人畜这样刻薄，可女庄园主根本听不进去。在她的眼里，拉格希尔不过是一个雇农的妻子，没有资格向她提建议。

有一年，女庄园主家盖新仓房，请了一个叫拜尔的木匠。拜尔干活又快又好，照理说应该吃得多些、好些；可是女庄园主只给他吃粥和小青鱼，而且不让吃饱。拜尔很不高兴，对她没有好脸色。她要么不与他说话，一旦每次与他说话时，他总是讥笑她，弄得她不敢与他搭腔。一天，拜尔正在堆放刚做好的横挡条，女庄园主经过他身边，催促他说："到房梁上去，拜尔。"拜尔憋着气回答她："对，我是想上去，可是小青鱼和稀粥硬把我朝下拉。"又有一天，拜尔正在翻阅历书，女庄园主问他："书上有什么预告？"她本想知道历书上对天气有什么预告，可拜尔回答说："它没有预告别的，只是预告了小青鱼和粥，粥和小青鱼。"从那以后，拜尔的伙食略有改善，这倒不是因为女庄园主产生了负疚感，而是怕拜尔那张嘴，担心他到处替人做工，会说她的坏话。

夏日来临，山花烂漫，绿草如茵，树林里充满了鸟儿的鸣啭声。女庄园主指挥女帮工在牧狗的帮助下，把牲口赶到山里放养。可是她一路上既闻不到花香，也听不见鸟语，因为牲口们四处奔跑，赶不到一块儿，忙得她团团转。这些牲口在家吃得很差，把院里的植物啃个精光，只留下一片黑土，一旦见到绿色的植物——无论路边的青草，还是成片的树丛，它们都要跑过去吃。它们活蹦乱跳，兴奋异常。结果，女庄园主在路上耽搁了不少时间，很晚才到达山中的牧场。

她们料理好东西以后，一个女帮工进屋告诉她，坡地上站着一只很大的野山羊，羊角金光闪闪，羊毛像丝绸一样光亮。

“会有这种事？”女庄园主十分惊奇，马上跑到屋外去看。她看见坡地上果然有一只羊，但这只羊的角并不是金色的，它的毛与她自己的羊也没有两样。

这时，从远方传来一阵悠扬的歌声：

你愿意换牲口吗，
一头母牛换一只金羊？
你愿意换牲口吗，
一头母牛换一只金羊？

女庄园主听到这歌声气得不得了，以为是某个邻居在故意讥讽她贪婪吝啬。她大吼着回答说，她没有那样的牛，愿意与一只羊去交换！给她十二只羊也不换！她吼叫以后就向那山羊奔过去，把它赶到小树林另一头很远的地方。

这时，远处的山上有人呼喊：

回来吧，回来，
我的小金羊！
回来吧，回来，
我的小金羊！小金羊！

接着，又飘来一阵清脆的鸣笛声，笛声在所有的山峰之间回荡，最后消失在高耸的雪山上。

过了一段时间，女庄园主先回到自己的农庄里。拉格希尔经她的允许，把自己的蓝皮牛赶到山中牧场去放养，同时协助女庄园主照料牧场里的事情。女帮工们见拉格希尔来了，都很高兴，因为她们都信赖她，都认为她很能干。确实，自从她上山以后，牧场的一切事情都做得顺顺当当。而且，她能做出金灿灿的黄油和亮闪闪的奶酪。没有人比她做得更好。

一天晚上，当她与女帮工们一起挤奶时，牲口突然骚动起来，又是踢又是蹬的，好像受到了马蝇的攻击。那个个头大的红皮牛一边张着大嘴咆哮，一边拼命向门栏冲过去。她亲眼看见有什么东西从栏杆上飞过，但由于那东西飞的速度快，她没有看清楚是什么，只觉得像是一块皮毡。与此同时，她的蓝皮牛的脖子上被谁套上了一个项圈。她和女帮工们都感到奇怪，立即把项圈从牛头上取下。大家都认为项圈一定是女妖套的，那个从栏杆上飞过去的东西不是别的，正是女妖。

后来，当女工们在棚里挤奶时，拉格希尔听见有人叫她的名字。

“拉格希尔！”

“嗳，我在这儿。”

“你愿意换牲口吗，

一头母牛换一只金羊？

你愿意换牲口吗，

一头母牛换一只金羊？”

拉格希尔心里想：你既然已把项圈套到了牛颈上，不管我愿不愿意，我那头母牛总是保不住了，不如老实点，说愿意吧。

于是她说：“愿意！愿意！”

清晨，太阳出来前，拉格希尔在山坡的一块巨石上看到一只金羊，它面对晴朗的天空，羊角金光闪闪，这样漂亮的山羊整个哈灵河谷找不到第二只。它身体壮得像头牛，奶水充足。拉格希尔把它带到家里，孩子们又是跑，又是跳，高兴极了。这只长着金角、披着一身丝绸一样的羊毛的山羊很惹人喜爱，他们从此有足够的羊奶粥吃了。他们精心为它造了一个棚子，并在冬天未来之前为它准备了充足的过冬饲料。白天，金羊自己到树林里觅食；傍晚，它带着鼓鼓的乳房回家。它的奶脂肪丰富，质量很好。

临近圣诞节时，金羊生下了两只小羊。拉格希尔的孩子们更加高兴了。他们把小羊带进屋，把它们打扮得漂漂亮亮。当小羊爬上桌子和烟囱平台，或者站到床踏板上时，他们高兴地拍起手来。后来，那只山羊陆续生下了许多小羊羔。拉格希尔把大部分小羊羔卖掉，赚了钱买回了母牛和骏马。从此，他的孩子们生活得很好，或许现在还活着呢。

牧师的母亲

从前，某地区与其他许多地方一样，既有一个牧师，又有一个教堂执事。那个执事相当富裕，而牧师却生活窘迫。那牧师尽管博学多闻，然而却没有主见。执事与他不同，无论遇到什么难事都有办法对付，他随机应变，又很懂生意经，活像只精明的狐狸。

这个地区有个习惯，就是在宰杀牲口时，要举办香肠宴，请众乡亲吃一顿。牧师自己请不起，可又想不出推托的办法。有一天，他派人把执事叫来，想向他讨个主意。

“这事好办，”执事说，“你可以对人们讲，你家猪圈来了小偷，把猪都偷走了。这样，你就可以把香肠宴推掉了。”

牧师觉得这主意不错。可是，他没有料到，当天夜里，执事自己悄悄地摸进他家猪圈，偷走了所有的猪。第二天，当牧师知道猪真的失窃时，急得团团转，赶忙派人叫执事来。执事很快就来到他家。

“什么事啊，先生？”执事一进屋就先开口问牧师。

“嘿，天啊！昨天我们谈的事现在已经发生啦！”牧师气急败坏地回答。

“你指的什么事？”执事故意问。

“我的猪被贼偷走啦！”

“对，对！”执事说，“你就这样对别人说，这样就可以不办香肠宴了。”

“不，不，你没有理解我的意思——真的出现贼啦！他们钻进我的猪圈，偷走了我所有的猪——猪确确实实被偷走啦！”

“说得好，先生。”执事继续装糊涂，“就像你对我说的这样对别人说，他们一定会信以为真；这样你准能免掉香肠宴。”“听着！我说的可是真事，不是虚构的！”牧师急得不知怎样才能使执事明白自己的话，“这里真的出现贼啦！”

“哎哟，好啦，不必赌咒发誓，我已经知道了，我们今年是吃不到你的香肠宴了。”执事仍然装傻，不管牧师怎样解释，他都装作不懂其意。

丢了猪以后，牧师猜不出是谁偷的，最后终于怀疑起执事来。他想：为什么执事的收入那么微薄，生活却又那么富裕；而自己得到的奉献、什一税和其他一切好处都比他多，结果却这么穷？他越想越觉得其中有问题。别人曾经告诉过他，执事家的伙食比别人家的好，常常有肥肉吃。他决定侦查一下执事家的情况。

有一天，牧师对执事说，他要去外地办个事，外出期间请他帮助照看一下钱箱。执事答应了。其实那箱子里并没有放钱，而是躺着牧师的母亲——一个干瘪的驼背老太婆。牧师让她躲在箱子里，一边啃奶酪皮，一边注意听执事家的动静，看是不是有小偷帮他家偷别人的东西，以便了解清楚他家财产的来源。这钱箱就放在执事家的客堂里。

晚上，执事的孩子们吵着要吃饭。他妻子说：“等一会儿就去给你们做！”孩子们问：“妈妈，我们今天能不能吃牧师的肥猪肉啊？”牧师的母亲在箱子里听到孩子们的问话，就轻轻把箱盖掀起来，偷偷向外看，正巧被执事看见。执事当时不动声色，好像没有看到箱子的动静似的。可到了夜间，当人们都酣睡时，他提着一把斧子走到箱子跟前，把箱盖揭开，用斧子朝老太婆的脑门敲了一下，又把奶酪皮塞进她的喉咙，最后重新把箱盖关上。

第二天，牧师到执事家里，对执事说，他已改变主意，打算推迟一个星期去外地，所以先把钱箱拿回家。他一到家就打开箱子问：“母亲，执事偷了我的肥猪没有？”母亲没有回答。牧师仔细一看才发现母亲已经死了，嘴里还塞着奶酪皮。牧师很难过，以为母亲是在箱子里闷死的，因为他事先没有在箱子上钻气孔，也没有给她在箱子里备好饮用水。他把执事请到家，问他能不能悄悄地把母亲的尸体埋掉。执事问：“她是不是受虐待死的？”牧师说，不，她绝不是受虐待死的，但她死得太突然，太叫人难过，所以，如果执事肯悄悄地把尸体埋掉的话，他愿意付十块钱。执事说，行，给他十块钱，他就保证把尸体埋掉。但同时执事心里嘀咕着：“好一个牧师，你对我使坏点子，现在我要叫你自作自受！”他把尸体装进一个口袋背走了。在回家的路上，他看见一个小贩正在向阳的坡上睡觉，身旁有个大货箱。执事动作敏捷地把那个货箱打开，把尸体塞在里面。过了一会儿，那个小贩到执事门前兜售东西。执事对他说："我没有钱买你的东西；牧师很有钱，你到他家去，一定能做笔好生意。"于是，小贩赶到牧师家里，牧师果然说想买点东西。可是当小贩打开货箱的盖子时，牧师母亲的尸体横在面前，两人都吓呆了。牧师不知道是怎么回事，就把执事叫来问。

"怎么回事？你到底把我母亲安葬了没有？"执事一进屋，牧师就问他。

"确实安葬啦。"执事回答，"她这是在闹鬼，说明她一定是受虐待死的。"牧师说，绝无此事，但他对母亲死后不安宁感到很难过。所以，要是执事肯再次悄悄地把她埋好，他就给他二十块钱。执事表示愿意为牧师效劳。他把老太婆装进一个口袋，背到肩上走开了。他在牧师家偶然听到牧师第二天要烤面包的消息，当天夜里他就潜入牧师家的点心间……

第二天清晨，烤面包的女厨师们走进点心间，一眼就看见牧师的母亲正站在面盆前，两只手放在面盆里，好像在揉面。女厨师们几乎要吓昏过去，失魂落魄地奔进牧师的卧室，又是喊，又是叫，说牧师不把他的老母亲弄走，她们就不敢去碰面粉和面团。

面对这种奇事，牧师不找执事问一问就不知道应该怎么办。

牧师见到执事后，责问他："喂，怎么回事？你到底把我母亲埋了没有？"执事肯定地回答："当然埋了！"牧师反问：“那她怎么会跑到点心间揉起面粉来了？”“哎哟！她一定是受了虐待，死后心中不平，所以到处闹鬼。”执事回答。“咳！咳！”牧师咳嗽了几声，说这太使他难受了，要是执事能再次悄悄地把尸体埋掉，他愿意出三十块钱。执事说，看来她确实是受虐待而死的，不过，既然牧师给他三十块钱，他就一定把尸体埋好。可是到了夜里，执事又把尸体背回牧师家的牛棚，先把一头大公牛的头割掉，然后把公牛支撑着站好，把老太婆的尸体放在牛背上，并在她手里塞了一把镰刀，给人以牛头是她割下来的假象。第二天早晨，当挤奶的女人进牛棚看到这个情景时，脸吓得煞白，立即大叫着跑到牧师的床边，对他说：“先生，先生，你老母亲正骑在牛背上，已经杀死一头公牛。你不去把她送走，我就不敢去挤奶了。”

牧师不相信。可当他走进牛棚时，发现她的话果然是真的。这下牧师又没有主意了，马上叫人请执事来。

执事来后，牧师劈头就问：“听着，你到底是不是把我母亲埋到土里了？”

“埋啦！天哪！我确确实实把她埋啦！”执事回答。

“可她怎会骑到大公牛的背上，并且把公牛的头割掉呢？”牧师追问。

“既然她死后闹鬼，就说明她生前受了虐待。”

牧师咳嗽了几声，说，她这样闹鬼实在使他心神不定，要是执事肯再次悄悄把她埋掉，他愿意给他四十块钱。

执事像前几次一样说，她一定是含冤而死；但是，既然牧师肯出四十块钱，他就愿意悄悄把她埋掉。说完，他就背上尸体口袋，离开了牧师家。

第二天，牧师要外出探望病人，执事与他一同去，因为牧师探望病人以后，他们要一同到小教区去办事情。牧师头一天晚上就做好旅行的准备，早晨天还没亮就出发了。他骑的是一匹母马。由于天黑，有一匹小马跟在后头，他当时也没有注意，一直走到执事家时才看见。他想把小马关在执事的马棚里，执事先大声叫伙计过去把马牵进马棚，可后来又背着牧师对伙计小声说，把那具尸体捆在小马的背上，并在死尸手里塞一把龙骑兵的宝剑，等执事与牧师走出一段路以后，就把小马放出马厩。伙计明白他的吩咐以后，他就催马去追赶牧师。可他还没有追上牧师，母马已嘶叫起来——在呼唤小马呢。这时，小马闻到母马的气味，也大叫起来，一边叫一边驮着牧师母亲的尸体去追母马，尸体在马背上左右摇晃。牧师见到小马，立刻惊叫一声，催马加鞭向前逃命，可老太婆却在后面穷“追”不舍，好像要追杀他似的，牧师仓皇失措，恳求执事赶快把尸体埋掉。

“不！”执事说，“你的老母死得冤枉；否则不会这样闹鬼。你不把情况讲清楚，她不会安宁，我也绝不去埋。”

“好，好。”牧师哭丧着脸，大声说，“我给你五十块钱，另外还把母马和小马送给你。快，快把尸体埋到土里，让我得到安宁。”

后来的情况怎样——尸体是被执事埋掉了，还是仍然紧紧地追赶着牧师？执事是受到了惩罚，还是像其他不法之徒一样过得逍遥自在？我都没有打听过。

你如果想了解的话，不妨到各地区走一走，打听一下，那里有没有遇事没有主见的牧师和对一切事情都很有主见的执事？

译后记

讲了100万次的挪威故事溯源

一

挪威位于北欧，国土形状酷似一把琵琶。

考古资料表明，斯堪的纳维亚半岛西部早在公元前6000年便有人居住。从公元前1700年起，日耳曼人开始北进，与这里的土著人融合而成挪威人。古时候，由于山地和峡湾分割造成的交通不便和冬季日照时间短、气候寒冷的缘故，挪威许多村落一年中有长达数月的时间几乎与外界隔绝。这里的人们喜爱用讲故事的方式自娱。

原始公社末期的挪威人中已流传着以神话和英雄事迹为内容的丰富的口头文学。九世纪到十一世纪期间，航海贸易的发展和挪威海盗的远征，更是大大促进了挪威与其他国家在文化上的相互渗透。商人、僧侣、武士、游民和香客把大量外国童话从西欧、阿拉伯甚至印度带进挪威。挪威语的“童话”一词“eventyr”就是借自拉丁语“edventura”一词，其本意是“事件”、“不可思议的事情”。

十九世纪中叶，挪威掀起了民族文艺复兴的浪潮，发掘出大量民族绘画、音乐、雕刻、舞蹈、戏曲和民谣。在众多有志的学者中，有两个年轻人对挪威的童话故事进行了空前广泛的搜集整理，他们就是彼得·克里斯滕·阿斯别约恩生（1812—1885）和约尔根·姆厄（1813—1882）。

阿斯别约恩生出生在克里斯蒂安尼亚（今奥斯陆）的一个玻璃装配匠的家庭。他性格爽朗外向，早在孩提时代，就富于奇异怪诞的想象力。在他父亲作坊里干活的工人和学徒们给他讲了不少来自各地的童话故事。后来，由于父亲作坊的生意不好，而母亲又精神恍惚，迷信幽灵，致使他在学校里读书时精力很不集中，成绩不好。可他对动物学、海洋生物学、营养生理学等学科却表现出浓厚的兴趣。对这些学科的研究，使他养成和发展了敏锐的观察力。1826年，他在诺德霍甫的一所学校学习时，与来自灵厄里克农村的姆厄相遇。姆厄的父亲是议员。姆厄自幼爱读诗书，对民间故事颇感兴趣，性格沉稳。阿斯别约恩生与姆厄尽管有不少差异，却也有许多共同的爱好，例如他俩都喜爱打猎、钓鱼和远游，尤其是两人对童话和传说都具有特殊的灵感。通过一段时期的交往以后，他们互相引为知己，结为莫逆之交。

后来，在民族文艺复兴浪潮的感染和德国格林兄弟的影响下，他们共同以极大的热情投入了挪威民间文学的发掘工作，走牧场，访农庄，进山谷，去峡湾，到处请人讲故事，然后进行整理编辑。在这个过程中，除了经受饥寒和劳累之外，他们还时常遭到冷遇。本书中的《掘墓工的故事》就在一定程度上反映了搜集故事的不易。1841年，他们第一次出版了《挪威童话故事》。这本童话集把对故事原型的忠实态度与民众喜闻乐见、绘声绘色的文风成功地结合在一起，成为老少皆宜、妙趣横生的民间文学巨作。

不过，《挪威童话故事》在问世初期非但没有在挪威学术界引起共鸣，反而遭受不少非议。有些人对出版这类在孩提时期听过的"小故事"嗤之以鼻。倒还是外国人，其中包括格林兄弟，首先赞扬这部著作，这才促使了挪威人对它的认同。一百多年来，这本书一版再版，始终魅力不衰，成为挪威童话作品中篇幅最大、影响最广的典范。书中的故事一直是所有挪威人童年寻找快乐的源泉。挪威著名作家西古德·胡尔曾给予这部巨著高度的评价。他说，这本书对挪威的文学和历史研究，对挪威民族的情感和自我认识，以至于对挪威的日常生活，都起了最集中的、多方面的作用。他还说，这本书为标准挪威语奠定了基础，是文风上的一场悄悄的革命。它为艺术研究提供了大量素材，为文艺创作提供了新的观念。它教给人们挪威式的思维方法，充分展示了挪威的古今生活，使人们重新回忆起往昔的极有价值的东西。

这本书中的许多故事已被翻译成各种文字，在世界各地广泛流传。

二

挪威童话故事的类型很多，主要的类型有神奇童话、动物童话和滑稽童话。

神奇童话的数量最大。它们把听众带进充满妖魔鬼怪、隐身帽、千里靴和玻璃山等不可思议事物的世界，主题一般是英雄与妖魔斗争，最后在具有神力的人、精灵或带有人性的动物的帮助下，解决了一系列看上去难以解决的难题，最后取得胜利。比如《神奇的乳红马》《磨坊男孩与龙》等等，就是这类故事。故事里，人们对强暴、贪婪、残忍和欺诈等丑恶行为充满憎恶和嘲讽，对英雄们善良厚道、勇敢顽强和刚直正派的品格则不吝颂扬。

动物童话以动物为主角。这些动物言谈举止颇像人，同时又保留着一部分动物的本来特征。它们的言行往往表达了人们对各种事物的感受和态度，在哲理上和道义上颇启发读者。例如《坚果林中的公鸡和母鸡》，公鸡为了挽救母鸡的性命而向水泉讨要一点儿水所经历的极大周折，将自私刻薄、见死不救的行为刻画得淋漓尽致，又保留着那种互助互爱的温暖。有的童话故事对动物的某些特征做了极为风趣的解释。例如，为什么熊的尾巴是秃的，为什么狐狸尾巴的尖端有白斑，等等。

滑稽童话充满美妙绝伦的诙谐和荒诞无稽的想象。它们或嘲弄愚昧、虚伪、懒惰、刻板和怯懦的行为，如《一个求婚者的故事》《照料家务的男人》；或无情嘲弄王权、贵族、教会和富人，如《巧姑娘》《一个牧师的故事》等等。这类故事真实再现各类人物之间的矛盾，故事的结局往往令人满意，算是人们对现实生活实现精神上的补偿。

客观的态度和现实主义手法在挪威童话创作中表现得极其明显。尽管故事所讲的都是想象的事情，却描述得活灵活现，好像真有其事一样。它们使想象成为现实，使不可能成为可能。《索里亚·莫尼亚王宫》中讲到的那个青年人去索里亚·莫尼亚王宫时，并不是乘风而去，而是跑步与风一起前进的。有时，他竟骑到鸟身上，就像现在乘飞机一样。在一般的童话中，动物和树木会讲话，虽然儿童听起来觉得自然，成年人却不会有同感；可是在童话《世上不会有额外的酬劳》里，当狐狸像法官一样地对龙说“嗯，我亲爱的龙，这可是一个需要现场证实的案子”时，是多么活生生地接近生活！通过这种现实主义的叙述，故事中的人物，如前妻所留下的善良的女儿与后妻所生的坏心眼的女儿、魔鬼与圣彼得、圣母马利亚与铁匠等等，既显得奇异，又让人觉得真实可信，既是虚构的，又是在生活中可以找到原型的。

挪威童话有一些固定的开场白，最常见的是“从前”、“从前，有一个国王和一个王后”等。结尾也有一定格式，语言比较风趣，读者会愉快地从幻梦世界回到现实中来。最常见的表达是：“那婚礼持续了很久很久，如果你现在赶去的话，或许还能喝上几杯。”有的故事以诗句结束，也让人觉得幽默和悦耳。

挪威童话中人物角色有限，如一个公主与一个王子或三个兄弟与三个妖怪等等。故事在结构上常有程式化倾向。不少神奇故事都以英雄娶得公主并得到半个王国的嫁妆作为结局。对故事情节平铺直叙的较多，描写相当简洁，凡是重要的地方往往通过重复加以强调和充实，但是重复而不乏味，情节在重复中升华，越来越吸引人。《第七个父亲》是这种重复手法的典型例子。“三”这个数字在故事里也往往反复出现。“事不过三。”重复伴随着逐步升级，主人公的困难和危险一次比一次大，而问题的最终解决就发生在第三次。妖怪的头常有三个或三的倍数。英雄为了救出被妖怪抢去的公主，必须喝三口魔水才能挥动起魔剑，最后砍下三个怪头。

挪威各地的童话各有其特色。东部地区的童话比较欢快，北部地区的童话侃侃而谈，具有浪漫色彩，而塞特河谷的童话在风格上更像传说，文字颇具韵味，如《狐狸寡妇》这个故事中的对话都是诗体语言。《讲了100万次的故事·挪威》具有较多的东部地区的风格，这是由于阿斯别约恩生和姆厄的整理加工所致。

十九世纪，挪威脱离丹麦实现独立以后，文化上仍保留着丹麦的特点，城市生活融合于丹麦的文化圈和生活圈，通用丹麦的语言文字。文化界的一批有识之士发出文化独立的呼声。他们认为，要实现文化独立，必须依靠农民，必须复兴建立在方言基础上的挪威文字。后来，阿斯别约恩生和姆厄实践了这种主张。他们的童话故事在语言上充分运用了各地方言，在内容上表现了强烈的地方色彩。

三

民间童话故事作为一种口头文学，通过人们之间的交谈而口口相传。它起源的年代和流传的经过是很难确定的；不过，有一点可以肯定：它与人们日常的劳动生活和相互交往息息相关。人们在劳动生活和相互交往中产生对社会和自然的体验、理解和想象，同时在劳动生活和相互交往中互相倾诉这些体验、理解和想象，从而逐步形成故事并逐渐传开去。民间童话与作家创作的童话不一样，它没有固定的作者，是许许多多无名氏的集体创作。可以说，凡是讲故事的人都参与了创作。好的讲述者往往以自己的风格特征对故事进行了艺术的加工。

民间童话特殊的起源和流传方式，使它比其他文学形式更具有国际性。如果比较一下挪威童话和德国格林兄弟的童话，就不难发现，它们在题材和情节的展开方式上具有某些相似之处。例如，阿斯别约恩生有一篇童话，名叫《金鸟》，格林兄弟也有一篇叫《金鸟》的童话，两篇童话都是讲一只鸟摘走了花园里的金苹果，三个王子中最年轻的王子拔下那只鸟的一根羽毛，然后以这根羽毛为线索找到了那只鸟。谁也不会怀疑，它们是同一个童话。进一步研究更会发现，其他欧洲国家也有类似的童话。据专家们考证，《熊的尾巴为什么是秃的》很可能起源于气候寒冷的挪威等北欧国家。它说的是一只熊上了狐狸的当，将自己的尾巴伸进冰窟窿去钓鱼。它在冰面上坐了很久很久以后，猛然把尾巴向上拉，结果尾巴断在了冰块里。这个故事早已流传到世界各地。反过来，挪威童话中有些故事本来源于西欧、阿拉伯和印度。例如，《牧师和教堂执事》这个故事在五大洲有六百多个不同的变体。实际上，它是一千年前的一个犹太故事，十三世纪才传到西欧。

但是，在《讲了100万次的故事·挪威》里，即使源于外国的故事也统统与挪威的传统、环境和思维方式融为一体。故事的发生地是挪威的森林、山川和挪威的乡村、牧场。在那些使童话生辉的金树林、银树林后面所展开的是挪威人的日常生活。我们在阅读这些故事时，似乎看得见挪威人在山中牧场劳动的生动情景，草地上的牧人和打架的农妇个个栩栩如生，幽深的港湾和莽莽的雪原全都历历在目。人物的形象都带有挪威文化的特点。印度童话中的巫婆在挪威童话中变成了妖婆，希腊童话中的巨人在挪威童话中变成了山妖。国王的形象也打上了挪威乡土气的印记，他不过是一个富农、一个地方上的头人罢了，他比别人更加有钱有势，却丝毫没有至高无上的气派。他的王冠仅仅是所戴的一顶帽子而已。当骑着神马的青年来到王宫时，他正站在门口台阶上，如同站在大农庄的门口一样。挪威童话也与其他国家的童话一样，宣扬善良、友爱、正义和勇敢等良好品质，但人物都已挪威化了。

挪威故事中有个反复出现的人物——灰小子。他是一个典型的挪威童话形象。他平时无所事事，爱坐在炉边拨火，因而总是受到两个哥哥（常叫保尔和彼尔）的嘲笑。然而实际上，他却是聪明勇敢的化身。在各个故事里，他外表显得傻里傻气，而实际上却身怀绝技，无所不能，无往不胜。他寻找东西总能找对地方，解疑释惑总能找到合适的老师。当两个哥哥嘲笑他时，他从不反驳，但是每到关键时刻，他的哥哥们对某事无能为力时，他会突然要求亲自一试身手，结果也总是成功。

四

民间故事和民间童话之间没有明显的界限。民间童话一般是无拘无束并富于想象力的故事，它通常包含某些神异或离奇的特点，不一定被认为真有其事。民间故事虽然不像童话那样神异，却也包含童话的特点。有些故事很难说是童话或是民间故事。例如，挪威有个关于哈拉尔国王和他的女儿——女巨人斯奈弗利的故事，说斯奈弗利死了以后，国王在她的尸体旁整整守了三年。这个故事既有真人真事，又有虚构的情节，既像民间故事，又像民间童话。在特隆赫姆市附近的斯特林达地区有个故事，说古时候有个骑士身穿武士服同他的武器和战马一起埋葬在一块巨石下，故事情节颇为神奇。1870年，人们果然在一块大石头下挖出一具死尸、一匹马和一些武器。经考证，武器是海盗时期制造的。

在阿斯别约恩生和姆厄的作品中有一些传说故事，它们似乎是对真人真事的叙述，有的甚至写进了作者自己的经历，但主体部分却是关于农庄精灵、海妖和魔鬼等的传说故事，具有童话的特征。例如，《沙洲小矮人》讲述在海尔格兰海岸附近有一块浅滩，那里时有海妖出没。一次，两个兄弟一起上浅滩以后，哥哥趁弟弟睡觉时，悄悄划船回到家里，独吞了父亲的遗产，而把弟弟一人甩在荒滩上。后来，大批海妖上了海滩。弟弟凭其智慧和勇敢化险为夷，而且因祸得福，不但获得大量金银财宝，还遇上了一位可爱的姑娘，从此生活很幸福。哥哥对弟弟的好运气很是羡慕，单独又重新登上浅滩，结果被海妖吓出疯病。这种传说颇有童话色彩。《吉卜赛人的故事》这篇故事一方面展现了历史上吉卜赛人在挪威生活的某些状况，也包含一系列扑朔迷离的神奇传说，充满了挪威乡土气息。《妖精家族》揉山川乡情于一体，叙述了一个家族的往事，从而把读者引进一个风景如画而又颇具神秘感的世界。这类故事在本书中占有相当比重，可以说是这部故事集的一大特色。在翻译这本书时，我对这类故事实在不忍心割爱。为了尽可能反映原作面貌，让读者全面了解挪威民间童话，就选择了其中几篇，以飨读者。

衷心希望本书的出版能使我国读者分享这些故事带来的快乐和启迪，并且祝愿中国和挪威之间的文化交流取得更加丰硕的成果。

译者

1993年12月

图书在版编目（CIP）数据

讲了100万次的故事．挪威：全两册 /（挪）彼·阿斯别约恩生，（挪）约·姆厄编；乔步法，朱荣法译．-- 北京：北京联合出版公司，2020.4（2020.5重印）

ISBN 978-7-5596-2702-5

Ⅰ．①讲… Ⅱ．①彼… ②约… ③乔… ④朱… Ⅲ．①故事—作品集—世界 Ⅳ．① I14

中国版本图书馆 CIP 数据核字（2018）第230983号

讲了100万次的故事·挪威（全两册）

作　　者：（挪）彼·阿斯别约恩生（挪）约·姆厄

译　　者：乔步法　朱荣法

策　　划：乐府文化

责任编辑：张　芃

特约编辑：李　洁　刘美慧

封面设计：崔晓晋

版式设计：萧睿子

北京联合出版公司出版

（北京市西城区德外大街83号楼9层100088）

北京联合天畅文化传播公司发行

北京美图印务有限公司印刷　新华书店经销

字数304千字　787毫米 × 1092毫米　1/32　25印张

2020年4月第1版　2020年5月第2次印刷

ISBN 978-7-5596-2702-5

定价：98.00元（全两册）

致谢

“讲了100万次的故事”系列的版画插画提供者为北京市朝阳师范学校附属小学和平街本部版画社团的老师与同学。

在此向朝师附小和祁兵、陈志君、李莉三位老师致以诚挚的谢意。并感谢以下同学充满灵感的创作：

梁嘉茵　张依阳　周林楠　郭倩男　周康勋　董文熙　刘泓成
常佳琪　王禹博　俞莎莎　汤　为　吴　轩　赵欣曜　马英宸
李子恒　高文睿　叶梓慧　王紫萱　沈卓然　梁子瞻　闫嘉彤
刘子一　张源东　王格格　王　喆　郑梓君　杜礼妍　王皓石
周润芃　潘梓颖　王婧萱　冯奕滔　于佳烨　栾宇轩

世界上有多少个孩子，就可能传承多少个故事，丰富的艺术想象，是孩子和故事之间的又一个相通的秘密。

感谢并祝福每一个孩子。